KB260628

평민지식마당 · 4

토니 모리슨

지은이 **이승은**

1963년 서울 출생.

이화여자대학교 영어영문학과 석사, 박사 학위 취득.

박사 학위 논문으로 「Toni Morrison 연구: 흑인 공동체와 여성의 자아인식」,

학술지와 단행본 논문으로는 「『가장 파란 눈』: 흑인 여성 내러티브의 성취」,

「흑인 여성의 자아정체성과 그 허상: 토니 모리슨의 『타르 베이비』」,

「『솔로몬의 노래』: 흑인 여성의 숨겨진 내러티브」,

「『술라』에 나타난 흑인 여성의 자아탐색과 자매애」 등이 있음.

『영미여성 소설론』 편역.

현재 이화여자대학교, 서울 산업대학교 출강.

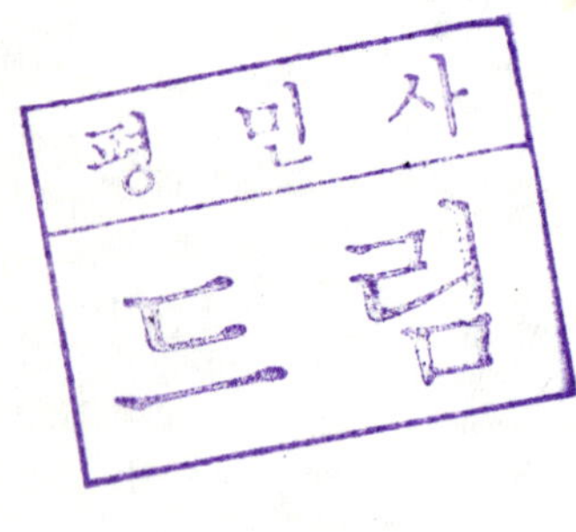

평민지식마당 · 4

토니 모리슨

초판 1쇄 펴낸날/ 1999년 9월 14일

지은이/ 이승은

펴낸이/ 이정옥

펴낸곳/ **평민사**

주소/ 서울특별시 서대문구 남가좌2동 370-40 (우:120-122)

전화/ (02) 375-8571, 375-3815(영업부) 375-8572(편집부)

팩시밀리/ (02) 375-8573

등록번호/ 제10-328호

값 6,000원

ISBN 89-7115-291-5 03840

* 인지가 없거나 잘못 만들어진 책은 바꾸어 드립니다.

ⓒ 1999, 이승은

토니 모리슨

이승은 지음

평민사

평민지식마당을 펴내면서

　세계 문학을 완역한 책자는 수도 없이 많다. 전집류에서부터 현재 주로 출판되고 있는 단행본 및 시리즈 물에 이르기까지 그 수효는 헤아리기 힘들 정도이다.

　그러나 실상 그것을 끈기 있게 정독으로 읽어 내거나 많은 작품을 폭넓게 보아 온 일반 독자는 드물다. 체계적인 독서를 통하여 작품을 이해하면서 고전 작품들을 탐미하는 사람은 더더욱 찾아보기 힘들다.

　우리 나라 사람 대부분이 처음으로 세계 명작을 상면한 때가 중·고등학교 시절이라고 하지만, 처음부터 끝까지 정독한 사람은 전체 수에 비에 형편없이 적은 숫자이고 대부분은 작가의 이름과 유명한 작품의 이름만을 알고 있을 뿐이다.

　그러나 그렇게 된 사정이야 우리 모두가 이해하고 있는 바가 아닌가? 고등학생은 대입 준비에, 대학생은 취직 준비에, 회사원은 승진이다 감원이다에 가슴 졸이고 눈코 뜰 새 없으니 언제 느긋하게 앉아 명작이 주는 감동의 세계에 젖어 볼 수 있겠는가?

　게다가 정작 문제는 세계 문학이 학생이나 일반인의 수준으로는 작품의 길이에서부터 부담이 크고 작품을 이해하는 정도가 낮아 실질적인 독서 효과를 거두지 못한다는 점이다.

본 기획의 착안은 바로 여기에서부터 출발한다.

무작정 읽어 치우는 독서보다는 짧은 시간내에 한 작품에 대한 전체적인 이해를 돕고, 나아가 본격적인 독서를 유도하는 것이다. 그러나 이것은 가장 긍정적인 측면이고 부정적인 다른 면에서 바라봤을 때, 고민스럽고 부담스러웠던 점이 없었던 것은 아니다. 그것은 가뜩이나 메마르고 삭막한 인스턴트 세상에 문학마저 인스턴트화시킨다는 것이 과연 바람직한 일인가 하는 자괴감 때문이었다.

그러나 그렇다고 하더라도 단 한 줄 읽어 보지 않는 것보다는 낫고, 본서가 본격적인 독서를 하는 데 있어 기본적인 길잡이 역할도 할 수 있으리라는 기대로 출판을 결정하게 되었다.

단적으로 말해 이 책은 다이제스트북이다. 한 권의 책 속에 한 작가(사상가)의 대표작들을 요약·해설하고, 거기에 그의 생애와 예술관(세계관)을 보태어 전반적인 내용을 알 수 있도록 했다. 따라서 **평민지식마당**이 일반인의 교양물로는 물론이고 학부모나 교사들이 잘 활용하여 우리의 자녀, 학생들의 독서에 적지 않은 도움이 되었으면 한다.

평민사 편집부

토니 모리슨(Toni Morrison), 그녀의 『새파란 눈』을 처음 접했을 때 그 충격적인 소재에 마지막 장을 덮고 나서 나는 한참을 멍한 상태로 있었다. 그 뒤에도 그녀의 새로운 작품들을 읽을 때면 언제나 글읽기의 즐거움을 경험할 수 있었다.

『새파란 눈』에서부터 『낙원』에 이르기까지 그녀의 작품 하나하나에 담겨 있는 매력은—리듬을 가지고 반복되는 구수한 흑인 영어와 가슴을 치는 적절한 비유, 간결하고 적확한 이미지와 상징, 서정성, 이야기를 술술 풀어 내는 솜씨에서 나오는 것으로—이전의 어떤 작가한테서도 접해 보지 못한 것들이었다.

나는 아직도 『비러비드』를 처음 읽었을 때의 감동을 잊지 못한다. 그토록 참혹한 이야기를 처절하리만큼 아름답게 그려 내는 그녀의 재능에 감탄하면서 바로 이것이 아픔을 승화시키는 예술의 힘일 것이라고 생각했다. 그래서 그녀가 몇 해 전 노벨 문학상 수상자로 결정되었을 때 나는 너무나 당연한 결과로 생각했다. 게다가 마침 모리슨에 관한 박사논문을 준비하고 있을 때여서 그 소식을 듣고는 마치 나의 일처럼 흥분했던 기억이 난다.

이번에 평민지식마당을 쓰기 위해 보다 편안한 마음으로 그녀의 글을 다시 읽었다. 감칠맛 나는 모리슨의 글을 음미하면서 과연 모리슨만이 갖고 있는 이 독특한 글의 맛을 어떻게 독자들에게 전달할 수 있을까 고민했다. 그런데 이 글을 다 마치고 난 지금 그 고민이 현실로 드러나 버리고 말았다. 나의 짧은 글 솜씨로는 모리슨의 문체가 주는 감동을 제대로 전달할 수가 없었기 때문이다. 그래서 독자가 모리슨의 작품을 읽을 때 조금이나마 도움이 될 수 있도록 비교적 자세하게 작품을 해설하려고 애썼다. 그러나 오히려 이번에는 해설이 너무 어렵지 않을까 하는 염려가 생긴다. 오랜 시간을 끌다가 겨우 끝내고 나니 가슴은 후련하지만 제대로 작업을 했는지 두려움이 앞선다.

마지막으로 이 책이 나오기까지 여러 면으로 도움을 준 가족들에게 감사의 마음을 전하고 싶다. 바쁜 엄마를 잘 이해해 주는 사랑하는 딸 윤영이와 아들 경민, 언제나 격려해 주는 남편, 그리고 너그러우신 어머니의 도움이 없었다면 이 책을 낼 수 없었을 것이다. 물론 보잘것없는 글을 열심히 읽어 주시고 출판해 주신 평민사 여러분께도 깊은 감사를 드린다.

1999년 8월
이숭은

토니 모리슨

차례

I. 작품 및 작품 해설

1. 『새파란 눈』
(The Bluest Eye)

▲전선의 무게를 재고 기록하는 노동자들. (1919)

(1) 줄거리

클로디아 맥티어(Claudia MacTeer)는 1941년 가을부터 다음 해 여름까지 오하이오 주의 조그만 제철 도시 로레인에서 겪었던 자신의 소녀 시절을 회상한다. 당시 아홉 살이었던 클로디아는 노동일을 하는 아버지, 어머니, 한 살 위의 언니 프리다(Frieda)와 함께 살았다. 클로디아네 집안은 저녁마다 부모들이 두 딸을 데리고 철로 주변에 떨어져 있는 석탄 조각들을 주워다 때야 할 정도로 가난했다. 힘겨운 삶에 지친 클로디아의 부모는 두 딸을 자상하게 돌볼 수가 없었다.

어른이 된 클로디아는 어린 시절을 회상하면서 냉정하게만 보이던 부모님의 마음속에 따뜻한 사랑이 있었음을 느낀다. 아버지는 딸들을 사랑하고 가족을 위해 열심히 일하는 성실한 사람이었다. 그리고 어머니는 부엌에서 친구들과 주고받는 대화와 노래를 통해 딸들에게 현실을 이겨 내는 지혜를 가르쳐 주었다.

어느날 술 취한 아버지가 집에 불을 지르는 바람에 오갈 데가 없게 된 열한 살의 피콜라 브리드러브(Pecola Breedlove)가 클로디아의 집에 잠시 머물게 된다. 클로디아와 프리다는 불쌍한 피콜라를 따뜻하게 대한다. 피콜라가 제일 사랑하는 것은 금발에 파란 눈을 가진 영화배우 셜리 템플이다. 그녀가 우유를 많이 마시는 것도 우유를 좋아해서가 아니라 우유를 마시면서 컵에 그려져 있는 셜리 템플의 얼굴을 보고 매만질 수 있기 때문이다. 또 그녀는 밤마다 파란 눈을 갖게 해달라고 기도한다.

피콜라가 왜 파란 눈을 갈망하게 되었는지는 전지적 서술자에 의해 밝혀진다. 피콜라네 가족은 남루한 가게터에서 살았다. 아버지 콜리(Cholly)는 제철소 노동자로 일하다가 실직한 뒤로 술과 도박에 찌들어 있다. 어머니 폴린(Pauline)은 부유한 백인 집의 가정부로 일하면서 남편 대신 생계를 꾸려 나간다. 열네 살의 오빠 새미(Sammy)는 이미 수없이 가출을 한 경험이 있다. 이들의 관계는 가족이라는 말이 쑥스러우리만큼 서로에 대한 미움으로 얼룩져 있다. 전지적 서술자는 피콜라의 부모가 지금까지 어떻게 살아 왔는가를 추적하면서 그 원인을 찾아 나선다.

알라바마 주의 깊은 산골에서 열한 명의 형제 중 아홉째로 태어난 폴린은 두 살 때 녹슨 못에 찔려 한쪽 발이 기형이 된 후로 자신을 하찮은 존재라고 생각하며 자란다. 시골 산 속, 그것도 집 안에만 묶여 있던 폴린은 집 안의 물건들을 크기와 모양, 색깔에 따라 정리하면서 혼자만의 은밀한 즐거움을 느끼곤 한다. 전지적 서술자는 이때 폴린에게 그녀의 내면에 잠재되어 있는 예술적인 충동을 표현할 수 있는 페인트와 크레용이 필요했다고 한다. 그러나 시골의 가난한 흑인 소녀에게 그런 그림 도구가 있을 리 만무하다.

1차대전이 시작될 무렵 폴린네 가족은 더 나은 삶을 위해 제분소와 공장이 많은 켄터키로 이사간다. 어머니가 백인 가정의 하녀로 취직하자 폴린은 학교를 중단하고 집안일과 쌍둥이 동생을 돌보며 지낸다. 사춘기가 되면서 폴린은 어떤 남자가 나타나 바다나 도시, 숲속 어디로든지 자신을 데리고 가는 환상에 빠져들곤 한다. 이 무렵 이리저리 떠돌아다니던 청년 콜리가 마을에 나타나고 폴린은 그와 사랑에 빠져 결혼한다.

두 사람은 결혼 후 오하이오 주 로레인에 정착하고 콜리는 제철소에 취직한다. 폴리는 북부의 흑인들이 남부 흑인들과는 달리 사귀기 힘들다고 느낀다. 이곳 여자들은 곱슬머리를 펴지 않고 화장기도 없는 폴린의 모습과 남부 말투, 촌스러운 옷차림을 비웃는다. 폴린은 새 옷과 화장품을 사기 위해 백인 집의 하녀로 취직한다.

그런데 북부에 오면서 폴린과 콜리의 관계에 틈이 생기기 시작한다. 결혼 초에 친절하고 활기 찼던 콜리는 북부에 온 뒤로 폴린을 혼자 내버려 두고 친구들과 어울리기 시작한다. 폴린의 임신으로 두 사람의 관계는 다시 좋아졌으나, 여전히 외로움을 떨쳐 버릴 수 없던 폴린은 영화관에 가기 시작한다. 폴린은 헐리우드의 백인 영화를 보면서 모든 사물을 외적인 아름다움의 기준으로 평가하는 법을 배운다. 그녀는 진 할로우의 헤어스타일을 흉내내며 백인 여자처럼 아름다워지려고 애쓴다. 하지만 영화관에서 사탕을 먹다가 썩은 앞니 하나가 빠진 뒤로는 자신이 못생겼다고 생각한다.

둘째 아이를 갖게 되자 폴린은 아이가 어떻게 생겼더라도 사랑하겠다고 결심하면서 뱃속의 아이에게 말을 걸기도 하고 큰아이 때와는 달리 병원에 가서 출산하기로 한다. 그러나 병원에서 백인 산모에게는 상냥하게 대하던 백인 남자 의사들이 자신을 말처럼 취급하자 폴린은 팔에 안겨 젖을 빠는 딸의 모습을 보고는 '못생겼다'고 단정짓는다.

폴린은 교회 일에 열심히 참여하고 남편의 잦은 폭력으로부터 자신을 방어하면서 생계를 꾸려 나간다. 그러나 가족을 사랑하지는 않는다. 자신을 죄와 실패의 덩어리인 남편을 가시왕관처럼 또 아이들을 십자가처럼 짊어진 순교자로 생각하고 그 짐을 견뎌 낼 뿐이다. 그녀는 부유한 백인 가정의 하녀로서의 삶에서만 자기만족을 구할 뿐 자기 아이들과 집안일에는 신경 쓰지 않는다. 아이들에게도 자신을 엄마가 아닌 브리드러브 부인으로 부르게 한다. 가끔 콜리와의 관계가 좋았던 시절을 씁쓸하게 회상해 보기도 하지만 곧 현실에 체념해 버리고 만다.

한편 콜리 브리드러브는 남부 조지아 주에서 아버지가 누구인지도 모르는 채 태어났다. 그는 태어난 지 나흘째 되는 날 어머니의 손으로 담요와 신문지에 싸여 철로 옆 쓰레기 더미에 버려졌다가, 딸의 행동이 수상쩍어서 몰래 뒤를 밟은 지미 할머니(Aunt Jimmy)에 의해 구제된다.

그 후 어머니는 집을 나가 소식이 끊기고 할머니가 사랑으로 콜리를 보살피지만 할머니마저 노령으로 죽는다. 할머니 장례식 날 콜리는 숲속에서 흑인 소녀와 처음으로 성관계를 맺다가 백인 사냥꾼들에게 발각된다. 그들은 총과 손전등을 들이대며 콜리에게 자기들 앞에서 계속 성행위를 하도록 강요한다. 콜리는 이 사건으로 받은 충격과 상대 소녀가 임신했을지도 모른다는 두려움으로 자신의 심정을 이해해 줄 수 있다고 생각되는 아버지를 찾아 고향을 떠난다.

온갖 허드렛일을 하며 떠돌다가 마침내 한 패거리의 남자들 사이에서 주사위 놀이에 정신을 뺏긴 아버지를 찾는다. 아버지라고 생각되는 남자에게 자기가 그의 아들이라고 말해 보지만, 그 남자는 "머리가 어떻게 된 거 아냐? 당장 꺼지지 못해!"라고 소리지르면서 콜리를 거부한다. 소년 콜리는 아버지에게서 거부당한 충격으로 자기도 모르게 옷에 변을 싸고 만다.

아버지로부터 거절당한 후 콜리는 충격과 상실감으로 방탕하게 살아간다. 그는 더 이상 잃을 것이 없는 데서 오는, 절제와 의무의 필요 없이 자기 생각과 욕구에만 충실한 위험스러운 자유 상태에 이른다. 게다가 폴린과의 결혼은 변화 없이 똑같은 매일 매일의 무게로 그를 절망으로 몰아 간다. 촐리는 아이들의 출생에 더욱 당혹해 한다. 부모와 같이 살아 본 적이 없는 그로서는 부모와 자식의 관계가 어떠해야 하는지, 어떻게 자식을 길러야 하는지 모르기 때문이다. 그래서 그는 아이들에게도 순간순간 느끼는 대로 반응한다. 제철소에서 실직한 뒤로는 술과 도박, 아내와 싸움하는 것으로 하루하루를 보낸다.

한편 피콜라는 부모의 싸움을 피해 가끔 2층에 사는 세 창녀들에게 찾아간다. 그녀들은 피콜라를 자신들이 좋아하는 요리 이름으로 불러 주고, 양말을 신지 않았다고 걱정해 주었다. 이로써 피콜라는 부모의 무관심과 폭력으로 받은 상처를 잠시나마 위로받지만 안타깝게도 이들은 직업상 피콜라의 진정한 가족이 될 수 없다.

클로디아네 집에 오기 전 피콜라는 까맣고 못생긴 자신을 미워하도록 만드는 여러 사건을 경험한다. 부모가 싸울 때마다 여자 아이인 피콜라는 오빠 새미처럼 아버지와 싸우거나 가출하지 못하고 부모의 싸움을 참아 냈다. 그러면서 이런 끔찍한 장면을 보지 않도록 자신을 사라지게 해달라고 기도한다. 그리고 자기가 못생긴 흑인 여자 아이이기 때문에 부모가 자기 앞에서 싸운다고 생각한다.

피콜라는 학교 전체가 자기를 무시하고 경멸하는 것도 자기가 못생겼기 때문이라고 생각한다. 남자 아이들은 피콜라를 둘러싸고 까맣고 못생겼다고 놀려대며, 초록색 눈빛과 백인에 가까운 피부로 학교 전체를 사로잡은 혼혈 소녀 모린 필(Maureen Peal)도 피콜라에게 같은 이유로 놀린다. 학생들이 두 명씩 짝을 지어 앉아 있는 반에서 유독 피콜라만 혼자 앉아 있으며, 선생님들조차 그녀를 쳐다보지도 않는다.

피콜라는 학교는 물론 사회 전체로부터 그 가치를 인정받지 못한다. 피콜라가 한번은 흑인 소년 주니어(Junior)로부터 자기 집에 놀러 가자는 제안을 받는다. 주니어의 어머니 제랄딘(Geraldine)은 흑인임을 수치스러워하고 백인처럼 되기 위해 평생을 노력해 온 중산층의 혼혈 여성이다. 그녀는 아들에게도 검둥이와 혼혈의 차이점을 설명하면서 흑인의 곱슬머리가 나타나지 않도록 아들의 머리를 짧게 잘라 옆가리마를 타고 백인 아이들하고만 놀게 한다. 피콜라가 주니어의 아름다운 방을 보면서 감탄하고 있을 때 마침 제랄딘이 집에 들어온다. 그녀는 남루한 옷차림의 까만 피콜라를 보자마자 "더러운 검둥이 계집애야. 당장 내 집에서 나가"라는 모욕적인 말로 피콜라를 쫓아낸다.

피콜라는 백인 남자의 가게에 사탕을 사러 들어갔다가 같은 식으로 거부당한다. 가게 주인의 시선에서 자신의 존재를 의식하지 않는 텅 빈 눈빛을 본 피콜라는 말도 꺼내지 못하고 손가락으로 사탕을 가리킬 뿐이다. 피콜라의 내면에서 잠시 분노가 꿈틀거리지만 이내 수치심으로 바뀐다. 가게 주인이 마치 자기가 보이지 않는 것처럼 행동하는 것은 자신이 흑인이기 때문이라고 생각한다. 그리고 금발과 파란 눈의 메리 제인의 모습이 그려진 사탕을 빨면서 자신이 메리 제인이 되는 것을 상상해 본다.

이처럼 피콜라는 자기를 놀리거나 거부하는 주변에 대해 화를 내거나 대항하기는커녕 목소리 한번 내지 못하고 움츠러들기만 한다. 피콜라를 놀려대는 흑인 남자 아이들에게 욕을 하고 대항한 것은 오히려 클로디아와 그 언니이다. 수동적인 피콜라는 흑인인 자신을 부정하고 대신 백인이 되기를 원한다. 그녀는 만일 백인 여자 아이처럼 예쁜 파란 눈을 갖게 된다면 사람들의 태도가 달라질 것이라고 생각하면서 매일 밤 파란 눈을 갖게 해달라고 기도한다.

클로디아는 이런 수동적인 피콜라의 태도를 못마땅해 하며 고쳐 주고 싶어한다. 피콜라와 대조적으로 클로디아는 세상 사람들 모두가 예쁘다고 생각하는 셜리 템플도, 백인 여자 인형도 좋아하지 않는다. 오히려 그녀는 왜 모든 사람들이 백인 여자 인형을 좋아하는지 알고 싶어서 크리스마스 선물로 받은 파란 눈의 인형을 해부한다.

피콜라의 존재를 인정하지 않는 사람들은 비단 백인과 다른 흑인들뿐만이 아니다. 그녀는 어머니에게서마저 철저하게 거부당한다. 어느 봄날 피콜라는 호수 근처에 있는 아름다운 백인 집에서 일하는 어머니한테 간다. 고급스런 그릇이 깨끗하게 정돈되어 있고 고기와 야채 냄새가 풍기는 부엌에서 어머니를 기다리던 피콜라는 갓 구워 낸 음식이 담겨 있는 팬을 살짝 만지다가 그만 팬을 엎어서 음식이 부엌 바닥에 쏟아진다. 어머니는 뜨거운 음식이 다리에 튀어 아파하는 피콜라를 보살피기는커녕 깨끗한 부엌이 더럽혀진 것을 걱정하면서 딸을 때린다. 그리고 놀라서 울고 있는 금발의 주인 집 딸아이를 품에 안고 달랜다.

게다가 피콜라의 몸과 마음에 지울 수 없는 치명적인 상처를 주는 사람은 놀랍게도 그녀의 아버지이다. 술에 취해 집에 들어

온 콜리는 설거지하는 딸아이의 등을 바라본다. 몽롱한 그의 의식 속에서 애처로운 딸에 대한 연민과 사랑의 감정, 아버지로서 무능한 자신에 대한 죄의식과 자신의 무능을 상기시켜 주는 딸아이에 대한 혐오감이 교차된다. 증오가 꿈틀대며 터져 나오려는 순간 피콜라가 한 발로 서서 발가락으로 종아리를 긁고 있는 모습을 본다. 그런데 이 모습은 그가 처음 폴린을 만났을 때 그녀의 몸짓을 상기시킨다. 과거와 현재, 아내와 딸을 혼동한 콜리는 딸아이를 겁탈하고 만다.

피콜라는 이 어이없는 사건을 어머니에게 이야기하지만 어머니는 이를 믿으려 하지 않는다. 그래서 후에 같은 일이 다시 일어났을 때 피콜라는 입을 다문다. 피콜라가 아버지의 아이를 갖게 되자 이 일로 동네 사람들은 더욱 그녀를 멀리한다. 주변으로부터 거부당한 피콜라는 점점 혼자만의 세계로 움츠러든다.

피콜라는 파란 눈을 갖고 싶은 소원을 이루기 위해 마을의 '충고자이며 꿈 해몽가' 인 소우프헤드 처치(Soaphead Church)를 찾아간다. 소우프헤드 처치는 서인도 제도 출신의 흑백 혼혈이다. 영국 귀족이 1800년대 초 서인도 제도의 한 흑인 여자와 관계해서 태어난 혼혈 사생아가 그의 조상이다. 이 사생아와 그의 후손들은 자기 몸에 섞여 있는 백인 피를 소중하게 간직하는 것을 삶의 최대 목표로 삼았던 백인 우월주의자였다. 이들은 백인 피를 순수하게 지키기 위해 친척들끼리 결혼하여 그 결과 육체적, 정신적으로 기형을 가진 자식들이 태어난다.

소우프헤드의 아내는 지나칠 정도로 금욕적인 남편과의 불모스러운 삶을 참지 못하고 결혼한 지 두 달 만에 그를 떠난다. 신학을 공부했으나 성직을 얻지 못한 처치는 미국 본토에 와서 그 당시 흑인들에게 가능한 보험직원, 화장품 판매원 등의 직업을 전전하다가 결국 꿈 해몽가로 로레인에 정착한다.

이제 그는 사람 대신 다 닳아 빠진 물건에 애착을 갖고 어린 여자 아이들을 성희롱하는 데서 쾌락을 느낄 만큼 왜곡되어 있다. 피콜라가 파란 눈을 갖게 해달라는 소원을 빌자 흑인 아이의 기도에 응답하지 않는 신에게 항의편지를 쓰면서 자기가 대신 그녀에게 파란 눈을 주겠다고 한다. 독이 든 음식을 피콜라에게 주면서 그가 평소에 죽이고 싶어했던 하숙집의 늙은 개에게 먹이라고 한다. 만약 그 개가 어떤 반응을 보이면 그 다음날 피콜라의 소원이 성취될 것이라고 한다. 독이 든 음식을 먹은 개가 곧 심하게 몸을 비틀면서 죽자 피콜라는 자기 눈이 그토록 원하던 파란 눈으로 변했다고 믿게 되고 이와 함께 정신이 분열된다.

그 해 여름 클로디아는 새 자전거 살 돈을 마련하기 위해 씨앗을 팔러 이웃을 방문하다가 피콜라가 아버지의 아이를 갖게 되었다는 소식을 듣는다. 마을 사람들은 이 이야기에 혐오감, 충격, 분노를 보이면서도 한편으로는 재미있어 한다. 그러나 클로디아와 프리다는 피콜라에게 연민과 슬픔을 느낀다. 모두들 피콜라의 아이가 죽기를 바라지만, 클로디아는 사람들이 백인 인형과 셜리 템플 같은 백인들만 좋아하는 것에 반발하면서 까만 얼굴과 까만 눈, 낮은 코, 두꺼운 입술과 곱슬머리를 갖고 있을 피콜라의 아이가 살아 남기를 원한다.

클로디아와 프리다는 피콜라의 아이를 살리기 위해 씨앗을 팔아서 번 2달러를 피콜라 집 근처 땅에 묻고 기도를 한다. 그러나 피콜라는 이웃과 부모에 의해 차례로 거부당하고 마지막으로는 소우프헤드 처치에게 이용당하면서 완전히 광기상태로 빠진다.

▲벽돌공장 노동자들. 펜실베니아 주 맥키스 록. (1919)

이제 피콜라는 거울을 들여다보면서 미친 상태에서 만들어 낸 친구이자 자신의 분열된 자아에게 자기 눈이 정말로 파랗느냐고 되묻는다.

소설은 클로디아의 눈에 비친 피콜라의 마지막 모습을 보여주면서 끝난다. 오빠는 오래 전에 마을을 떠나고 아버지는 구빈원에서 죽고 아버지의 아이를 유산한 피콜라는 여전히 하녀일을 하는 어머니와 함께 마을 주변에서 살고 있다. 미쳐 버린 피콜라를 보면 어른들은 시선을 피하고 아이들은 놀려댄다. 피콜라는 하늘을 날려고 날개를 파닥거려 보지만 날지 못하는 새 모습을 하고서 동네의 쓰레기 더미를 헤맨다.

그 해 클로디아와 프리다가 심은 금잔화꽃은 피지 않았다. 두 소녀는 그 이유가 씨앗을 너무 깊숙이 심었기 때문이라고 생각하면서 죄의식 때문에 다시는 피콜라를 만나지 않았다.

(2) 작품 해설

1970년에 발표된 모리슨의 첫 번째 소설 『새파란 눈』은 그때까지 다루어진 적이 없는 흑인 소녀의 삶을 흑인 소녀의 시각에서 그려 낸 작품이다. 1962년에서 64년까지 미국에서 출판된 5206권의 아동 서적 중 349권에만 삽화나 본문에 한 명의 흑인 아동을 포함하는 정도였고, 초등학교에서 사용된 텍스트들은 주로 백인 중산층만을 다루었다. 이러한 당시 상황을 고려해 볼 때 흑인 소녀가 백인 문화를 쫓다가 미쳐 버리는 이 이야기가 당시 미국 문학계에 던져 주었을 충격을 쉽사리 짐작해 볼 수 있다.

작품의 구성을 보자면 서문과 네 부분의 본문으로 이루어져 있다. 서문에는 미국 초등학교 독본서의 한 구절이 인용된 다음, "1941년 가을에는 금잔화가 피지 않았다"로 시작하는 주인공이자 서술자인 클로디아의 짧은 독백이 뒤따른다. 그 다음 소설의 본 내용을 이루는 네 부분에는 각각 '가을' '겨울' '봄' '여름'이라는 부제가 제목처럼 붙여져 있다. 네 부분 모두 처음에는 클로디아가 어린 시절 자기네 가족과 피콜라에게 일어났던 일을 회상하는 부분이 나오고, 뒤이어 3인칭 전지적 서술자가 피콜라의 부모의 과거와 현재를 말해 주는 구성으로 짜여 있다.

『새파란 눈』에는 두 명의 화자가 피콜라와 클로디아에 관한 두 개의 이야기를 이끌어 간다. 이야기의 전체틀을 이끄는 전지적 서술자는 클로디아가 미처 알지 못하는 피콜라 가족의 현재와 과거를 묘사한다. 그리고 특히 피콜라가 부정적인 자아 개념을 갖게 되기까지의 일련의 사건들을 제시한다. 제2의 서술자이자 주인공인 클로디아는 자신의 소녀 시절과 한때 자기네 집에 머물렀던 피콜라의 이야기를 회상한다.

피콜라의 처참한 이야기가 침묵과 광기에 관한 것이라면, 그것을 둘러싸고 있는 클로디아의 이야기는 곤경을 딛고 살아 남아서 자기 목소리를 내는 이야기이다. 이 장에서는 먼저 피콜라의 삶을 통해 그녀를 광기로 몰아가는 원인을 살펴본 다음, 피콜라와는 다르게 클로디아를 건강하게 살아 남을 수 있게 한 힘이 무엇인지 알아보고자 한다. 그 다음 이 소설의 독특한 서술 기법에 대해 특히 클로디아가 피콜라의 삶을 대신 이야기하는 기법이 갖는 의미를 살펴보기로 하겠다.

1) 피콜라의 이야기: 정체성 상실과 침묵, 광기

열한 살의 흑인 소녀 피콜라는 껍질에 메리 제인의 모습이 그려져 있는 사탕을 빨면서 백인 여자 아이와의 일체감을 느낄 만큼 철저한 자기부정과 자기증오에 빠져 있다. 피콜라의 자기부정은 부모와 친구, 선생님의 사랑을 얻기 위해 파란 눈을 갖게 해 달라고 기도하는 것에서 절정에 달한다.

피콜라의 이러한 자기부정은 어디에서 비롯된 것일까? 그것은 '백인적'인 것만을 중시하는 미국 사회의 인종차별주의 때문이다. 예를 들어 사탕을 사러 들어간 피콜라에 대한 가게의 백인 주인의 반응을 보자.

파란 눈. 내리깐 흐릿한 눈. 가을을 향해 알아차릴 수 없게 움직이는 인디언 섬머처럼 그는 천천히 그녀를 쳐다본다. 망막과 대상, 시력과 전망 사이 어느 곳에선가 그의 눈이 움츠러들고 망설이며 헤맨다. 시공의 어느 고정된 지점에서 그는 쳐다보려고 애쓸 필요가 없다고 느낀다. 아무것도 볼 것이 없으므로 그녀를 보지 않는다. 어떻게 쉰두 살 먹은 이민계 백인 가게 주인이 작은 흑인 소녀를 볼 수 있겠는가?

여기서 백인 가게 주인이 흑인 소녀를 보면서도 아무것도 보이지 않는 것처럼 행동하는 것은 백인 중심의 미국 사회에서 흑인 여성은 보이지 않는 무의 존재에 불과하기 때문이다.

문제는 흑인을 불가시적인 존재로 대하는 태도에 대해 흑인 자신이 어떻게 반응하는가이다. 아이러니컬하게도 흑인들은 백인의 시선으로 자기를 평가한다. 흑인 부모들이 크리스마스 선물로 사주는 것은 으레 파란 눈에 금발인 백인 인형이고, 피콜라에게 까맣고 못생겼다고 놀리는 사람들도 같은 흑인 아이들과 선생님이다.

피콜라 역시 백인 가게 주인의 눈에 자신이 보이지 않는 것은 자신이 흑인이기 때문이라고 생각하고 수치감에 목소리마저 내지 못하고 손가락으로 사탕을 가리킨다. 학교 아이들이 놀려댈 때에도 몸을 움츠릴 뿐이다. 전지적 서술자는 이러한 피콜라의 수동성에 대해 그녀가 적어도 자기를 부정하는 상대방에게 분노를 표현했어야 한다고 말한다. 왜냐하면 분노는 자기 존재를 주장하는 한 방법이기 때문이다. 그러나 피콜라는 화를 내지 않고,

오히려 자기를 무시하는 상대방의 태도를 당연하게 받아들인다.

피콜라의 지나친 수동성과 자기부정의 직접적인 원인은 무엇보다도 그녀에게 흑인으로서의 자긍심과 자기애를 심어 줄 수 있는 진정한 가족이 없다는 데 있다. 소설이 시작될 때 브리드러브 가족은 술에 취한 아버지가 집에 불을 질러서 뿔뿔이 흩어져 있는 상태이다. 부유한 백인 가정의 가정부로 일하는 어머니와 실직 후 술과 도박, 폭력에 찌든 아버지 사이에는 격렬한 증오와 싸움이 그치지 않고 부모 자식 사이에는 따뜻한 사랑이나 감정적인 유대를 찾아볼 수 없다.

그러나 젊은 시절의 피콜라의 부모는 지금과는 다른 모습이었다. 아버지 콜리는 충동적인 삶을 살면서도 기형의 발을 가진 폴린을 있는 그대로 사랑함으로써 그녀에게 자신감을 부여해 주는 등 아직 긍정적인 모습을 유지하고 있었다. 폴린 역시 북부로 이주한 직후까지만 해도 정체성을 보존하고 있었다. 이것은 폴린이 처음 하녀로 일하던 백인 여주인에 대한 자신의 생각을 말하는 부분에서 알 수 있다. 폴린은 살림을 잘하지 못하면서 하찮은 일로 법석이나 떨어대는 여주인을 좋아할 수 없다고 말한다. 우리는 이런 폴린의 말에서 무조건적으로 순종하고 헌신하는 흑인 하녀에 대한 통념과 상반되는 모습을 발견할 수 있다. 즉 이 시기에 폴린은 흑인 나름대로의 가치를 가지고 있다.

그렇다면 무엇이 폴린과 콜리를 현재의 절망적인 상태에 처하게 했는가? 작가는 브리드러브 가족이 와해된 원인을 그들이 백인 가치를 내면화한 것에서 찾는다. 어떻게 브리드러브 가족 전체가 자기혐오로 살아가게 되었는가를 설명하는 대목에서 모리슨은 이들이 누추한 가게터에 살게 된 것이 공장의 감원 조치에 따른 콜리의 실직 때문이 아니라 그들이 스스로를 추하다고 믿기 때문이라는 시사적인 언급을 한다.

당신은 그들을 보면서 왜 그렇게 못생겼는지 의아하게 여겼다. 자세히 보아도 그 이유를 발견할 수 없었다. 그때 당신은 그들의 추한 모습이 확신, 그들의 확신에서 비롯된다는 것을 깨달았다. 마치 모든 것을 아는 어떤 신비로운 주인이 그들에게 꼴사나운 외투를 주자 그들이 아무 의심 없이 그 외투를 받아 든 것 같았다. 주인이 "너희들은 못생겼어"라고 말하자, 그들은 자신을 둘러보고는 주인의 말에 반박할 거리를 찾지 못했다. 사실 그들은 모든 광고판과 영화, 시선이 주인의 말을 뒷받침해 주고 있음을 보았다. 그래서 그들은 "네, 주인님 말이 맞습니다"라고 말했다. 그리고 그 못생긴 모습을 손에 받아 들고는 망토처럼 몸에 걸치고 돌아다녔다.

즉 브리드러브 가족의 자기증오는 대중매체를 비롯한 모든 사회제도적 장치를 통해 제시되는 백인 우월주의를 아무 저항 없이 내면화한 데서 비롯된 것이다.

모리슨은 브리드러브 가족을 비롯한 미국 사회의 흑인들에게 강요되는 백인 중심 규범의 대표적인 예로 핵가족 이데올로기를 지적한다. 핵가족 이데올로기의 구체적인 내용은 초등학교 독본서에서 발췌한 딕(Dick)과 제인(Jane)의 가족을 묘사하는 인용문에 나타나 있다.

여기 집이 있습니다. 이 집은 초록색과 흰색입니다. 빨간색 문이 있습니다. 아주 예쁩니다. 여기 가족이 있습니다. 어머니, 아버지, 딕 그리고 제인이 초록색과 흰색의 집에서 살고 있습니다. 그들은 아주 행복합니다. 제인을 보세요. 빨간 옷을 입고 있습니다. 그녀는 놀고 싶어합니다. 누가 제인과 놀아 줄까요? 고양이를 보세요. 야옹 야옹 소리를 냅니다. 이리 와서 놀자. 이리 와서 제인과 놀자. 고양이는 놀려고 하지 않습니다. 어머니를 보세요. 어머니는 매우 상냥합니다. 어머니, 제인과 함께 놀아요. 어머니께서 웃으십니다. 웃으십니다. 어머니께서 웃으십니다. 아버지를 보세요. 그는 크고 힘이 셉니다. 아버지, 제인과 함께 놀아요. 아버지께서 미소를 짓습니다……

여기서 묘사되는 가족은 가사노동을 전담하는 '상냥한 어머니'와 생계 부양의 책임이 있는 '크고 힘센 아버지'로 구성되어 있고 물질적으로 안정된 가부장적 중산층 핵가족이다. 미국 사회는 인종과 계급 차이를 무시하고 모든 사람에게 이 핵가족 모델을 '자연스러운' 규범으로 제시해 왔다. 그러나 사실 가부장적 핵가족은 주로 백인 중산층에게나 부합되는 가족 모델이다.

원래 흑인 사회에서는 가장의 역할을 제대로 할 수 없게 된 흑인 남자들이 가족을 버리고 떠나면서 노예제 시절부터 여성 중심의 확대 가족 형태가 발달되었다. 그런데 해방이 되면서 초기 흑인 사회학자들이 백인의 가치에 동화될 목적으로 흑인에게 가부장적 핵가족 모델을 확립할 것을 적극 권장하였고, 그 결과 중산층에 편입된 흑인 가족 대부분이 핵가족 형태를 취하고 있다.

하지만 역사적으로 핵가족 모델은 흑인 하층 계급에게 좌절감을 주었다. 흑인 남자들이 일자리를 얻지 못해 생계 부양의 의무를 지킬 수 없게 되면서 불가피하게 이 규범에서 벗어날 수밖에 없기 때문이다. 자기증오와 경제적인 궁핍, 파괴된 가족관계로 얼룩진 브리드러브 가족은 바로 미국 사회의 보편적인 가족 모델의 허구성을 폭로한다.

그러면 어떻게 브리드러브 가족이 핵가족 이데올로기를 내면화하면서 붕괴되어 가는지 그 과정을 살펴보기로 하자. 어머니 폴린의 자아의식을 치명적으로 훼손시키는 것은 핵가족 이데올로기의 하나인 '육체적인 미,' '낭만적 사랑,' '여성적인 역할'과 같은 '이상적인 여성다움'이다. 먼저 이 개념은 여성을 남성의 사랑과 돈에 의존하는 수동적인 존재로 또 남성의 시선을 만족시켜 주는 성적 대상으로만 정의하는 가부장제 사회의 산물이다. 모리슨은『뉴욕 타임즈』에서 백인 문화가 정의 내린 여성의 미 개념이 남성에게 의존하는 수동적인 여성상을 만들어 낸다고 비판하면서 짧은 목과 군살 박힌 손, 피곤한 다리를 가진 독립적인 흑인 여성이 그 자체로 충분히 아름답다고 강조한 바 있다.

더욱이 이상적인 여성의 필수조건으로 여겨지는 '미'의 개념은 흑인의 신체적인 특성과는 무관한 백인 중심적인 개념이다. 예를 들어 흑인들의 집에서도 셜리 템플의 얼굴이 그려져 있는 컵이 사용되고 있고 흑인 부모들이 아이들에게 크리스마스 선물로 주는 것은 으레 파란 눈의 백인 인형이다. 또한 외모가 백인 중산층에 가까운 혼혈 소녀 모린이 학교 전체의 우상으로 여겨진다는 사실은 백인 중심적인 미의 개념이 이들의 일상적인 삶 안에 철저하게 침투되어 있음을 보여 준다. 모리슨은 '이상적인 여성다움' 이야말로 "인류의 사상사에서 가장 파괴적인 생각"이라고 단언한다.

『새파란 눈』에는 소위 '여성다움'의 기준으로 제시되는 외적인 미와 순종, 희생, 봉사 등의 덕목이 어떻게 흑인 여성의 자아를 구속하는지 생생하게 나타나 있다. 한 예로 중산층에 속하는 제랄딘은 흑인적인 모든 특성을 없애서 백인 문화에 철저히 동화되는 것을 삶의 중심으로 생각한다. 때문에 그녀는 백인 중산층 여성의 외모를 갖고 그들이 갖추어야 할 교양과 근검절약, 도덕심과 세련된 매너를 배우는 데 심혈을 기울인다.

그러나 '여성다움'의 기준을 내면화한 결과는 부정적이다. 성적으로 방탕한 흑인 여성의 이미지에서 벗어나 정숙한 백인 숙녀의 이미지를 추구하다가 성을 혐오하게 된 제랄딘은 결국 남편과의 관계에서는 쾌감을 느끼지 못하면서 고양이의 따뜻한 체온과 부드러운 털의 감촉에 자극을 느끼는 왜곡된 상태에 빠진다. 또 실제로는 성을 혐오하면서도 남편의 욕망을 거부하지 않고 쾌감을 가장함으로써 남편의 성적 대상으로 전락하여 자신의 육체로부터 소외되기에 이른다. 게다가 가난하고 못생긴 피콜라에게서 지금까지 자신의 삶에서 몰아내려고 애쓴 흑인성을 발견하고는 그녀를 잔인하게 쫓아냄으로서 자신의 뿌리마저 잘라 내기에 이른다.

흑인 하층 여성에게 '이상적인 여성다움'이 주는 파괴력은 더욱 압도적이다. 흑인 하층 계급 여성들은 미국 사회의 맨 밑바닥을 차지하고 있고 따라서 이들의 현실과 '이상적인 여성'의 삶 사이에는 커다란 괴리가 있기 때문이다. 폴린이 자선병원에서 피콜라를 출산했을 때를 회상하는 대목에서 우리는 미국 사회에서 흑인 여성이 어떤 위치를 차지하는가를 확인할 수 있다.

그들은 여자들이 뒤섞여 있는 커다란 방에 나를 넣었다. 진통이 시작되었지만 그리 심하지 않았다……나이 든 의사가 젊은 의사들에게 아이에 관해 가르치고 있었다. 어떻게 하는지 보여 주면서. 내 차례가 되자 그는 여기 있는 여자들은 아무 문제가 없다고 말했다. 이 여자들은 고통 없이 빨리 아이를 낳거든. 마치 말처럼…… 나는 그들이 백인 여자들에게 "기분이 어때요? 쌍둥이를 낳을 것 같습니까?"라고 말하는 것을 보았다. 상냥하고 친근한 말이었다. 나는 짜증이 났다. 진통이 더 심해지자 반가웠다. 생각해 볼 거리가 생겨서 기뻤다. 나는 심하게 신음소리를 냈다. 소리를 낼 만큼 통증이 심하지 않았지만, 아이를 낳는다는 것이 단순한 장의 움직임이 아니라는 것을 그들에게 알리고 싶었다. 나도 저 백인 여자들처럼 아파한다는 것을 알리고 싶었다. 내가 미리 소리지르지 않는다고 해서 아픔을 느끼지 않는다는 것이 아님을 알려야 했다. 그들은 어떻게 생각하는 것일까? 내가 소란 떨지 않고 아이를 낳는다고 해서 내 엉덩이가 저 여자들처럼 아프지 않다고 생각하는 것일까?

즉 미국 사회에서 흑인 하층 여성은 인간다운 대접을 받지 못하고 동물과 다름없이 취급되고 있다.

자신의 누추한 현실과 너무나 거리가 먼 '이상적인 여성다움'에 폴린은 어떻게 반응하는가? '이상적인 여성다움'은 광고나 영화, 잡지 등의 대중문화매체를 통해 사회 구석구석까지 침투한다. 폴린이 이상적인 여성에 대한 사회적인 기준을 내면화하는 직접적인 통로 역시 헐리우드 영화다. 폴린이 즐겨 찾는 헐리우드 영화에서는 아름다운 백인 여성이 부유한 집에서 친절한 남성의 사랑과 보호를 받으며 살아가는 모습이 그려진다. 거대한 스크린에는 가난하고 못생겼으며 남편과의 싸움이 끊이지 않는 폴린 같은 흑인 여성을 찾아볼 수 없다.

이런 상황에서 폴린은 영화 속에 그려진 '이상적인 삶'과 자기 현실의 엄청난 괴리에 좌절한다. 그리고 영화를 보면서 점차 백인 가치에 함몰되어 사람과 사물을 백인의 미의 기준에 따라 분류하게 된다. 이때 썩은 앞니가 빠지자 새까만 자기는 못생겼고 따라서 가치 없다고 단정짓는다.

이제 폴린은 부유한 백인 집안의 하녀 역할에서만 존재 의미를 구할 뿐 자기 가족에게는 철저하게 무관심하다. 백인 가족이 그녀에게 지어 준 '폴리'라는 별명은 사실 개체성이 제거된 흑인 하녀로서의 역할만을 의미한다. 그러나 폴린은 오히려 이 별명을 자랑스러워한다. 이것은 그녀가 자기 가족들이 겪고 있는 물질적, 문화적인 결핍이 백인 중심 사회에서의 흑인의 위치와 관련되어 있다는 것을 의식하지 못하기 때문이다.

그런데 폴린을 절망으로 몰고 가는 것은 비단 백인 중심 사회만이 아니다. 가정부에게 요구되는 과도한 노동으로 육체적으로 지쳐 있고 이상과 현실의 괴리로 좌절에 빠진 폴린의 삶은 남편과의 갈등으로 한층더 힘들어진다. 사랑으로 시작했던 폴린과 콜리의 관계가 현저하게 변질되는 과정 안에는 인종주의와 흑인 사회의 성차별주의와의 역학관계가 담겨져 있다.

콜리가 부정적인 흑인 남성의 전형으로 전락하는 과정은 해방 후 북부 도시로 이주한 흑인들의 빈민화 현상과 연결 지어 설명될 수 있다. 콜리가 정착한 로레인 주변의 흑인 동네는 19세기 말부터 2차대전 직전까지 계속되었던 흑인 대이동 시기의 전형적인 북부 도시이다. 역사적으로 북부 도시로 몰려든 흑인들 대부분은 도시 빈민을 형성했으며, 그들의 소박하고 무지한 생활 방식이 흑인의 부정적인 모습을 상기시킨다는 이유로 전부터 북부에 거주하던 흑인들의 경멸을 받게 된다. 더 나은 삶을 찾아 북부로 이주한 콜리와 폴린 역시 도시 빈민으로 전락한다.

돈 문제로 폴린과 다투는 횟수가 빈번해지는 것에서 드러나듯이 콜리를 괴롭히는 요인의 하나는 고용 기회가 가장 적은 흑인 남성이 가장의 의무를 제대로 수행할 수 없을 때 겪는 고통이다. 그는 로레인 제철회사의 감원 정책으로 실직한 뒤 술과 도박에 빠져들고 아내를 증오하게 되는데, 이것은 그가 백인 문화가 보급하는 '남성다움' 의 기준을 충족시킬 수 없어서 겪는 좌절이나 실패감과 무관하지 않다. 콜리는 이 좌절감에 대한 분노를 자기보다 약한 여자, 즉 아내 폴린에게 퍼붓는다.

작가는 콜리가 흑인 남성으로서 겪어야 하는 곤경을 이해하면서 동시에 그가 남성다움을 유지하기 위해 어떻게 사회적으로 자기보다 약자인 여성에게 분노를 쏟아 내는가에 주목한다. 콜리가 폴린과의 사이에서 보여 주는 관계, 즉 자신을 온전하게 유지하기 위해 약자를 증오하는 패턴의 싹은 사춘기 시절 백인 남자와의 경험에서 비롯된다.

소년 콜리의 정체성은 할머니의 장례식 날 백인 사냥꾼들의 가학적인 시선과 손전등 불빛 앞에서 성행위를 흉내내야 했던 굴욕적인 경험으로 치명적인 외상을 입는다. 이때 콜리는 무력한 흑인 소년이 백인 남성에게 저항하는 것이 위험하다는 것을 감지하고는 백인 남자에 대한 증오를 자신의 무능과 굴욕을 목격한 상대 흑인 소녀에게 전이시킨다. 이 사건은 인종주의와 성차별주의가 맞물려 돌아가는 사회에서 어떻게 흑인 여성에 대한 흑인 남성의 억압이 일어나는가를 잘 보여 준다.

이와 같이 작가는 폴린이 백인 우월주의를 내면화하고 흑인 남성에 의해 억압당하는 과정을 제시함으로써 인종과 성, 계급의 억압구조에서 흑인 여성이 정체성을 보존한다는 것이 실제로 얼마나 힘든 일인가를 보여 준다. 폴린은 남성 작가들의 작품에서 쉽게 볼 수 있는 희생적이고 강인한 상투적인 흑인 어머니가 아니다. 모리슨은 인간적인 결함을 지닌 폴린을 통해 남성 작가들이 간과해 온 흑인 여성의 실상, 즉 흑인 여성으로서 경험해야 하는 이중의 고통과 내적 갈등을 사실적으로 형상화하고 있다.

지금까지 살펴본 부모의 모습은 피콜라가 어떻게 그처럼 쉽게 자기증오에 빠져 파란 눈을 갈망하게 됐는가를 충분히 설명해 준다. 결국 갖가지 문화매체를 통해 피콜라에게 주입된 자기증오는 역시 자기부정에 시달리는 부모에 의해 한층 심화된 셈이다.

더구나 피콜라의 애처로움을 더해 주는 것이 다름아닌 아버지에 의해 성폭행을 당하고, 그녀의 곤경을 가장 잘 인식하고 그녀의 성장을 이끌어 주었어야 할 어머니로부터 철저하게 거부당한다는 점이다. 엄마의 일터에 갔다가 실수로 파이 냄비를 엎지르자 엄마가 자신의 딸을 때리고 욕하면서 주인 집 딸을 안고 달래는 사건은 피콜라에게 자기부정을 심어 주기에 충분하다.

또한 피콜라를 파란 눈을 갖게 되었다는 환상에 빠뜨려서 자기분열 상태로까지 몰고 가는 데 박차를 가한 사람이 백인의 우월성을 확신하는 혼혈 남성이라는 것도 의미심장하다.

가을에서 시작해서 그 다음 해 여름으로 끝나는 소설의 시간적 구성도 피콜라가 사는 세계의 비극성을 강조해 준다. 아이러니컬하게도 피콜라의 세계에서는 출생과 죽음, 재생으로 이어지는 계절의 흐름이 전도되어 있다. 자연질서에서는 어린 싹들이 계절이 바뀌면서 성장한다. 그러나 피콜라는 시간이 흐르면서 점점더 고립과 광기로 내몰린다. 피콜라는 만물이 소생하는 봄에 아버지에게 겁탈당하며 생명력이 극치에 달하는 여름에 광기의 불모스러운 상태로 빠져든다.

어깨 위에 손을 얹은 채 양팔을 파닥거리고 머리를 끄덕이면서 마을 주변의 쓰레기 더미와 잡초 사이를 헤매는 피콜라의 마지막 모습은 독자의 뇌리 속에 일방적인 지배 사회의 가치가 흑인 소녀의 자기인식에 얼마나 파괴적인 힘을 가하는가를 선명하게 새겨 넣는다.

백인 사회와 흑인 사회 양자로부터 거부당하는 피콜라의 삶은 이중으로 소외된 흑인 여성의 현실을 상징한다. 문학 작품에서 여성 인물의 심리적인 분열은 그녀가 사는 사회의 문화적, 정치적인 분열을 보여 주는 메타포라고 한다. 피콜라의 광기 역시 그 궁극적인 원인이 백인 사회와 그 가치를 내면화한 흑인 커뮤니티라는 점에서 사회 전체의 병든 정신 상태를 구현한다.

이렇게 해서 『새파란 눈』은 한 흑인 소녀의 곤경에 관한 이야기이면서 동시에 자기증오를 집단적으로 내면화한 흑인 커뮤니티에 관한 이야기, 더 나아가 성차별과 인종차별의 병폐를 안고 있는 미국 사회 전체에 관한 이야기로 확대된다.

2) 클로디아의 이야기: 정체성 보존과 목소리, 생존

클로디아가 자라난 맥티어 가족은 정신적인 궁핍과 단절된 관계만 남아 있는 브리드러브 가족과는 다르다. 맥티어 가정에는 무엇보다도 부모의 따뜻한 사랑과 보살핌이 있다. 맥티어 부부는 경제적으로는 어렵지만 함께 힘을 합하여 가정을 잘 꾸려

▲닭털을 뽑고 있는 흑인 여성들. 세인트 루이스. (1938)

　1차대전에서 대공황에 이르는 시기에 수십만 명의 남부 흑인 여성들은 하녀나 농장 노동자에 비해 임금을 더 주는 공장 일거리를 얻으러 북부로 이주했다. 이들은 백인 여성들이 하기에는 너무 불쾌한 미숙련 육체노동을 담당했다. 이들이 입어야 했던 무겁고 거친 남자 작업복이 이들의 낮은 사회적인 위치를 말해 준다.

나간다.

　아버지는 겨울이면 가족을 춥지 않게 하려고 창문의 틈새를 막고 난로불을 지피느라 분주하고 딸 프리다를 괴롭히는 하숙인에게 자전거를 내던지는 등 딸들을 사랑한다. 어머니는 가난 속에서도 갈 곳 없는 피콜라까지 따뜻하게 보살피는 풍부한 사랑을 지닌 여성이다.

또 이 가정에서는 물질보다 감성이 우선시된다. 클로디아가 크리스마스 선물로 받고 싶어하는 것은 물건이 아니라 할머니의 부엌에 앉아 라일락 꽃다발을 무릎에 얹고 할아버지의 바이올린 연주를 듣는 것이다.

특히 작가는 클로디아와 그 가족들이 궁핍 속에서도 사랑을 잃지 않고 있음을 강조한다. 생계를 꾸려 가느라고 지친 클로디아의 부모들은 행여 딸들이 넘어져서 상처를 내거나 감기라도 걸리면 아이들의 부주의를 야단친다. 또 클로디아가 계절의 변화를 부모가 사용하는 회초리 나무의 변화를 통해 기억하듯 매질도 자주 한다. 그러나 성인이 된 클로디아는 비록 구체적인 말이나 따뜻한 포옹으로 표현되지 않았지만 부모의 사랑이 크다는 것을 느낄 수 있다.

하지만 엄마의 꾸짖음이 정말 그러했던가? 내가 기억하는 것처럼 고통스러웠는가? 조금 아팠을 뿐이다. 아니, 오히려 그것은 생산적이고 결실을 맺는 아픔이었다. 사랑은 짙고 거무스름한 알라가 시럽처럼 깨진 유리창 틈새로 천천히 올라왔다. 나는 집 도처에서— 아래 가장자리 부분이 짙은 황록색이고 달콤하면서 곰팡내 나는— 알라가 시럽 같은 사랑을 냄새 맡고 맛볼 수 있었다. 그것은 내 혀와 함께 서리 낀 창틀에 달라붙었다. 잠자는 동안 플라넬 천이 풀어져서 선명하고 날카우리만큼 차가운 공기 곡선이 목 주변에 느껴질 때 그것은 연고와 함께 내 가슴을 문질렀다. 기침소리가 메마르고 거칠어지는 밤에는 방안으로 엄마의 발이 들어와서 엄마의 손이 플라넬 천을 고정시키고 조각이불을 덮어 주고는 내 이마 위에 잠시 머물렀다. 그래서 나는 가을을 생각할 때마다 내가 죽기를 원치 않는 누군가를 생각한다.

　여기서 가혹한 현실에서도 클로디아를 자기부정에 빠지지 않게 하는 힘이 부모의 사랑이라는 것을 확인할 수 있다.

　맥티어 가족을 브리드러브 가족과 구분 지어 주는 보다 근본적인 차이는 그들이 흑인인 자신을 사랑한다는 점이다. 그리고 이들이 미국 사회에서 가장 천대받는 자신을 사랑할 수 있는 것은 남부의 흑인 문화를 보존함으로써 흑인으로서의 자긍심을 잃지 않고 따라서 백인 가치에 쉽게 동화되지 않기 때문이다.

　남부는 노예 시절부터 흑인들의 억압과 굴욕, 고통이 배어 있는 흑인 역사의 현실이자 흑인 문화의 요람이다. 흑인들은 남부의 땅에서 공동체를 형성하며 억압에 저항하고 노래와 이야기, 민담 등의 구전 전통을 통해 저항 의지와 삶의 지혜를 후세에 물려주었다. 따라서 흑인들에게 남부의 흑인 커뮤니티는 그들의 문화적인 유산이 담겨 있는 뿌리로서 그들의 정체성을 지켜 주는 근원지이다.

　『새파란 눈』에서도 남부 흑인 커뮤니티의 삶은 북부의 그것과 대조를 이루면서 긍정적인 가치를 보존하는 지역으로 그려진다. 예컨대 남부에서는 젊은 세대에게 흑인의 역사를 전하는 구전 전통이 살아 있다. 블루 잭(Blue Jack)은 노예 해방령이 선포되었을 때 얼마나 흑인들이 기뻐했고 어떻게 백인의 린치를 피해 살아 남았는가를 어린 콜리에게 이야기한다. 또한 고립된 핵가족들이 대부분인 북부와는 달리, 남부에는 아픈 지미 할머니를 커뮤니티 전체가 보살펴 주고 할머니가 죽자 마을 여자들이 모여 함께 수의를 만드는 등 공동체 정신이 살아 있다.

특히 작가는 남부 흑인 사회를 이끌어 온 힘의 원천을 지미 할머니와 그 친구들이 이루는 여성 커뮤니티에서 구한다. 모리슨은 흑인 여성들이 겪어야 했던 고통을 묘사하면서 온전하게 살아 남은 이들을 높이 평가한다.

세상 모든 사람들이 그들에게 명령하는 위치에 있었다. 백인 여자들은 "이것을 해." 백인 아이들은 "저것 좀 줘." 백인 남자들은 "이리 와"라고 말했다. 흑인 남자들은 "누워"라고 했다. 명령받을 필요가 없는 유일한 사람들은 흑인 아이들과 서로뿐이었다. 그러나 그들은 이 모든 것을 받아들인 다음 그들의 이미지대로 재창조했다. 그들은 백인의 집안을 꾸려 나갔으며 그 사실을 알았다. 백인 남자들이 자기네 남자를 때릴 때 피를 닦아 내고 집에 와서는 희생자의 욕설을 감수했다. 한 손으로는 아이들을 때리면서 다른 한 손으로는 아이들을 위해 먹을 것을 훔쳤다. 나무를 베어 쓰러뜨린 손으로 탯줄을 잘랐고, 닭 목을 비틀고 돼지를 죽인 손으로 아프리칸 바이올렛을 매만져 꽃피웠다. 비스켓을 가볍게 두드려서 달걀 모양의 얇은 조각을 만들었고 죽은 사람에게 수의를 입혔다. 하루 종일 밭을 갈고 집에 와서는 오얏나무 밑처럼 남자들의 사지 아래에 편안하게 누웠다…… 그리고 그들은 나이를 먹었다…… 그들은 마침내 자유로워졌다. 나이 든 흑인 여인네들의 삶은 그들의 눈에서 비극과 유머, 악함과 평정, 진실과 환상이 뒤섞인 형태로 합쳐졌다.

노년이 되어서야 인종적, 성적 학대로부터 어느 정도 자유로워진 이 여성들의 삶은 "세상의 모든 짐을 짊어진 노새"와 같다. 하지만 모리슨은 이들을 세상의 짐을 수동적으로 짊어져 온 희생자의 관점에서만 보지 않는다. 대신 억압 속에서도 인간적인

위엄과 자긍심을 바탕으로 자기모멸에 빠지지 않고 가족과 커뮤
니티를 이끌어 온 흑인 삶의 수호자로 본다.

혹독한 현실에 굴복하지 않고 살아 남은 이 여성들이야말로
흑인 소녀에게 현실을 살아가는 지혜를 가르칠 수 있는 역할 모
델이라는 것이 모리슨의 생각이다. 이것은 북부로 오면서 가족
이나 전통 문화와 단절된 폴린이 자기부정에 빠지는 데 반해, 흑
인의 문화 유산을 보존하고 있는 맥티어 부인과 그 딸들이 건강
하게 살아 남는 대립구도에서 입증된다.

예를 들어 폴린이 만나는 북부의 흑인 여성들은 아직 곱슬머
리를 펴지 않고 남부 사투리를 쓰는 폴린을 비웃는다. 이들이 남
부의 전통 문화를 떠나면서 생긴 가치 부재의 공백 상태에서 백
인 여성의 기준을 내면화했기 때문이다. 다시 말해 이들은 북부
로 이주하면서 선조 여성들이 지니고 있던 '중심'을 잃어버린
것이다. 폴린의 정체성 상실 역시 이 맥락에서 설명될 수 있다.

맥티어 집안에는 흑인 전통이 살아 있다. 블루스는 흑인 여성
들이 자신의 존재 의미와 현실을, 때로는 자기들의 경제적, 심리
적인 독립의 필요성과 감정적인 연대를 표현하는 수단이었다.
클로디아의 어머니 역시 힘든 일이 있을 때마다 블루스를 부른
다.

클로디아는 어머니가 힘든 시절, 누군가가 자기를 떠나 버린
시절을 노래하는 것을 들으면서 "어머니의 목소리가 너무 달콤
하고 노래하는 눈빛이 너무 부드러워서 어느덧 그 어려운 시절
을 그리워하게 되며" "불행이 어머니의 목소리 안에서 녹색과
푸른색으로 채색되면서 본래 그 말에 담긴 슬픔까지 제거된다.
그래서 고통이란 것이 참을 수 있을 뿐 아니라 달콤하다는 확신

을 주었다"고 회상한다. 이렇게 블루스는 클로디아의 어머니에게 일종의 카타르시스 역할을 하고, 두 딸은 어머니의 노래를 들으면서 흑인 여성의 현실을 배우고 고통을 극복할 수 있는 힘을 얻는다.

뿐만 아니라 맥티어 가정에는 남부에서 볼 수 있었던 여성의 유대가 남아 있다. 클로디아는 언니와 함께 문제를 해결하며 어머니는 두 딸들에게 현실에 대처하는 법을 가르쳐 준다. 피콜라를 학교 아이들의 놀림에서 구해 주고 따뜻하게 대하는 사람도 클로디아와 프리다 두 자매이다.

우리는 제2의 서술자 클로디아의 삶을 통해 문화 유산과 자기애를 바탕으로 백인 가치에 저항하는 것이 흑인 여성의 건강한 삶을 가능케 하는 토양이라는 것을 확인할 수 있다. 클로디아는 피콜라처럼 흑인임을 부정하고 기적적으로 백인 소녀의 몸으로 변화되는 것을 상상하지 않는다. 대신 백인이 문화적으로 지배하는 근거를 묻는다. 클로디아는 "그것이 무엇으로 만들어졌는지, 왜 사람들이 자기를 예쁘다고 생각하지 않는지를 알아내기 위해" 크리스마스 선물로 받은 파란 눈의 인형을 찢고 해부한다. 클로디아는 성장하면서 점차 백인에 가까운 모린을 예쁘고 똑똑한 아이로, 자신을 못생긴 아이로 만드는 것이 몇몇 백인 개인들이 아니라 백인 중심 문화 전체라는 인식에 도달한다.

그리고 클로디아는 이러한 인식을 바탕으로 백인 중심 가치에 저항한다. 그녀는 피콜라의 흑인 아이가 살아 남기를 바라면서 자전거를 사기 위해 꽃씨를 팔아서 모은 돈을 땅에 묻는다. 아버지의 아이를 가진 피콜라에 대해 이웃들은 혐오감이나 충격, 분노를 느끼거나 재미있어 하지만, 클로디아는 "세상 사람들이 백인 인형과 설리 템플이나 모린 필 같은 백인 소녀들만을 사랑하는 것에 대항하기 위해" 피콜라의 흑인 아이가 살아 남기를 바란다. 즉 클로디아는 흑인 아이의 생존을 기원하는 것으로 흑인의 존재를 부정하려 드는 백인 중심 문화에 도전한다.

마지막 부분에서 클로디아는 피콜라의 비극적인 삶의 원인을 흑인 사회와 지배 사회에 돌리면서 비관적인 어조로 이야기를 끝맺는다.

나는 내가 어떻게 그 씨앗을 땅 깊숙이 심지 않았는지, 그것이 어떻게 우리 마을 땅의 결함이었는지 말하고 있다. 나는 심지어 그 해에는 나라 전체의 땅이 금잔화에 대해 적대적이었다고 생각한다. 이 나라의 땅은 어떤 종류의 꽃에 대해서는 나쁘다. 어떤 씨앗은 싹이 트지 않고 또 어떤 열매는 맺히지 않는다. 그래서 땅 자체가 그 자신의 의지로 어떤 씨앗과 열매를 죽일 때, 우리는 땅에 순종하면서 희생자에게 살 권리가 없다고 말한다. 물론 이런 우리의 생각이 잘못된 것이지만, 그것은 문제가 되지 않는다. 너무 늦었다. 적어도 내 고향 마을의 주변에서는 너무, 너무 늦었다.

여기서 클로디아는 땅 전체 즉 백인 사회가 그 희생자를 죽이려 들 때 희생자는 살 권리가 없다고 말하는 것이 잘못된 것임을 인정한다. 하지만 이러한 인식이 이제는 그 잘못을 회복하기에 너무 늦었다는 발언으로 약화되면서 체념의 어조를 띤다.

그런데 너무 늦었다는 클로디아의 마지막 발언은 과거의 피콜라를 되살리기에 너무 늦었다는 것이지, 클로디아 자신에게 해당되는 것은 아니다. 왜냐하면 클로디아는 어린 시절을 슬픔과 회한의 시선으로 회상하면서 피콜라가 파멸하게 된 원인을 이해하고 그 과정에서 흑인 사회와 자신에 대한 보다 성숙된 이해에 도달하기 때문이다.

이제 클로디아는 피콜라의 파멸에 대한 책임을 피콜라의 추함과 죄, 고통을 보고 자신의 아름다움과 올바름, 건강을 확인하려 했던 흑인 사회 전체에 돌리며, '우리'라고 서술함으로써 자기 자신도 그런 사회의 일부였음을 시인한다. 또 흑인 사회가 피콜라의 나약함을 통해 느꼈던 자신감은 환상에 불과한 것이라고 지적한다. 그리고 자기네들의 삶에 대해 "자유로운 것이 아니라 단지 허용되었을 뿐이고 진정한 동정과 이해가 아닌 예의를, 선이 아니라 세련된 행동을, 지성 대신 정확한 문법 지식만을 얻었을 뿐"이라고 평가한다. 즉 백인 사회에 동화하려고 애쓴 결과 흑인의 삶이 교육과 세련된 외양, 어느 정도의 물질을 갖춤으로써 형식적으로는 나아진 것처럼 보일지 몰라도 내적으로는 향상된 것이 아니라는 것이다. 피콜라를 희생양으로 이용한 흑인 사회에 대한 클로디아의 이러한 통찰력 있는 평가는 그녀의 성숙을 확인시켜 주는 중요한 징표이다.

삼백 년에 걸쳐 흑인 여성의 목소리가 억압당해 온 역사적인 현실을 고려할 때 클로디아의 가장 커다란 성취는 지배 문화에 도전하여 강요된 침묵을 깨고 자기 목소리를 내는 것에 있다. 억압당한 사람들에게 있어서 침묵을 깨고 말을 한다는 것, 즉 "되받아 말하는" 행위는 주체로서의 자신을 표현하는 저항적인 행동으로 해방의 의미를 갖는다. 돌이킬 수 없는 피콜라의 파멸이 보여 주듯 백인 문화의 힘은 매우 강력하다. 그러나 모리슨은 클로디아를 통해 주변인들의 되받아쳐 말하는 행위가 강력한 백인 중심 문화를 흔들어 놓는 잠재적인 힘을 될 수 있음을 시사한다.

　3) 서술 기법

　살펴본 대로『새파란 눈』에서 작가는 백인 남성 중심 문화가 흑인 소녀에게 강압적으로 부여한 무와 부정, 침묵을 존재와 긍정, 목소리의 의미로 대체시키고자 한다. 그녀는 희생자와 생존자 두 소녀의 구체적인 삶을 통해서 뿐만 아니라 탁월한 서술 기법을 통해서도 이 작업을 시도하고 있다.

　작가는 미국 초등학교 독본서에 묘사되어 있는 이상적인 가족 모델이 흑인의 현실과 얼마나 괴리되어 있는가를 보여 주기 위해 소설의 서문에서 인용한 독본서를 본문 안에서 계속 해체시켜 가는 서술 전략을 사용한다. 서문에는 독본서가 다음과 같이 세 가지 다른 형태로 재현되어 있다.

Here is the house. It is green and white. It has a red door. It is very pretty. Here is the family. Mother, Father, Dick, and Jane live in the green-and-white house. They are very happy

Here is the house it is green and white it has a red door it is very pretty here is the family mother father dick and jane live in the green-and-whitehouse they are very happy…

hereisthehouseitisgreenandwhiteithasareddooritisveryprettyher eisthefamilymotherfatherdickandjaneliveinthegreen-and- whitehousetheyareveryhappy…

첫 번째 인용이 표준영어 표기법에 따르고 있다면, 두 번째 것은 대문자나 구두점을 생략한 것이고, 세 번째는 단어와 단어 사이 혹은 문장과 문장의 간격까지 제거해서 아무 의미도 없는 자음과 모음의 긴 집합체에 불과하다.

이에 대해 작가 자신은 "소설이 진행되면서 독본서의 내용이 해체되고 뒤죽박죽되도록 만들고 싶었다"고 말한다. 즉 모리슨은 백인 중심 이데올로기를 담고 있는 독본서를 해체하여 이것을 재평가하고 흑인의 경험에 맞게 다시 쓰고자 한다.

예를 들어 독본서의 발췌 대목을 해체시킬 뿐 아니라, 독본서를 구성하는 일곱 가지 요소들—집과 가족, 어머니, 아버지, 고양이, 개, 친구—로 플롯을 구성하면서 피콜라가 처한 현실에 맞도록 이것을 의도적으로 전도하고 있다. 브리드러브 가족을 소개하는 부분 서두에서는 독본서에서 묘사된 행복한 가족을, 어머니 폴린과 아버지 콜리의 일생을 서술하는 부분에서는 "어머니를 보세요" 부분과 "아버지를 보세요" 부분을 마치 제목처럼 놓은 다음, 독본서에 그려진 백인 중산층 가족과 뚜렷하게 대조되는 흑인 가족의 실상을 묘사한다.

이렇듯 모리슨은 백인 중심의 텍스트와 흑인의 실상을 의도적으로 병치시켜 두 세계의 차이를 부각시킴으로써 사회가 보편적이라고 제시하는 규범에 내포된 인종주의를 선명하게 드러낸다.

『새파란 눈』에서 사용된 다각적인 시점 역시 흑인 여성의 의미를 재구성하려는 노력의 일환이다. 텍스트는 전지적 서술자와 클로디아에 의해 진행되며, 성인 클로디아가 1930, 40년대의 어린 시절을 회상하는 형식을 취하면서 클로디아의 일인칭 서술은 다시 성인의 목소리와 소녀의 목소리로 나뉘어진다.

또한 정신이 분열된 피콜라가 거울에 비친 자기 모습에게 이야기하는 장면, 폴린의 내적 독백, 소우프헤드가 신에게 쓴 편지 등 인물들의 내면 세계가 직접 드러나는 내적 독백도 여러 군데 나타난다. 일반적으로 여러 개의 다양한 시각을 제시하는 다각적인 시점은 어느 하나의 목소리에 권위를 주는 대신 다양한 목소리를 모두 인정하는 전략이다.

『새파란 눈』에서도 작가는 다각적 시점을 사용해서 주변인의 목소리를 부각시킨다. 예를 들어 폴린의 목소리로 서술되는 대목(처음 북부에 도착해서 겪는 소외감, 백인 가정과 여주인에 대한 부정적 반응, 영화관 및 백인 자선병원에서의 출산 경험, 왜 콜리를 떠나지 못하는가에 대한 생각 등)은 흑인 여성으로서 겪어야 하는 곤경을 사실적으로 재현한다.

또 지금까지 가려져 왔던 피콜라의 내면이 거울을 보고 피콜라가 이야기하는 독백 장면에서 처음 독자 앞에 드러난다. 그런데 여기서 아버지의 성폭력에 대한 피콜라의 느낌과 그 사건이 있은 후 폴린이 피콜라를 매질했던 것, 피콜라가 학교에서도 쫓겨났으며 모든 사람이 그녀를 피한다는 사실이 밝혀진다. 이러한 내적 독백은 주변인들로 하여금 목소리를 내게 함으로써 일순간이나마 그들을 백인에 의해 거부되는 '대상'에서 스스로의 목소리를 지닌 '주체'로 회복시켜 준다.

모리슨의 서술 기법이 갖는 정치성은 두 명의 서술자를 적절하게 사용하는 것에서도 나타난다. 먼저 전지적 서술자는 하찮은 주변적 존재로 간과되는 브리드러브 가족의 숨겨진 삶을 이해 어린 시선으로 들여다본다. 하층 흑인 여성으로서 폴린이 겪어야 하는 비참한 현실을 사실적으로 묘사하며, 콜리를 묘사할 때에도 상투적인 흑인 강간범으로 그리는 대신 미국 사회의 흑인 남성이 겪어야 하는 곤경을 드러내도록 세심한 주의를 기울인다. 가령 딸을 겁탈하는 충격적인 장면을 서술하기 전에 콜리의 파란 많은 생애를 묘사함으로써 콜리로 하여금 딸에 대한 사랑을 겁탈이라는 치명적인 행동으로 표현하게 만드는 원인들을 추적한다.

특히 전지적 서술자는 백인 사회와 흑인 사회로부터 이중으로 거부당하는 가난한 흑인 소녀에게 시선을 보낸다. 가령 피콜라가 겁탈당하는 장면에서 전지적 서술자는 가해자의 내면은 물론 피해자의 반응까지 놓치지 않는다.

그에 대한 방법으로 먼저 서술자는 딸을 겁탈하기까지 콜리의 내면을 상세하게 추적한다. 등을 굽히고 설거지하는 딸아이의 애처로운 모습을 바라보는 콜리의 내면에서는 무능한 흑인 남자인 자신이 딸에게 무엇을 줄 수 있을까라는 생각과 함께 죄의식이 솟구친다.

딸의 비참한 모습이 아버지로서의 자신에 대한 비난으로 생각되면서 그는 딸아이에게 다시 혐오를 느끼기 시작한다. 즉 콜리는 가장으로서의 무능력에 대한 죄의식을, 그런 감정을 일으키게 하는 상대방에게 전이한다.

특히 전지적 서술자는 콜리의 이런 심리 속에 자신의 존재를 확인하고자 하는 욕망이 강하게 내재되어 있음을 강조한다. 한 발로 다른 다리를 긁는 피콜라의 제스처는 콜리에게 젊은 시절 폴린의 이와 비슷한 제스처를 떠올린다. 더 정확하게 말하자면 콜리는 폴린의 제스처에 대해 보였던 젊은 시절 자신의 반응을 상기하면서 피콜라에게 이를 되풀이한다. 여기서 중요한 것은 자신이 피콜라/폴린이라는 여자를 통해 이전의 젊고 자유분방한 자신을 다시 찾을 수 있다는 콜리의 믿음이다. 젊은 시절 폴린이 웃음을 터뜨렸던 것과 달리 피콜라의 몸이 경직되고 침묵하자 금지된 것에 대한 욕망이 일어나면서 콜리는 피콜라를 겁탈한다. 의식을 회복한 피콜라는 어머니에게 사실을 이야기한다. 그러나 어머니가 이를 듣고 싶어하지도 믿고 싶어하지도 않자 콜리가 다시 겁탈했을 때 그녀는 침묵한다. 그 후 피콜라는 자아가 분열되면서 현실세계와 완전히 단절된다. 즉 아버지의 겁탈에서 오는 충격과 어머니의 몰이해로 언어와 이성을 상실한 것이다. 이렇게 전지적 서술자는 겁탈이 그 희생자에게 주는 영향을 놀랄 만큼 솔직하게 전면에 드러낸다.

한편 제2의 서술자 클로디아의 역할은 흑인 소녀가 파괴당하는 이야기를 희생자 자신이나 희생자가 될 수 있는 소녀의 관점에서 전달하는 것이다. 처음에 모리슨은 클로디아를 도입하지 않고 3인칭 서술자의 시각에서 피콜라와 그 가족에 대해 썼다. 그러나 그 이야기를 읽었을 때 피콜라의 삶과 독자인 나 사이에 연관성이 없게 느껴져서 피콜라와 독자를 연결해 줄 다리가 필요하였다고 한다. 즉 만일 피콜라의 이야기가 다른 관찰자에 의해 이야기되었다면 완전히 다른 이야기가 되었을 것이다. 따라서 모리슨은 흑인 소녀의 이야기를 그의 동년배가 이야기하도록 만든 것이다.

이와 같이 모리슨은 흑인 사회에서조차 소외당한 피콜라의 존재를 억압된 기억에서 끌어 낸 다음, 두 서술자로 하여금 피콜라에게 일어난 일을 대신 이야기하게 하고 피콜라의 내면을 보여주게 한다. 그리하여 흑인 소녀의 삶을 피해자인 흑인 소녀의 시각에서 다시 이야기하는 전략을 통해 완전히 묻혀 버렸을 수도 있을 희생자 피콜라의 삶의 의미를 인식시킴으로써 간접적으로나마 피콜라의 고통을 치유한다.

『새파란 눈』은 1940년대 초를 다루고 있지만 자기모멸감, 패배의식, 무력감에 사로잡혀 왜곡된 삶의 악순환을 반복하는 브리드러브 가족과 지배 가치에 이끌려 가는 흑인 사회는 곧 현대 흑인 사회의 현실이기도 하다.

모리슨은 백인 사회와 흑인 사회 양자로부터 거부당한 피콜라의 애처로운 삶을 통해 흑인 소녀를 자기부정으로 몰고 가는 것이 미국 사회의 인종주의와 성차별주의뿐만 아니라 왜곡된 사회의 가치를 뿌리깊게 내면화한 흑인들 자신의 허위의식임을 명확하게 보여 준다. 그리고 흑인의 자기증오에 대한 책임을 백인 사회는 몰론 그 이데올로기를 내면화한 흑인 자신에게도 묻는다. 피콜라가 파란 눈을 갈망하게 된 원인을 개인의 이야기가 아니라 그의 부모나 흑인 커뮤니티와의 연관 속에서 파악하는 것도 이 때문이다.

그러나 모리슨은 패배에만 머물지 않는다. 작가는 문화 유산과 자기애를 바탕으로 백인 가치에 함몰되지 않으려고 애쓰면서 살아가는 맥티어 가족과, 잊혀진 피콜라의 고통을 이야기하면서 흑인 소녀에게 강요된 침묵에 도전하는 클로디아의 존재를 그려 냄으로써 현실을 극복할 수 있는 한 가지 길을 제시하고 있다.

2. 『술라』
(Sula)

▲펜실베니아 철도의 기관차를 닦고 있는 흑인 여성들.
(1918)

(1) 줄거리

『술라』의 배경은 오하이오 주 구석진 곳에 위치한, 흑인들만 모여 사는 바텀(Bottom) 마을이다. 이 마을이 실제로는 멀리 강이 내려다보이는 언덕배기에 자리잡고 있으면서도 '바텀'(밑바닥)이라고 불리우게 된 데에는 특별한 내력이 있다.

노예제 시절 백인 농부는 흑인 노예에게 힘든 일을 잘해내면 자유와 땅 한 뙈기를 떼어 주겠다고 약속한다. 그러나 막상 노예 해방령이 선포되자 백인 농부는 흑인에게 땅을 주기가 아까웠다. 그래서 그는 언덕에 위치한 그곳을 하나님의 입장에서 보면 밑바닥이고 하나님과 가장 가까이 있으니까 가장 좋은 땅이라는 속임수를 써서 "씨를 뿌리거나 나무를 심으려면 허리가 부러지는 듯하고 씨가 흙에 쓸려 내려가며 겨울 내내 바람이 불어대는" 그 땅을 흑인 노예에게 떼어 준다. 흑인들은 이곳의 혹독한 여건 속에서도 매일 문자 그대로 백인들을 내려다볼 수 있다는 사실에 조그만 위안을 느끼며 살아간다.

작품은 전지적 서술자가 1965년 현재를 기점으로 파괴되어 가는 바텀 마을을 묘사하는 것으로 시작한다. 백인들은 메달리온 읍내에서부터 바텀 마을로 이어지는 골프 코스를 만들기 위해 마을의 도로 주변에 늘어선 낡은 건물들을 모두 철거해 버렸다. 이제 아름다웠던 바텀 마을을 연상시킬 수 있는 것은 아무것도 남아 있지 않다. 전지적 서술자는 거의 사라져 버린 바텀 마을에 살았던 사람들과 그들의 삶을 회상해 본다.

『술라』는 크게 1부와 2부로 구성되어 있다. 1부는 1919년부터 1927년까지, 2부는 1937년부터 1967년까지 일어나는 사건들을 다루고 있다. 첫 장인 〈1919〉장은 1차대전에 참전했다가 옆에서 같이 달리던 병사가 포탄에 얼굴이 날아가 머리가 없어진 채로 계속 달려가는 장면에 충격을 받아 미쳐 버린 셰드랙(Shadrack)의 이야기로 시작한다.

스물다섯 살의 나이에 과거도 근원도 모르는 채 어리둥절해 있던 셰드랙은 감방 변기에 고인 물에 비친 새까만 얼굴을 보고 나서야 자신의 존재를 인식한다. 고향 바텀에 돌아온 셰드랙은 예측할 수 없는 죽음에 대한 공포에서 벗어날 수 있는 방법을 고심하던 중 만일 1년 중 하루를 죽음에 바치면 그 해 나머지 동안 내내 죽음에 대한 공포로부터 자유로울 것이라고 생각한다. 그래서 그는 해마다 새해 삼 일째 되는 날을 '국민 자살일' 로 정한다. 그리고 그 날이 되면 방울과 교수형 집행 밧줄을 들고 사람들에게 오늘이 자살할 수 있는 유일한 기회라고 말하고 다닌다.

마을 사람들은 셰드랙이 강둑의 오두막에 혼자 살면서 가끔 술을 마시고 소리를 지르거나 우스꽝스럽고 음란한 행동을 하지만 그 외의 사람들에게 해를 주지 않는다는 것을 알게 되면서, 그와 그가 만든 '국민 자살일' 을 자기들의 언어와 삶 속에 흡수시킨다.

작품의 중심인물격인 술라와 넬은 셰드랙이 소개되고 난 다음에 등장한다. 두 소녀는 분위기가 서로 판이한 집안에서 자란다. 넬은 물질적으로 궁핍하지 않은 가정에서 자란다. 아버지 윌리 라이트(Wiley Wright)는 오대호 연안을 왕래하는 배의 요리사로 일한다. 어머니 헬렌(Helene)은 아름다운 외모와 당당하고 숙녀다운 몸가짐으로 바텀 마을의 이상적인 여성으로 대접받는다.

헬렌의 외할머니(넬의 외증조 할머니)는 딸 로쉘(Rochelle)이

창녀가 되자 딸의 나쁜 피가 행여나 손녀에게 흐를까 두려워 딸에게서 손녀를 빼앗아 온다. 헬렌은 외할머니의 엄격한 감시밑에서 정숙한 여자 아이로 자란다. 그리고 헬렌은 딸 넬에게도 어머니의 더러운 피가 나타나지 않도록 어린 딸의 열정과 상상력을 억누르면서 순종적인 아이로 길러 낸다.

임종 직전 외증조 할머니를 만나기 위해 넬은 어머니와 함께 남부 뉴올리안즈로 여행한다. 일생에서 처음이자 마지막인 여행을 통해 넬은 인종적, 성적 차별의 현실을 직접 피부에 느끼면서 자아에 눈을 뜨게 된다.

어머니 헬렌은 품위 있는 옷차림과 교양 있는 태도로 흑인 여자에 대한 남부의 경멸로부터 자신을 보호할 수 있다고 믿는다. 그러나 그녀는 남부행 기차에 오르자마자 백인 전용 객차를 통과했다는 이유로 백인 차장으로부터 모욕을 당한다. 이때 헬렌은 자기도 모르는 사이에 차장에게 눈부시게 교태로운 웃음을 보낸다. 옆에서 이 장면을 본 흑인 병사들은 백인 남자에게 교태 부리는 헬렌의 자존심 없는 행동에 격분한다.

넬 또한 그토록 당당하던 어머니가 백인 차장의 모욕에 너무 쉽게 무너져 버리는 것을 보고는 어머니의 숙녀다운 외양 밑에 감추어진 실체를 엿볼 수 있게 된다. 넬은 백인 차장 앞에서 어머니가 보여 준 취약성이 곧 자기의 취약성을 의미할 수도 있다고 생각하면서 "백인이든 흑인이든 어떤 남자도 나를 젤리로 만들도록 내버려 두지 않겠다"고 결심한다. 뉴올리안즈에서 돌아온 날 밤 넬은 거울에 비친 자신의 모습을 보면서 "나는 나" "나는 그들의 딸이 아니야. 나는 넬이 아니라 나야"라고 속삭인다.

이처럼 어머니로부터 독립된 한 개체로서의 자신을 인식하고 새롭게 자아에 눈뜨게 되면서 넬은 더러운 어머니를 둔 아이하고는 놀지 말라는 어머니의 금지 명령에도 불구하고 술라를 친구로 사귀기 시작한다.

술라 피스(Sula Peace)는 외할머니 이바(Eva), 어머니 하나(Hannah)와 함께 산다. 언제나 깔끔하게 정돈되어 있는 넬의 집 안과는 대조적으로 하숙을 치는 술라의 집은 하숙생들과 끊임없는 방문객들로 북적거린다. 외할머니와 어머니는 모두 남편 없이 살아간다. 이바의 남편 보이보이(Boyboy)는 집안은 거들떠보지도 않고 다른 여자와 놀아나고 술 마시며 부인을 욕하고 때리다가 집을 나가 버린다. 보이보이가 떠났을 때 이바에게 남겨진 것이라고는 1달러 65센트와 달걀 다섯 개, 사탕무우 세 개, 그리고 먹여 살려야 할 세 명의 아이들이었다. 이바는 아이들의 먹을 것을 구걸하며 살다가 막내 플럼(Plum)이 9개월이 되자 아이들을 이웃집에 맡겨 놓고 떠난다.

18개월이 지난 후 그녀는 지팡이 두 개와 다리 하나, 검은 새 핸드백을 가지고 바텀 마을에 돌아와서 하숙집을 짓고 경제적으로 독립을 이룬다. 이바 자신은 없어진 다리 하나에 대해 직접 얘기한 적이 없다. 하지만 마을 사람들 사이에서는 이바가 보험금을 타기 위해 일부러 다리 한 짝을 달려오는 기차에 밀어 넣었다는 소문이 무성하다.

이바에게는 열네 살에 결혼하여 미시건 주로 이사간 후 가끔 2달러가 동봉된 편지를 보내 오는 펄(Pearl)과, 남편이 죽은 후 딸 술라를 데리고 어머니 집에 와서 큰 살림을 꾸려 나가는 하나, 그리고 그녀의 모든 것을 유산으로 남겨 주고 싶어할 만큼 사랑하는 아들 플럼이 있다. 플럼은 1차대전에 참전했다가 마약중독자가 되어 집에 돌아온다. 생산적인 일을 하지 못하고 점점더 무력해지는 아들을 보다못해 이바는 사랑하는 아들의 몸에 기름을 붓고 불을 붙여 살해해 버린다.

자기들을 이해해 주지 않는 거리감 있는 어머니와 죽었거나 집에 없는 아버지 사이에서 외롭게 자라던 술라와 넬은 처음 만나자마자 마치 오랜 친구처럼 쉽게 가까워진다. 두 소녀는 자기들이 사는 세상이 "백인도 남성도 아닌 흑인 여자들에게는 모든 자유와 승리가 금지된" 세상임을 깨닫고 무엇인가 다른 삶을 창조하려고 마음먹는다.

술라와 넬은 서로에게서 위안을 느끼고 서로의 모자라는 부분을 보완해 주면서 우정을 쌓아 간다. 차분한 넬에 비해 술라에게는 어떤 감정을 5분 이상 지속하지 못할 정도로 충동적인 면이 있다. 넬은 수동적이고 소극적인 성격을 지닌 반면, 술라는 자아를 위협하는 것에 당당히 맞설 수 있는 용기를 갖고 있다.

어느날 아일랜드 계 이민 소년들이 넬을 이리저리 떠밀면서 놀리는 사건이 일어난다. 몇 주 동안 이들을 피해 다니다가 어느날 술라는 일부러 이들이 있음직한 길로 간다. 술라가 할머니의 주머니칼로 자기 손가락 끝의 살점을 떼어 내 소년들에게 보여 주자 소년들은 겁을 먹고 달아나 버린다.

자존심이 강한 술라를 만나면서부터 넬은 더 이상 담요집게로 코를 높이지 않는다. 그리고 곱슬머리를 펴기 위해 어머니가 뜨겁게 달군 빗으로 머리를 강제로 빗질하는 일에도 흥미를 잃는다. 한편 술라는 상처받을 때마다 넬에게서 위안을 얻는다. 열두 살 되던 해 여름 술라가 우연히 어머니와 그 친구들의 대화를 엿듣다가 "술라를 사랑해. 단지 좋아하지 않을 뿐이야."라는 어머니의 충격적인 말을 들었을 때에도 넬은 아픈 술라의 마음을 어루만져 준다.

이 사건이 일어난 직후 두 소녀는 강둑에서 껍질을 벗긴 나뭇가지로 땅을 파서 만든 구멍에 나뭇가지와 주변의 잡동사니를 넣고 흙으로 파묻는 놀이를 한다. 이때 동네의 어린 소년 치큰 리틀(Chicken Little)이 나타난다. 술라가 치큰의 손을 잡고 빙빙 돌리다가 그만 아이의 손이 술라의 손에서 미끄러져 나가 물 속에 빠져 죽는다. 술라와 넬은 이 사고를 사람들에게 숨기고 치큰의 죽음에 대해 남몰래 가책을 느낀다.

술라가 열세 살 되던 해 어머니 하나는 마당에서 음식을 끓이던 중 옷에 불길이 번져 불에 타죽는다. 술라는 뜨거워서 몸부림치는 어머니를 멀리서 지켜 보기만 한다. 이때 2층에서 이 장면을 본 이바는 딸 하나를 구하기 위해 주먹과 팔로 유리창을 부수고 한쪽 다리로 뛰어내리지만 하나는 죽고 만다.

한편 넬은 부모의 강압적인 양육으로 사회가 요구하는 순종적인 여자로 길러진다. 열일곱 살이 된 넬은 도로 건설 공사의 일을 얻지 못해 괴로워하는 동네 청년 주드(Jude)가 청혼해 오자 그의 고통을 위로해 줄 결심으로 기꺼이 청혼을 받아들인다. 『술라』의 1부는 결혼식 날 넬이 주드의 품에 안겨 춤을 추면서 주드의 등뒤로 멀어져 가는 술라의 뒷모습을 지켜 보는 장면으로 끝난다.

소설의 2부는 십 년이 지난 1937년에서 시작된다. 방울떼 새들이 바텀 마을을 덮치는 불길한 징조 때문에 마을 사람들이 걱정하고 있을 때 술라가 영화배우처럼 멋지게 치장한 모습으로 귀향한다. 옛 친구 술라가 돌아오자 넬은 삶의 생기를 되찾는다.

그런데 다시 돌아온 술라는 바텀 마을의 여자들과 완전히 다르다. 마을의 삼십대 여자들은 여러 차례의 출산과 고달픈 삶으로 마음과 몸이 퇴색한 반면, 서른이 다 되어 가면서도 아직 결혼 같은 것을 생각해 보지 않은 술라는 여전히 건강하고 날씬하다. 할머니가 결혼해서 아이를 낳아 정착할 것을 권유하지만, 술라는 "나는 다른 사람이 되고 싶지 않아요. 나는 내 자신을 만들고 싶어요."라고 대답한다.

그 동안 술라는 대학을 다니고 대도시들을 방황하면서 자신의 분신과도 같은 진실한 친구를 찾아 헤맨다. 그러나 여자의 생각과 내면세계는 거부한 채 오직 사랑의 기교와 돈만 주는 남자들과의 관계를 경험하면서 그녀는 여자에게 연인이란 동료가 아니고 또 결코 그렇게 될 수도 없다는 결론에 도달한다. 대신 남자들과의 관계에서 술라는 자신의 기분과 변덕만이 존재한다는 것을 알았다. 따라서 만일 그것이 전부라면 그것을 발견하고 또 다른 사람들도 자기처럼 그들 자신의 자아와 친밀해지도록 만들겠다고 결심한다.

술라는 자신의 자아와 가깝게 지내기 위한 방법으로 성(sex)을 선택한다. 그녀는 남자와 성관계를 맺으면서 자신의 무한한 힘을 느끼지만 관계가 끝난 후에는 슬픔과 외로움을 느낀다. 그럴수록 술라는 가능한 한 마을의 여러 남자들과 관계한다.

심지어 술라가 넬의 남편 주드와 관계했을 때조차 그녀는 자신의 행동이 넬에게 고통을 줄 것이라 생각하지 못한다. 단지 내면의 공허함을 채울 사람이 필요했을 때 우연히 술라 옆에 주드가 있었을 뿐이다. 그러나 넬은 그 일로 술라에게 큰 상처를 입어 결국 둘의 관계는 멀어진다. 술라는 이러한 넬의 반응을 보고 과거에 자신의 모든 것을 함께 나누었던 넬이 결혼을 하면서 인습적인 마을 여자들 중의 하나가 되었다고 생각한다.

남편도 아이도 없으며 아무 남자들과 잠자리를 갖는 행실로 술라는 마을 사람들에게 점차 악마로 낙인 찍힌다. 더욱이 외할머니를 요양소에 강제로 맡기면서 술라는 마을에서 완전히 배척당한다. 마을 아이가 술라에게서 돌아서다가 계단 밑으로 굴러 떨어져 다친 것, 닭뼈를 먹던 핀리 씨가 술라를 쳐다보다가 닭뼈가 목에 걸려 질색해 죽은 것을 증거로 들면서 마을 사람들은 술라를 악마로 몰고 간다. 이들은 술라를 마을에서 쫓아내거나 린치를 가하지는 않지만 철저하게 그녀를 고립시킨다.

바텀 마을에 대한 술라의 불만이 점점 커져 갈 무렵 그녀는 에이잭스(Ajax)를 만난다. 에이잭스는 술라가 자기 나름의 인생을 갖고 있으며 남자와 가정에 안주하려 하지 않는 독립적인 여성이기 때문에 그녀를 사랑한다. 그리고 술라는 자신을 동등한 인간으로 대하고 진정한 대화를 주고받을 수 있는 에이잭스에게 사랑을 느낀다.

그런데 이상하게도 술라에게 사랑의 감정이 싹트면서 사랑하는 남자와 영원히 함께 있고 싶은 소유의 감정이 생긴다. 그러나 에이잭스는 이를 눈치채자마자 즉시 술라를 떠난다. 에이잭스가 가버리자 술라는 자신이 알고 있는 노래를 다 불러서 더 이상 부를 새로운 노래가 없다는 체념에서 병에 걸려 죽어 간다.

삼 년이 지난 후 넬은 마을의 병자를 방문해서 위로하고 간호해야 하는 의무 때문에 병을 앓고 있는 술라를 찾아간다. 주드가 떠난 후 호텔의 청소부로 일하면서 아이들을 키워 온 넬은 나이 서른에 이미 삶에 지쳐 있다. 넬은 흑인 여자이면서 남자처럼 하고 싶은 대로 행동하는 술라를 비난하지만, 술라는 흑인 여자와 흑인 남자는 다를 것이 없다고 말한다. 세상의 흑인 여자들은 제대로 살아 보지도 못하고 죽어 가지만 자신은 제대로 살아 보았다고 말하면서 후회하지 않는다는 것, 그리고 언젠가 기존의 질서가 뒤바뀌는 새로운 세상이 오면 그때는 사람들이 자신을 사랑하게 될 것이라고 말한다.

결국 술라는 철저하게 혼자가 되어 죽는다. 그녀가 죽은 후에도 마을 사람들은 아무도 그 시체를 처리할 생각을 하지 않는다. 결국 넬이 백인 경찰을 불러 술라의 시체를 거두어 가게 하며, 그녀만이 술라의 장례식에 참석한 유일한 흑인이 된다.

마을의 암적 존재였던 술라가 죽자 사람들은 앞으로 좋은 날이 오리라고 기대한다. 처음에는 흑인들도 새로 지은 멋진 요양소에 들어갈 수 있고, 터널 공사에서 흑인 일꾼이 고용될 것이라는 좋은 소문이 나돈다. 그러나 그것도 잠시, 그 후부터는 불길한 일들이 계속된다. 갑작스럽게 때 아닌 추위가 찾아와 늦게 추수할 작물이 상하는 바람에 마을 사람들은 굶주리게 되고 얼음이 녹기 시작할 때쯤 사람들은 여러 가지 질병에 시달린다.

뿐만 아니라 어머니 역할을 멸시하는 술라에 대항해서 보란 듯이 아이들을 잘 돌보아 주던 어머니들은 아이들에게 무관심해지고 며느리들도 늙은 시어머니를 다시 짐스럽게 여기기 시작한다.

혹독하던 긴 추위가 끝나고 찬란한 햇살이 퍼지던 날 마을 사람들은 처음으로 셰드랙의 '국민자살일' 기념행사에 참가한다. 사람들의 행렬은 1927년부터 일꾼으로 채용되리라는 소문만 무성할 뿐 한번도 일할 수 없었던 터널 공사 현장까지 이어진다. 바 텀 주민들은 그 동안 받아 온 인종차별에 대한 분노로 터널의 벽 돌을 깨부수기 시작한다. 그러자 터널이 붕괴되고 강물이 밀려 들어와 마을 사람들의 반 이상이 익사하는 참사가 일어난다.

1965년이 되자 흑인들의 상황에 상당한 변화가 온 것처럼 보 인다. 메달리온 읍내에서는 계산대 뒤에서 일하고 학교에서 학 생들을 가르치는 흑인을 볼 수 있을 정도로 흑인의 사회적인 지 위가 겉으로는 향상되었다. 그러나 이러한 변화가 긍정적인 것 만은 아니다. 이제 흑인 노인들과 병자들은 기관에 수용되어 있 다. 또 전쟁 동안 돈을 번 흑인들이 바텀을 떠나 이사한 대신 백 인들이 바텀에 TV 방송국 탑을 세우고 골프장을 건설하기 위해 집과 나무를 뿌리째 뽑아 버렸다. 그리고 집집마다 TV와 전화를 갖게 되면서 사람들의 상호작용으로 이루어진 이웃은 더 이상 존재하지 않게 된다.

넬은 모든 것이 변해 버린 현재를 바라보면서 사라져 버린 시 절을 안타까워한다. 여전히 마을의 병자나 도움이 필요한 사람 을 방문하고 있는 넬은 어느날 메달리온 요양소에 있는 이바를 방문한다. "너와 술라, 무슨 차이가 있어?"라는 이바의 물음에 넬은 새로운 인식에 도달한다. 넬은 술라가 치큰의 손을 놓치던 장면을 회상하면서 치큰의 손이 빠져 나갔을 때 자신도 좋은 감 정을 느꼈다는 사실은 곧 자신도 술라와 공범자라는 것을 처음 으로 깨닫는다.

양로원에서 나온 넬은 자기도 모르게 술라의 무덤으로 발걸음 을 향한다. 넬은 무덤 가까이 서서 그 동안 내내 그리워해 온 사 람은 떠나가 버린 남편 주드가 아니라 친구 술라였다는 것을 깨닫는다. 넬은 한없는 상실감으로 바닥도 꼭대기도 없이 슬픔의 원만 그려대는 기나긴 울음을 터뜨린다.

(2) 작품 해설

소녀 술라와 넬은 흑인 여성에게 가해지는 사회의 억압을 일찍 깨닫고 무엇인가 다른 삶을 창조하려고 한다. 하지만 넬은 결혼을 선택하면서 소녀 시절의 꿈을 상실하고, 술라는 사회가 정의 내린 흑인 여성이기를 거부하고 새롭게 자아를 정립하고자 애쓰면서 두 사람은 전혀 다른 삶을 살아간다. 인습적인 여성의 길을 택한 넬의 삶이 흑인 여성의 일반적인 현실을 보여 준다면, 술라의 삶은 이러한 현실을 변화시키기 위한 길을 모색하는 작업일 것이다.

그런데 흑인 여성의 자아찾기를 다룬 『술라』는 상당한 비평적 논쟁을 불러일으켰다. 비평가들의 상반되는 평가는 술라라는 여성 인물에 관련하여 두드러진다. 술라를 "새로운 여성 존재를 위한 문자 그대로의 상징적인 돌파구"로 보는 입장이 있는가 하면, 자기애에 갇혀 있는 여성으로 보기도 한다. 또 어떤 비평가는 술라와 넬의 두 여성간의 관계가 가장 긍정적으로 그려져 있고 또 흑인 마을에서 술라의 존재가 '정상적인' 것으로 여겨지는 삶의 모순들을 폭로하는, 마치 레즈비언의 존재와 흡사한 기능을 한다는 점에서 『술라』를 레즈비언 소설로 해석하기도 한다. 술라에 대한 이 같은 상반되는 평가의 근본 원인은 술라의 실험적인 삶을 바라보는 시각의 차이 때문이다.

이 작품은 우리에게 여러 가지 질문을 던진다. 술라의 삶이 어떤 의미에서 혁신적인가? 술라의 자아 추구는 긍정적인가? 술라의 삶이 왜 실패로 끝나는가? 이런 의문에 답하기 위해 먼저 바텀 공동체의 특성과 넬의 삶을 통해 흑인 여성의 현실을 생각해 보자. 그리고 술라가 추구하는 삶의 구체적인 모습을 살펴본 다음, 흑인 여성을 구속하는 현실을 변화시키기 위한 작가의 전망에서 술라의 시도가 갖는 의미를 생각해 보기로 하자.

1) 바텀 공동체

『술라』의 텍스트는 서술자가 외부 사회의 산업화 과정과 더불어 흑인들만의 마을이었던 바텀이 파괴되어 가는 모습을 안타깝게 회상하는 것으로 시작된다.

그들이 메달리온 시 골프장을 만들기 위해 나이트쉐이드와 블랙베리 덤불을 뿌리째 뽑아 놓은 그곳에는 한때 마을이 있었다. 메달리온 계곡 마을 위쪽 언덕에 자리잡은 그곳은 강으로 쭉 뻗어 있었다. 그곳은 이제 교외 지역이라 불리우고 있지만, 흑인들이 그곳에 살았을 때에는 바텀으로 불리웠다. 너도밤나무, 참나무, 단풍나무와 밤나무로 그늘 지워진 길이 그곳을 계곡과 연결시켜 주었다. 이제는 개암나무가 사라지고 아이들이 앉아서 꽃송이 사이로 지나가는 행인들에게 소리치곤 했던 배나무도 사라졌다. 메달리온에서 골프장까지 나있는 길에 어지럽게 서있던, 칠이 벗겨져서 빛 바랜 건물들을 허물어뜨리는 일에 많은 자금이 할당되었다.

여기서 서술자는 평온했던 흑인 마을이 백인들의 골프장 건설을 위해 송두리째 파괴되어 가는 모습을 생생하게 전달하고 있다. 뒤이어 그는 1920, 30년대의 바텀 마을의 삶을 회상하면서 언덕 땅과 계곡을 이어 주는 길가에 늘어선 아름다운 나무들, 당구장, 미용실, 식당과 이곳 주민 들의 삶을 상기한다.

전지적 서술자의 회상을 통해 부각되는 과거의 바텀 마을은 공동체의 모습을 유지하고 있다. 『새파란 눈』에서 소도시의 변두리에 위치한 흑인 사회 전체가 대중매체를 통해 밀려들어오는 지배 가치에 휩쓸려 자기부정에 시달리는 반면, 바텀은 아직 세계를 바라보는 그들 고유의 독특한 방식을 보존하고 있는 전통적인 흑인 마을이다.

바텀을 창조하면서 부각시키고자 한 것이 이웃에게서 얻을 수 있는 "생명력 있는 부양 능력, 즉 서로의 삶을 염려해 주는 마음"이라고 모리슨은 말한 바 있다. 바텀 마을에는 공동체 내지 이웃의 정신이 아직 남아 있다. 백인 지역 메달리온에서는 노약자를 돌보는 책임이 더 이상 공동생활의 중심이 아니라 양로원과 같은 기관의 책임이다. 하지만 바텀 마을 사람들은 병자나 노인, 굶주린 자나 미친 자들을 함께 돌본다. 바텀과 메달리온의 이러한 대조는 바텀 마을이 산업화와 자본주의 체제에 완전히 편입되지 않았음을 의미하는 것이기도 하다. 또한 바텀은 사회 전반에 과학과 기술문명이 침투하여 모든 것이 이성적인 논리로 설명되는 이성 중심적인 산업 사회와는 구분되는 곳이다. 이곳에서는 자연현상에서 인간사를 읽어 내거나 모자를 쓰지 않고서는 조리법을 기억하지 못하는 요리사에 대한 '미신'과 같은 이야기가 자연스럽게 받아들여지는 민간신앙이 건재하다. 또한 이성이 헤게모니를 쥐고 있는 산업 사회에서 광기는 하나의 병이자 비정상적인 일탈로 분류되어 격리되지만, 바텀은 전쟁터에서 얻은 충격으로 정신이 이상해진 셰드랙의 광기를 삶의 일부분으로 받아들인다.

바텀의 흑인들은 독특한 생존철학과 악의 개념을 갖고 있다. 그들은 악이란 인간의 삶 속에 존재하는 여러 측면의 하나일 뿐이므로 제거해야 할 대상이 아니라, "그 존재를 인식한 다음 잘 다루어서 그것보다 오래 살아 남아 승리를 거두어야 하는 그 무엇"이라고 생각한다.

따라서 이들은 인종차별과 같은 사회의 악도 자연 재난처럼 인내함으로써 극복할 수 있다고 믿는다. 때문에 차별에 저항해서 변화를 가져올 수 있는 가능성을 생각하기보다 미래는 지금보다 나아지리라는 희망을 가지고 현재의 고통을 인내하는 편이다. 이들이 가난과 실직, 백인의 천시와 같은 고통에 어떻게 대처하는가를 보자.

조용한 날이면 계곡 마을 사람들은 간간이 노랫소리와 벤조 켜는 소리를 들을 수 있었다. 계곡에 사는 사람이 월세나 보험료를 받는 등 언덕 위쪽에 볼일이 있으면, 그는 꽃무늬 드레스를 입은 흑인 여자가 흑인 특유의 스텝 댄스를 추는 모습이나 살짝 보이는 여인네의 검은 엉덩이나 활발하고 생생한 목소리에 맞추어 서로 어울려 돌아가는 모습을 볼 수 있었다. 그녀의 모습을 바라보고 있던 흑인들은 웃거나 무릎을 비벼댔다. 계곡 마을 사람들은 이 웃음소리를 들으면서 그들의 눈꺼풀 밑 어디엔가, 머리에 쓰고 있는 누더기 같은 것이나 부드러운 펠트 모자 그 어디엔가, 혹은 그들의 손바닥 어디엔가 아니면 구겨진 옷깃 뒤 어디엔가, 혹은 그들의 근육 곡선 어디엔가 도사리고 있는 그들의 고통을 알아채지 못하기 십상이다.

여기서 볼 수 있듯이 마을 사람들은 실업과 가난에 절망하기

보다는 웃음과 노래, 춤으로 이 고통을 견디어 낸다.

바텀 마을을 규정하는 큰 힘은 백인 중심의 사회구조이다. 이곳 흑인들이 '바텀' 이라 불리우는 언덕배기 땅에서 살게 된 내력에 얽힌 일화는 이들의 언어와 논리가 백인에 의해 통제되고 있음을 보여 준다. 바텀의 남자들이 1차대전에 참전했다가 정신이상자나 약물중독자로 되돌아오는 것에서 보여지듯 바텀 마을은 백인 사회의 영향력에서 벗어날 수 없다.

가령 바텀 마을은 외부 사회의 성차별주의를 그대로 답습하고 있다. 게다가 이들의 성차별은 외부 사회의 인종차별로 인해 더욱 심화되어 나타난다. 작가는 인종주의로 좌절을 겪는 흑인 남성의 고통을 이해 어린 시선으로 묘사한다.『술라』에는 흑인이라는 이유로 직업을 얻지 못하는 흑인 남성 일반의 곤경과 무료함이 실감나게 포착되어 있다. "늙은 남자 젊은 남자 할 것 없이 극장과 미용실, 당구장 앞에 앉아서 입맛을 쩍쩍 다시거나 기분전환 거리를 기다리고 있으며," 에이잭스는 비행기를 조종해 보는 것이 가장 커다란 소망이지만 기껏 해야 대도시의 비행장 철조망에 기대어 일에 참여한 운좋은 남자들의 이야기를 듣거나 일거리 없이 어슬렁거릴 수밖에 없다.

모리슨은 흑인 남성의 곤경을 이해하면서도 동시에 이들의 현실을 인종뿐 아니라 성과 계급 이데올로기의 상호작용 안에서 파악한다. 그는 사회가 정한 '남성다움' 의 기준을 충족시킬 수 없게 되자 여성을 지배함으로써 상실된 남성의 권위를 회복하려 드는 미성숙한 흑인 남성의 성차별주의에 대한 비판의 끈을 늦추지 않는다.

백인 중심의 경제 체제 안에서 일거리를 얻지 못하고 가장의

책임을 박탈당한 흑인 남자들은 대부분 심리적인 거세를 경험하
게 되고 급기야 정신적인 무력감에 시달린 나머지 가족을 버리
거나 아내에게 좌절된 분노를 퍼붓는 가정의 폭군이 된다. 보이
보이를 비롯한 바텀 마을의 남자들도 생계 부양의 의무마저 할
수 없게 되자 좌절과 무력감을 극복하지 못하고 가족에게 폭력
을 행사하거나 가족을 버리고 떠난다.

특히 작가는 주드가 넬에게 결혼 의사를 본격적으로 밝히는
시점이 백인 남자들과 이민계 남자들만 도로 공사의 일에 고용
되자 그가 어떤 식으로든지 성인 남자의 역할을 갖고 싶고 그의
상처를 위로해 줄 사람을 필요로 하게 되었을 때라고 지적한다.
즉 주드의 의도는 사회로부터 받은 좌절을 결혼을 통해서 가장
의 권위로 회복하겠다는 것이다. 즉 흑인 남성에게 있어서 결혼
은 사회의 밑바닥에서 벗어날 수 있는 통로인 것이다. 모리슨은
주드의 결혼 동기를 치밀하게 분석하면서 그의 결혼 개념이 얼
마나 남성 중심적인가를 드러낸다.

　결혼에 대해 생각하면 할수록 그것은 더욱 매력적으로 보였다.
그의 운이 어떻든 간에, 옷의 마름질이 어떻든 간에, 항상 감침질—
그의 풀려진 가장자리를 숨겨 주는 주름과 단이 있을 것이다. 그를
받쳐 줄 달콤하고 부지런하며 충성스러운 누군가가. 그리고 그에
대한 보답으로 그는 그녀를 보호하고 사랑하면서 그녀와 함께 늙어
갈 것이다. 그 누군가가 없으면 그는 여자처럼 서성거리는 웨이터
에 불과했다. 그녀가 있으면 그는 필요 때문에 만족스럽지 못한 직
업에 고정된 한 가정의 가장이 되었다. 두 사람이 함께 하나의 주드
를 만들 것이다.

주드에게 있어서 아내란 자신의 남성다움을 증명할 수 있도록 종속적인 위치에 머물러 있으면서 동시에 외부 세계의 압력으로부터 그를 보호, 위로해 주는 완충 역할에 불과하다. 즉 그가 구상하는 결혼관계에서 흑인 여성은 사회 권력구조에서 소외된 남성의 방패막이로만 존재할 뿐이다. 이런 의미에서 가부장적 결혼 제도는 흑인 남자에게 금지된 소유와 지배에의 욕구를 대신 충족시킬 수 있게 함으로써 인종차별을 견디게 만들고 궁극적으로는 미국 사회의 불평등 체제의 존속을 돕고 있는 셈이다.

그런데 바텀 마을의 여자들은 자기네 삶을 제한하는 가부장제 구조를 인식하기는커녕 오히려 그 이데올로기를 내면화함으로써 현 제도를 지속시키는 데 일조한다. 이 점은 한때 술라와 함께 새로운 삶을 살고자 했던 넬이 성인이 되면서 마을의 가치 안으로 들어서는 과정을 통해 보여진다.

소녀 시절의 술라와 넬은 모든 자유와 승리가 금지된 흑인 여성의 현실을 인식하고 나름대로 진정한 자아를 함께 창조하려 한다. 그러나 넬은 사춘기에 접어들면서 술라와 함께 나누었던 꿈과 자유로운 상상력, 그리고 삶을 경험하고 싶은 충동을 잊어버린다. 이것은 넬이 성장하면서 수동성과 희생, 봉사를 여성의 미덕으로 규정하는 사회의 가치를 내재화했기 때문이다. 넬의 수동성은 "꽃무늬 침대에 누워 머리카락에 뒤덮인 채 정열적인 왕자를 기다리는" 소녀 시절의 꿈에 이미 예고되어 있다.

넬이 쉽게 사회의 가치에 순응할 수 있는 것은 그녀의 수동적인 기질 탓도 있겠지만, 무엇보다도 그녀가 가부장적인 백인 중산층 가족 모델을 성공적으로 흡수한 가정에서 성장했기 때문이다. 넬의 어머니 헬렌은 아름다운 외모와 당당하고 권위 있는 행동거지, 세련된 매너를 갖고 있고 사회봉사에 열심이며 사회의 관습과 가치에 따라 살아가는 소위 '선한' 여성이다.

그러나 '도덕적'인 헬렌은 사실 백인 남성 우월주의를 내면화하여 흑인으로서의 정체성을 부정하고 백인 중산층의 이상적인 어머니와 아내의 이미지를 모방하기 위해 애쓴다. 그녀는 집게를 사용해서 딸의 낮은 코를 높이고 뜨거운 빗으로 딸의 곱슬머리를 펴도록 강요하는 등 넬에게도 이 가치를 주입시킨다. 또한 어머니의 '부도덕한' 피가 행여 자신의 딸에게 흐를까 두려워하면서 딸이 사회에서 요구되는 정숙한 여자가 되도록 "딸이 보여주는 열정을 진정시키고 상상력을 억누른다."

이렇듯 헬렌은 남부 여행을 통해, 그리고 술라와의 우정을 통해 강화되고 일깨워졌던 넬의 자아 의식을 억압한다. 그 결과 사춘기에 접어든 넬은 어느덧 가부장제 이데올로기에서 벗어나지 못한다. 넬이 주드의 청혼에 처음에는 반응을 보이지 않다가 그의 고통과 좌절을 발견하면서 그와의 결혼을 결심하게 되는 것도 남자의 고통을 보살피는 것이 여성의 미덕이라는 사회의 가치를 받아들였기 때문이다.

2) 실험적인 삶

한편 술라는 넬이 결혼하자마자 바텀을 떠나 대학에 다니고 대도시를 전전하면서 결혼은 안중에도 없이 소녀 시절의 꿈과 열망을 추구한다. 술라가 인습적인 여성의 삶을 거부하고 독립적으로 살아갈 수 있는 것은 결혼 제도에 얽매이지 않고서도 당당하게 살아 온 할머니와 어머니의 삶을 지켜 보았기 때문이다.

가부장적 규범이 충실하게 이행되는 라이트 집안에서는 여성의 자아와 상상력이 표현될 공간이 없다. 그러나 피스 집안에서는 여성의 주체와 자아의 표현이 가능하다. 피스 집안에서는 더러운 그릇을 몇 시간씩 싱크대에 내버려 둘 수 있고 아이들도 스스로 자라도록 하며 여성의 성이 남성의 지배를 받지도 않는다.

할머니 이바와 어머니 하나는 남자에 대한 종속적인 관계를 벗어난다는 점에서 바텀의 여자들과 다르다. 이바는 남편에게 버림받은 후 결혼하지 않고 동등한 위치에서 이야기할 수 있는 남자 친구들과의 교제를 즐긴다. 또 그녀는 달려오는 기차에 다리 하나를 희생하고 얻은 보험료로 하숙집을 지어 경제적인 독립을 성취해 낸다. 이처럼 이바는 인종주의적 자본주의 체제의 냉혹한 논리에 희생당하기를 거부하고 자기의 몸을 저항 수단으로 전환시킨 강인한 여성이다. 하나 역시 남편이 죽은 후 친정 살림을 도맡아 꾸려 가면서 재혼에는 아랑곳하지 않고 순전히 육체적인 욕구를 충족시키기 위해 마을 남자들과 자유롭게 성관계를 맺는 비인습적인 여성이다.

게다가 특이하게도 피스 집안에서는 부모의 기대를 자식에게 강요하는 억압적인 자녀 양육을 찾아볼 수 없다. 이바는 자식을 사랑하면서도 거리를 두며 자식들을 길렀고, 하나 역시 술라를 사랑하고 돌봐 주지만 흔히 부모와 자식 사이에서 발견되는 집착과 관심을 갖고 있지 않다.

가부장제에 의해 제도화된 모성은 자식들을 위한 지속적이고 무조건적인 사랑을 베풀도록 강요함으로써 여성에게 자기 희생을 요구한다. 그러나 이바와 하나는 무조건적인 자기 희생을 요구하는 인습적인 모성을 넘어선다. 이바가 약물중독으로 폐인이 된 아들 플럼을 살해하는 행위 역시 이런 맥락에서 이해될 수 있다. 하나가 왜 플럼을 죽였냐고 묻자 이바는 사랑하는 아들을 죽일 수밖에 없었던 이유를 두 개의 목소리로 이야기한다.

여기서 두 개의 목소리란 어머니와 개인이라는 이중의 정체를 의미한다. 다시 말해서 아들에게 기름을 부어 불태우는 이바의 행동은 성인이 된 아들을 더 이상 돌볼 수 없다는 생각에서 어머니 역할을 거부하고 그녀의 자아를 주장하는 행동이라는 것이다.

더 나아가 이바의 삶은 우리로 하여금 모성신화의 보편성에 의문을 제기하게 만든다. 이바의 자식 사랑은 어린 자식들을 먹여 살리기 위해 기차에 다리 하나를 내버리거나 불에 타는 딸을 구하기 위해 3층 창밖으로 뛰어내릴 만큼 희생적이다. 하지만 그 사랑의 구체적인 표현은 어머니란 으레 자식과 재미있게 놀아주고 끊임없는 접촉과 관심을 보여야 한다는 통념에서 벗어나 있다. 하나가 이바에게 "엄마, 우리를 사랑한 적 있어요?"라고 물으면서 어머니의 사랑을 의심해 보는 것도 이 때문이다.

그러나 하나가 알고 있는 어머니의 사랑 표현은 사실 경제적인 여유가 허용된 중산층 여성에게나 가능한 것이다. 이바는 흑인들이 생계조차 유지하기 힘들었던 1895년 당시 자식을 위해 "살아 남았다"는 사실만큼 어머니의 사랑을 확실하게 증명하는 것이 없다고 대답한다. 이것은 사회가 정의 내린 일반적인 모성의 역할이 주변에 위치한 소수 민족 내지 하층 계급 여성들에게는 현실적으로 적용될 수 없음을 뜻한다.

이렇게 볼 때 이바와 하나 두 여성이 꾸민 가정은 자기충족적인 여성 중심의 세계다. 그렇다고 해서 피스 집안에 여자들만 사는 것은 아니다. 이바의 관심은 다른 인종과 성, 계층으로 확대되어 오갈 곳 없는 백인 부랑아와 멕시코 계 혼혈 소년을 거두어들인다. 이 집안에 충만하는 유동적인 열린 정신은 소유나 축적의 원리에 입각하지 않고 그때그때 필요에 따라 자발적으로 확장된 특이한 하숙집 구조에도 반영되어 있다. 이런 의미에서 어떤 비평가는 이바가 이끄는 가정이 남성 중심적인 부르주아 핵가족 모델에 대한 대안을 시사한다고 지적하기도 한다.

이와 같이 남성으로부터 정신적, 경제적으로 독립하여 살아가는 피스 집안의 여성들은 술라에게 전통적인 여성의 영역을 벗어나면서도 가능한 삶의 모델을 제공한다. 술라가 보여 주는 독립심, 자유에 대한 열망, 상상력, 저항심은 이처럼 유동적이고 여성 중심적인 가정 공간에서 키워진 것이다.

피스 집안의 마지막 세대인 술라는 할머니와 어머니의 비인습적인 정신을 다분히 이어받고 있다. 술라가 독립적이라는 것은 "달콤한 것을 맛보고 장미 향기를 맡으면서 회백색 말을 타고 달리는" 어린 시절의 꿈에 이미 나타나 있다. 또한 사춘기 시절 술라가 백인 소년들의 성적 위협에 대항하여 자기 손가락 끝을 자르는 행위는 흑인 여성에 대한 백인 남성의 성적 지배를 받아들이지 않겠다는 단호한 거부의 몸짓으로 할머니 이바의 저항 정신과 일치한다.

십 년 만에 바텀에 돌아온 술라는 결혼과 아내, 어머니 같은 전통적인 여성의 역할을 철저하게 거부한다. 기존의 결혼 제도는 "다른 사람이 아닌 자기 자신"을 창조할 공간을 허용하지 않기 때문이다. 술라는 출산과 육아, 생계의 의무까지 포개어진 힘겨운 삶의 무게로 정신적, 육체적으로 빛 바랜 마을 여자들의 삶을 이렇게 묘사한다.

> 삶이 편협해지면 질수록 그들의 엉덩이는 더욱 넓어져 갔다. 남편을 가진 여자들은 풀먹인 관에 자신들을 구겨 넣고, 그들의 옆구리는 다른 사람들의 앙상하게 마른 꿈과 회환으로 터져 나온다. 남자 없는 여자들은 마치 언제나 텅 빈 듯한 눈동자를 연상케 하는 끝이 신 솔잎 같았다. 남자 있는 여자들은 오븐과 증기 주전자에 파묻혀 집안일을 하느라 입김에서 이미 단맛이 다 빠져 버렸다. 자식들은 자기 살에서 떨어져 나온 터라 그 아픔이 상당히 깊은, 멀리 있으면서도 겉으로 드러난 상처 같은 존재였다. 그들은 세상을 쳐다보다가 자식을 돌아보고 세상으로 다시 눈길을 돌렸다가 다시 자식을 되돌아보곤 한다. 그리고 술라는 이 여인네들의 목에 칼날이 닿지 않게 막아 주는 유일한 것이 바로 해맑은 어린 눈동자라는 것을 알았다.

인용문에서 지적되고 있듯이 술라는 결혼이 여성의 자아를 죽음으로 이끈다고 생각한다. 술라가 보기에 결혼한 여자들은 남편과 아이들을 돌보느라고 자기 자신을 돌볼 수 없으며, 남자 없는 여자들도 여자 혼자서는 불완전하다는 생각 때문에 자신의 진정한 자아를 알지 못하기는 마찬가지다.

인습적인 여성들이 꾸려 나가는 피폐한 삶은 성인이 된 넬의 삶을 통해 보다 확연하게 드러난다. 주드가 떠난 지 삼 년 후 넬은 "서른 살의 나이에 이미 타오르는 듯한 갈색 눈동자가 마노 빛으로 시들었고 피부는 푸른 녹색의 절정기에 잘라 내어 쪼개져서 쓰러진 단풍나무 빛"을 발할 만큼 육체적으로 퇴색한다.

이러한 넬의 외형적인 변화는 호텔 청소부로 일하면서 혼자 힘으로 자식을 키워야 하는 육체적으로 고달픈 삶 때문이기도 하지만, 남편이 없는 정신적인 박탈감과 싸우며 살아야 하는 고통을 말해 주기도 한다.

모리슨은 넬과 같은 전통적인 여성들이 아이를 돌보고 일상에 필요한 일을 함으로써 흑인 사회를 존속시켜 왔다는 점에서 그들의 가치를 인정한다. 그러면서도 동시에 "전적으로 법에 따라 살아가고 아무것도 의심치 않으며 규범에 완전히 굴복하는 삶은 때때로 자신에 대해 아무것도 알지 못하게 만든다"고 지적한다.

한 예로 나이가 들면서 사회의 규범에 순응할수록 넬은 아내와 어머니로서가 아닌 개인 자신의 진실한 감정을 표현하는 능력을 상실한다. 남편이 가출했을 때 넬은 마음 깊은 곳으로부터 고통의 울음이 밀려 나오기를 기다린다. 그러나 울음은 나오지 않고 대신 진흙 묻은 끈과 털로 된 회색빛 공이 주변에 떠도는 것을 본다. 넬은 이 더러운 공이 자기 옆에 있는 것을 알면서도 이것을 쳐다보려 하지 않는다.

이 더러운 공은 넬이 탐구하기를 두려워하는 그녀의 감정이 물리적으로 나타난 것이며, 또 선한 여성의 이미지를 보존하기 위해 넬이 일생 동안 행해 온 극단적인 자기 억압의 상징이기도 하다. 그 동안 넬은 항상 감정을 통제할 수 있는 능력과 올바른 행동거지를 자랑스럽게 생각해 왔다. 그러나 실상 자신의 진정한 내면의 욕구에 대해서는 아는 것이 없다.

남편이 떠난 후에도 그녀는 "미덕을 유일한 정박지"로 알고 그의 부재로 인한 허탈감을 자식 사랑으로 위로하면서 살아간다. 하지만 이러한 넬의 삶은 결코 자기 승화적인 삶이 아니다. 이것은 자신의 모든 욕구를 모성으로 쏟아 부은 나머지 자식 사랑이 "너무 진하고 기괴해서 혹시 그 무거운 발톱으로 아이들을 질식시키지 않을까 두려워할 정도로" 왜곡되어 버린 것에서 알 수 있다.

술라는 이렇게 변모한 넬이 이제 완전히 마을의 규범 안에 있음을 인정하면서 남편과 아이들에게 얽매여서 자신의 공간을 갖지 못하는 마을 여자들의 삶을 거미의 삶에 비유한다.

> 넬은 그들 중의 하나였다. 다음 거미줄만 생각하며 자신이 내뱉은 침으로 만든 어둡고 메마른 곳에 매달린 채 밑에 있는 뱀의 숨결보다 자유낙하를 더 두려워하는 거미들 중의 하나가 되었다. 그들의 시선은 둥지에 걸려든 길 잃은 낯선 존재에 너무 열중한 나머지 등 위에 있는 코발트 빛과 모퉁이를 꿰뚫는 달빛을 보지 못했다. 뱀의 숨결에 닿으면, 그것이 아무리 치명적일지라도 그들은 희생자가 되어 그 역할에 맞게 행동하는 법을 알았다.

여기서 아내와 어머니 역할 이외의 다른 잠재력을 시험해 볼 기회조차 갖지 못한 채 살아가야 하는 마을 여자들은 스스로 만든 거미줄에 매달려 침입자에게만 신경 쓰느라고 자신의 아름다움을 보지 못하는 거미의 삶에 비유된다. 술라가 마을 여자들의 삶에 대해 내리는 궁극적인 평가는 넬과 병 든 술라가 마지막으로 나누는 대화에서 분명하게 나타난다.

> "너는 내가 하는 일을 안 하잖아."
>
> "내가 너처럼 살지 않는다고 해서 그것이 어떤 것인지 모른다고 생각하니? 난 이 나라의 모든 유색 인종 여자들이 무얼 하고 있는지 알아. …죽어 가고 있지. 나처럼. 하지만 그들이 나무 그루터기처럼

죽어 가고 있다면 나는 저 삼나무처럼 죽어 가고 있다는 것이 달라.
나는 확실히 이 세상에서 살았거든."
　"정말이니? 그걸 어떻게 보여 줄래?"
　"보여 줘? 누구한테? 나는 내 생각을 갖고 있어. 그리고 그 안에서
일어나고 있는 것도. 나는 나를 갖고 있어."
　"외로울 테지, 그렇지?"
　"그래. 하지만 내 외로움은 내 것이야. 네 외로움은 다른 사람의
것이지. 다른 사람이 만들어서 너한테 건네 준 거야……남이 쓰다
버린 외로움이지."

　술라는 자아를 포기한 채 살아가는 삶은 진정한 삶이 아니라
궁색한 생존이며 오히려 죽음에 다름없다고 생각한다.
　술라는 마을 여자들의 정신적인 죽음에서 탈피하여 자기 자신
을 찾기 위해 "전폭적으로 몸을 내던져 자유낙하"를 시도한다.
공동체가 허용하는 것보다 더 자유로운 인간이 되고자 하는 술
라는 그녀 나름의 방식으로 자유를 추구한다.
　먼저 그녀는 가부장제 사회가 여성의 자연스러운 영역으로 규
정한 아내와 어머니 역할뿐 아니라 돈과 사물에 대한 소유욕이
나 야심과 같은 가부장제적 가치까지도 거부한다. 가장 급진적
으로는 여성의 성(sexuality)에 대한 가부장제적 통념을 거부하
고 이를 재규정한다.
　가부장제 사회에서 여성의 성은 남성의 혈통과 재산을 상속할
수 있도록 재생산의 수단으로만 이용되어야 한다. 만일 여성의
성이 여성 자신의 자율적인 욕구로 표출될 경우에는 사악하고
부도덕한 여성으로 간주되는 것이 보통이다.

　　따라서 헬렌은 남편의 오랜 부재로 충족될 수 없는 성적 욕구를 딸을 키우고 지나치게 집안을 청결하게 가꾸는 것으로 표현한다. 즉 그녀의 결혼에서 자기 표현으로서의 성은 존재하지 않는다. 넬도 주드 없이는 성관계를 상상할 수 없다거나 술라가 주드와 관계한 후 자신의 성이 "텅 비고 죽어 있다고" 느끼듯이, 여성은 역시 결혼과 출산처럼 성을 승인하는 제도 안에서만 표현한다.

　　이와 대조적으로 술라는 여성의 성에 대한 통념에서 자유롭다. 남성에 대한 비소유적 태도라든가 자기 욕구의 표현으로서 성을 취하는 등 성에 대한 술라의 비인습적 행동은 다분히 어머니의 영향을 받았으면서도, 술라의 성의식은 보다 급진적인 의미를 함축하고 있다. 술라는 성이 "그녀 자신의 영속적이고 무한한 힘"을 가져다 준다고 느끼기 때문에 가능한 한 많은 남자들과 관계한다. 그녀는 성관계 후에 "자신을 만나서 자신을 환영하고 조화로움 속에서 자기 자신과 합칠 수 있는 사적인 공간"을 즐긴다. 즉 술라에게 있어서 성은 육체적인 쾌락이나 상대 남성과의 교류를 얻기 위한 것이 아니라 자아를 주장하는 매체로 이용된다.

　　술라가 이처럼 성을 자기 발견의 한 방편으로 삼게 되는 것은 대도시에서 그녀가 남자들과 사귀면서 얻은 권태로운 환멸감 때문이다. 바텀을 떠난 후 술라는 넬과 함께 지내면서 경험했던, "자신의 분신과 합일하는 관계"를 남자와의 관계에서 추구한다. 그러나 그녀가 만난 남자들은 그녀를 생각과 꿈을 지닌 한 인격체로서가 아니라 성적 대상으로만 대한다. 술라는 남자에게서 진정한 친구의 가능성을 추구하지만 "여자에게 연인이란 동료가 아니며 또 그렇게 될 수도 없다"는 씁쓸한 깨달음을 얻을 뿐이다.

역사적인 맥락에서 볼 때 술라가 성의 표현을 자기 주장의 한 방법으로 선택하는 것은 아주 중요한 의미를 갖는다. 그 동안 흑인 여성의 성은 백인 지주에 의해서 노동력을 증식시키고 성욕을 배출하는 수단으로, 또 흑인 남성에 의해서는 그의 남성성을 재확인하는 수단으로 이용되어 왔다. 그러므로 술라처럼 흑인 여성이 빼앗긴 성을 되찾고, 그것을 자신의 관점에서 재정의하는 것은 그들의 자아발견을 향한 중요한 밑거름이 된다.

결국 술라가 모성과 성에 대한 마을의 가치를 거부하면서 추구한 것은 자기 자신이다. "자신의 생각과 감정을 탐구하고 그것에게 충분한 자유를 주면서 타인의 즐거움이 자신을 기쁘게 하지 않는 한 다른 사람을 즐겁게 해줄 의무감을 느끼지 않으면서 매일을 살아가는" 술라의 삶은 자기 자신에만 몰입한 "하나의 실험적인 삶"이다.

외로움마저도 남의 외로움이 아니라 자신의 외로움이기를 고집할 만큼 술라의 삶은 철저하게 자기 정체성을 추구한 삶이다. 이런 의미에서 어떤 여성 비평가는 "어머니로서나 남성의 연인으로서가 아니라 자기 자신으로 또 자기 자신을 위해 존재하기를 주장하는 술라야말로 70년대 소설에 등장하는 가장 급진적인 여성"이라고 평가한다.

그러나 안타깝게도 자신에만 몰입했던 술라의 자아 추구는 일시적인 변덕과 충동에 이끌린 행동으로 변질되면서 가족, 커뮤니티 전체는 물론 절친한 친구 넬과의 관계마저 단절한 채 외롭게 죽음으로써 실패로 끝난다.

3) 여성간의 유대

그렇다면 지금까지의 미국 문학 작품에서 거의 찾아보기 힘든 흑인 여성의 놀라운 자아 추구가 실패로 끝나는 이유는 무엇인가? 여기서 생각해 볼 수 있는 것은 술라의 자아 추구가 지나치게 개인주의적이라는 비판을 면하기 어렵다는 점이다. 작가가 지적하듯이 술라는 다른 사람들과 관계 맺을 수 없는 결함을 갖고 있다.

넬에게 미칠 영향을 생각해 보지 않고 주드와 관계한다든가, 자신에게 결혼을 권하는 할머니를 침묵시키기 위해 양로원에 집어 넣는 등 술라가 자기를 추구하는 과정에는 타인에 대한 배려가 결여되어 있다. 특히 늙고 병 든 할머니를 강제로 양로원에 집어 넣는 사건은 바텀 마을이 술라를 거부하는 결정적인 계기로 작용한다. 흑인 사회에서는 가족이 아니더라도 마을의 병자나 노약자를 서로 돌보아 주는 것이 당연한 인간적인 의무였다. 이십여 년이 지난 1965년 메달리온 양로원에 백인 노인들의 숫자는 많아도 흑인 여자가 아홉 명밖에 없으며 흑인들이 노인들을 이곳에 수용하기까지 오랜 세월이 걸렸다는 사실은 이러한 흑인 사회의 관습을 입증한다.

더욱이 이바는 후에 넬과 술라가 한 인물과 다름없다는 진실을 인식시켜서 넬의 각성을 돕는 촉매제 역할을 하는 인물이다. 뿐만 아니라 술라가 독립적이고 자유분방한 사고를 가질 수 있었던 것은 바로 할머니 이바가 만들어 놓은 열린 가정에서 성장한 덕분이다. 결국 술라는 할머니와의 관계를 단절시킴으로써 결과적으로 자기를 키워 낸 토양과 뿌리를 거부한 셈이다.

    이처럼 자기를 찾으려는 술라의 노력은 흑인 공동체나 여성들과의 관계를 단절한다는 점에서 문제를 안고 있다. 비록 술라의 저항이 흑인 여성의 현실에 대한 날카로운 인식과 비판에서 비롯된 것이라 하더라도 그 저항의 결과가 흑인 사회나 여성들과의 관계를 단절시키는 것으로 나타날 때에는 술라 식의 자기발견을 적극 권장할 수 없다. 왜냐하면 흑인 여성이 극복해야 할 대상에 성차별주의와 그것을 강화시키는 인종주의까지 포함되어 있기 때문이다. 따라서 자기 이외에는 어떠한 도덕적 준거틀도 갖고 있지 않는 자아 정의란 결국 개인주의적인 차원에 머물기 때문이다. 미국 내 소수 민족 여성 작가들이 공통적으로 여성 인물의 개체성 추구와 커뮤니티의 유대를 동시에 추구하는 것도 이런 연유에서이다.

    한편 자기를 발견하려는 술라의 시도를 개인주의적이라고 무조건 단죄하기에 앞서 술라로 하여금 자아에만 몰입하지 않을 수 없게 만든 요인이 무엇인가에 대한 고찰도 병행되어야 할 것이다. 왜냐하면 술라가 자기만을 추구하게 되기까지는 그녀에게 아무런 가능성도 제공해 줄 수 없는 폐쇄적인 바텀 공동체의 힘도 만만치 않게 작용하기 때문이다.

    바텀 커뮤니티는 공동체의 규범을 거부한 채 자신의 삶은 자신의 것이라고 주장하는 술라를 불길하고 사악한 '악'으로 규정한 다음, 그들이 겪는 모든 불행의 원인을 술라에게로 돌려 그녀를 철저하게 고립시킨다. 그들은 자기들을 억압하는 거대한 사회구조에 맞서 싸우는 대신 자신들의 좌절과 분노를 보다 쉽게 다룰 수 있는 대상인 술라에게 쏟아 놓는다. 다시 말해서 『새파란 눈』의 흑인 커뮤니티가 피콜라의 추함을 통해 자신의 아름다

움을 확인하듯이, 바텀의 흑인들은 술라를 자신의 '선'을 확인
하기 위한 희생자로 만든 것이다.

그렇다면 왜 바텀 공동체는 술라를 배척하고 희생자로 만드는
가? 그것은 그녀의 일탈이 공동체의 가부장제 이데올로기의 모
순을 드러내고 체제를 위태롭게 만들기 때문이다. 한 예로 술라
에게 "백인 남자와 관계하였다는, 어떠한 이해나 변명, 동정도
있을 수 없는 용서받지 못할 최종적인 꼬리표"를 붙여 준 사람은
마을 남자들이다. 사실 마을 남자들은 백인 여자와 기꺼이 잠자
리를 같이하려 든다. 그러면서도 그들이 사실 여부가 확인되지
도 않은 일로 술라를 악마로 몰아대는 것은 그녀가 기존의 남성
중심 사고에 도전하기 때문이다.

마을 여자들은 술라에 대항하여 아내와 어머니 역할에 더욱
헌신하는 것으로 공동체의 규범을 옹호한다. 그러나 이들이 그
정당성을 확신하기 때문에 규범에 집착하는 것은 아니다. 다만
자기네들이 평생 동안 지켜 온 '여성'의 역할이 술라에 의해 무
시되자 자기의 존재 이유가 흔들리고 자존심이 상해서 규범에
집착할 뿐이다. 이것은 술라가 죽자마자 어머니는 아이들을 돌
보지 않고 며느리는 시어머니를 푸대접하는 이전의 상태로 되돌
아가는 것에서 확인된다. 사실 이들도 마을의 가부장적 규범에
갈등과 회의를 느끼고 있지만 술라처럼 규범을 깨뜨릴 용기가
없어서 그녀를 시기했던 것이다.

모리슨은 사방이 막혀 버린 폐쇄된 사회에서 자아 실현의 출
구를 발견할 수 없는 술라의 곤경을 이해하고 술라의 상황을 "예
술 형식이 주어지지 않은 예술가"의 문제로 설명한다.

어떤 면에서 볼 때 그녀의 기묘함, 꾸밈 없음, 자기와 동일한 다른 반쪽에 대한 열망은 할 일 없는 상상력의 결과였다. 만일 그녀에게 페인트나 점토가 있었다면 혹은 그녀가 춤이나 현악기의 원리를 알고 있었다면, 그래서 그녀의 거대한 호기심과 메타포에 대한 재능을 쏟아 부을 대상을 갖고 있었다면, 그녀는 불안과 변덕에 몰두하는 대신 자신이 열망하던 모든 것을 가져다 줄 활동을 가질 수 있었을 것이다. 예술 형식을 갖지 못한 예술가처럼 그녀는 위험스러워졌다.

여기서 작가는 술라의 상상력이 "빈둥거리며" 그녀의 행동이 "불안정하고" "변덕스럽다"고 묘사한다. 이것은 술라의 상상력과 내적인 욕구가 올바른 방향으로 표현되지 못하고 충동적이고 변덕스러운 양상으로 변질되는 것을 의미한다.

작가는 이런 현상이 술라에게 일종의 예술형식 즉 방향성이 결핍된 데서 비롯된다고 본다. 이때 작가가 말하는 '예술형식'이란 반드시 어떤 예술양식을 의미한다기보다 그것이 일이건 활동이건, 예술이건 인간관계이든 간에 자아를 표현할 수 있는 출구를 의미한다.

술라가 내면의 욕구를 표현할 수 있는 출구를 갖지 못한 것은 흑인 여성에게는 기회다운 기회를 주지 않는 미국 사회의 인종적, 성적 제약 때문이다. 흑인 남성마저도 일다운 일에서 배제되는 불평등 구조에서 흑인 여성에게 그녀의 에너지를 쏟을 수 있는 창조적인 일이 주어질 리 만무하다.

바텀을 떠난 후 십 년 동안 무엇을 하였는가라는 넬의 질문에 술라는 대학생활이나 여러 대도시의 삶이 바텀의 삶과 똑같이 편협하고 지루했다고 답한다. 대학교육을 받은 흑인 여성일지라도 전문직에 진출할 수 있는 기회가 거의 없었던 당대 현실 때문이다.

이런 의미에서 술라는 한 개인의 지성과 창조력이 올바르게 발휘되지 못할 때 나타날 수 있는 파괴력을 보여 준다. 사방으로 막혀 있는 술라의 삶은 억압받는 흑인 커뮤니티 전체의 상징이며, 모리슨은 바로 이런 술라의 삶을 통해 흑인 여성에게 진정한 자아표현의 기회를 제공하지 않는 불평등한 미국 사회를 통렬하게 비판한다.

특히 술라를 극단적인 자아 몰입으로 몰고 간 요인에는 바텀 공동체 안에 그녀를 이해해 주고 받아 줄 사람이 아무도 없다는 사실이 크게 작용한다. 여기서 술라가 여성들간의 관계를 상실한 것의 의미가 분명해진다.

게다가 넬과의 관계마저 단절되는 사건은 술라의 자아 추구가 방향을 잃고 변질되는 데 큰 영향을 미친다. 방랑생활을 마치고 고향으로 돌아온 술라가 다른 사람들을 무시하면서 자신만을 주장하게 된 결정적인 이유는 넬마저 마을의 한 사람이 되었다는 사실이다.

모리슨은 흑인 여성들이 항상 서로에게 삶의 버팀목이었으며 아무도 의지할 수 없는 상황에서 육체적, 정신적으로 살아 남기 위해서 진정으로 서로를 필요로 했었다는 사실에 주목한다. 『술라』에서도 작가는 술라와 넬의 우정을 작품에서 유일하게 긍정적인 관계로 묘사하고 있다. 더 나아가 넬이 술라의 존재 의미를 인식하는 것으로 작품을 마무리함으로써 여성간의 유대가 갖는 잠재적인 힘을 부각시킨다.

모리슨은 술라와 넬의 성장과정에서 흑인 여자의 자아 찾기를 위해서 자매애가 얼마나 중요한 힘으로 작용하는가를 강조한다. 술라는 넬의 독립심을 키워 주고 넬은 어떤 감정이든 지속할 수 없는 술라에게 안정과 일관성을 주면서 함께 자란다. 딸을 좋아하지 않는다는 어머니의 말을 엿들은 후 술라가 고통스러워할 때에도 위안을 주는 사람이 넬이고, 넬에게 엄격한 어머니로부터 벗어날 수 있는 유일한 안식처 역할을 한 사람이 술라였다. 이렇듯 두 소녀는 서로에게 정신적으로 위안을 주면서 상대방이 성장하도록 서로 돕는 상호보완적 관계를 키워 나간다.

두 소녀의 자매애가 갖는 잠재적인 힘은 〈1922〉장에서 인상적으로 묘사된다. 생명이 무르익어 가는 여름날, 사춘기에 막 접어든 두 소녀는 녹음 짙은 자연을 마음껏 즐기다가 막대기로 땅에 구멍을 판 다음 부러진 막대기와 주변의 잡동사니를 쓸어 넣고 흙으로 덮는 놀이를 한다. 이때 마을의 어린 소년 치큰 리틀이 나타나고 장난으로 술라가 아이의 손을 잡고 돌리다가 손이 미끄러져 아이가 강에 빠져 죽는 사건이 일어난다.

치큰 리틀의 익사는 술라가 의도하지 않은 우발적인 사건이다. 그러나 두 소녀가 관능적인 기쁨을 경험하는 대목 바로 뒤에 이 사건이 서술되고 있음을 주목할 때, 두 소녀의 놀이와 치큰 리틀의 익사는 두 소녀가 가부장제 이데올로기를 몰아내는 상징적인 의례로 읽혀질 수 있다.

다시 말해서 술라와 넬은 남근의 상징인 나뭇가지의 껍질을 벗긴 다음 구멍에다가 잘라진 나뭇가지를 파묻음으로써 남성 중심 이데올로기의 신비를 벗긴 다음 매장한다. 그리고 소년 치큰 리틀이 두 소녀에 의해 익사하는 것으로 이 이데올로기의 탈신

비화가 완성된다. 다시 말해 치킨 리틀의 죽음은 두 소녀가 이성애 중심 사회에서의 여성의 위치에 대한 무의식적 혐오를 행동으로 표출한 상징적인 사건으로 해석될 수 있다.

이처럼 술라와 넬의 관계가 서로의 자아를 확장시켜 준다면, 이성애 관계는 여성의 자아를 구속한다. 앞서 지적했듯이 넬과 주드의 관계는 남성 중심의 일방적인 주종관계이다. 작품에서 유일하게 긍정적인 이성애 관계를 형성하는 술라와 에이잭스마저도 그 관계를 지속시키지 못한다.

술라의 강인함과 총명함, 독립성을 높이 평가하는 에이잭스와 술라가 이루는 관계는 진정한 대화가 가능한 평등한 두 인격체의 만남으로, 다른 부정적인 이성애 관계를 상쇄할 수 있는 구원의 잠재력을 갖는다. 그러나 술라가 에이잭스와 정신적, 육체적으로 조화된 관계를 이루자 자기도 모르게 그를 소유하고 싶은 욕구를 느끼게 된다. 그러면서 술라도 다른 여자들처럼 몸을 치장하고 집안을 정리하기 시작하자, 이런 변화를 감지한 에이잭스는 그녀를 떠나는 것으로 둘의 관계는 깨진다.

이에 반해 술라와 넬의 열린 관계는 성인이 되어 다른 길을 걷는 상황에서도 서로에게 영향을 미친다. 술라가 십 년 후 다시 바텀으로 돌아오자 넬은 마치 "백내장을 제거한 후 시력을 되찾은 것처럼" 느끼면서 자연을 보는 감각이 되살아나고 삶에 활기가 느껴지는 변화를 경험한다.

넬에게 별 의미 없이 느껴졌던 오월은 "녹색 비에 젖은 토요일 밤"이나 "냉차나 수선화의 광휘로 화창해진 레몬 빛 오후처럼 윤기와 가물거리는 빛"을 지니게 된다. 독자가 "결혼 후 낄낄거리는 웃음이나 미소와는 전혀 다른 갈비뼈를 울리는 깊은 웃음을 웃는" 넬의 모습을 만나는 시기도 이때가 유일하다.

또한 『술라』에서 가장 깊은 정신적인 교류는 두 여인 상호간에 일어난다. 넬은 "술라와 말하는 것은 항상 자신과의 대화였다"고 생각하고, 심지어 주드의 배반으로 괴로워할 때조차 그 고통의 원인에 절반의 책임이 있는 술라에게 그것을 이야기하고 싶어한다. 술라 역시 죽어 가는 순간에 죽는 것이 아프지 않다는 것을 넬에게 말해야겠다고 생각한다.

그러나 모든 경험을 함께 나누었던 두 여성의 우정은 가부장적 사회구조 안에서 현실적으로 실패할 수밖에 없다. 왜냐하면 두 사람의 관계가 결렬되는 직접적인 계기가 술라가 넬의 남편과 관계하는 사건이라는 점에서 보여지듯이, 가부장적 결혼관계는 두 남녀의 소유적인 관계를 기본 전제로 삼고 있다. 따라서 여성간의 유대를 부차적인 것으로 취급하는 것이다.

결국 술라는 백인 남성 중심의 가부장제 사회라는 현실의 벽에 부딪쳐 자아 추구를 창조적으로 승화시키지 못한 채 죽는다. 비평가들은 "꿈과 열망을 지닌 채 죽어 간 술라를 미래의 여성상의 상징"으로 평가한다. 또 "술라가 갖는 전략적인 의미는 규범을 파기하는 전복 자체가 여성들이 추구해야 하는 해방의 한 양상임을 주장하는 데 있으며, 술라의 파괴성이 최상의 것은 아니지만 저항 의지를 갖고 있다는 점 자체가 매우 놀랍다"라고 말한다.

모리슨 역시 자율적인 삶을 살고자 하는 술라의 욕구에서 변혁의 가능성을 인지한다. 이것은 노년기에 접어든 넬이 뒤늦게나마 술라의 존재 의미를 인식하는 것에서 확인할 수 있다. "너와 술라, 둘이 뭐가 달라?"라는 이바의 말에 넬은 깨달음의 순간을 갖게 된다.

넬은 술라의 무덤가에서 자신이 그 동안 그리워해 온 사람이 주드가 아니라 술라였음을 깨닫는다. 비록 두 사람이 소녀 시절의 우정을 성인으로서 결실을 맺지는 못했지만, 넬은 술라의 삶의 의미와 그녀와 함께 했던 소중한 시절의 의미를 마침내 인식한다.

갑자기 넬이 발걸음을 멈추었다. 그녀의 눈동자가 경련을 일으키듯 가볍게 타올랐다. "술라?" 나무 꼭대기를 응시하면서 그녀는 속삭였다. "술라?" 나무 잎새들이 움직였고 진흙도 움직였다. 녹색의 것들이 너무 익어 버린 냄새가 났다. 부드러운 한 줌의 털들이 터져 민들레 꽃 포자들이 미풍에 날리듯 흩어졌다. "그 모든 시간 동안, 그 모든 시간 동안, 난 떠나간 남편 주드가 없어 서운하다고 생각했었는데." 상실감이 그녀의 가슴에 밀려 내려와 목구멍까지 울컥 치밀었다. "우린 단짝의 소녀들이었지." 그녀는 마치 무엇을 설명하려는 듯이 그렇게 말했다. "오 주님, 술라, 이 계집애야, 이 계집애야, 이 계집애야……." 그것은 멋진 울음이었다. ―크고 또 긴― 그러나 그 울음은 밑도 끝도 없는, 그저 서러움의 둥근 원, 원, 원들이었다.

넬의 반복되는 외침에는 술라와 함께함으로써 편협했던 자신의 삶을 변화시키고 보다 열린 삶을 살 수 있는 가능성을 상실한 데 대한 깊은 슬픔이 담겨져 있다. 작가는 희미하게 시작되는 넬의 인식을 통해 흑인 여성의 자아를 억압하는 현실에 저항하고 더 나은 삶을 추구하고자 하는 술라의 변혁의 정신을 긍정하고 있다.

　결론적으로 술라의 자아 추구는 흑인 커뮤니티와 여성 커뮤니티와의 관계 단절을 초래한다는 점에서 흑인 여성의 해방을 위한 적극적인 대안이 될 수 없다. 그럼에도 불구하고 술라의 삶은 모든 가능성이 차단된 상황에서 자아의 소중한 가치를 인식하고 주장한다는 점에서 긍정적인 의미를 갖는다. 자아의 소중함에 대한 각성이 흑인 여성의 변화된 삶을 위한 중요한 밑거름이 될 수 있기 때문이다.

　뿐만 아니라 흑인 여성의 제한된 현실을 변화시키는 길을 모색하는 과정에서 피스 집안의 여자들이 창조해 낸 열린 삶의 가능성과 술라와 넬이 보여 준 자매애 등은 여성들 사이의 유대가 또 하나의 길로 제시되고 있다. 작가는 술라가 여성 선조와의 관계를 끊어 내면서 그들이 함께 성취했던 열린 인간관계의 장을 상실하는 것을 통해, 술라 없는 넬이 자기부정의 길을 걷게 되면서도 이를 인식하지 못하고 넬 없는 술라가 방향성을 상실하여 파괴적으로 변해 가는 것처럼 두 여성의 유대의 결렬이 서로에게 미치는 부정적인 영향을 통해, 또한 두 여성의 유대가 현실적 패배를 넘어서서 그 힘을 발휘하는 것을 통해 여성간의 유대에 대한 믿음을 강하게 시사한다.

　모리슨이 여성들간의 관계를 소중하게 다루는 것은 그것이 흑인 여성으로서 겪는 고통을 나누고 그들이 처한 소외의 현실을 함께 인식하게 함으로써 사회를 변화시킬 수 있는 원동력이 될 수 있기 때문이다.

3. 『솔로몬의 노래』
(*Song of Solomon*)

▲사우스 캐롤라이나 주, 찰스톤의 야채 행상인들. (1900)
19세기 후반 미국 사회의 경제 발전으로 백인 여자들은 새로운 일자리를 많이 얻었다. 하지만 이런 기회는 남부 흑인 여자들에게는 주어지지 않았다. 이들은 여전히 담배 공장에서 일하거나 야채 행상인으로 근근한 수입을 얻었으며, 백인 감독관의 엄격한 감시밑에서 목화를 땄다.

(1) 줄거리

메이콘 데드(Macon Dead) 1세는 노예 해방령이 선포된 후 남부에서 성실하게 노동한 대가로 링컨의 천국(Lincoln's Heaven)이라는 훌륭한 농장을 가꾼다. 그에게는 백인 여자처럼 보일 정도로 하얀 피부를 지닌 아내와 아들이 있다. 그런데 그만 아내가 딸을 낳다가 죽는다. 엄마 뱃속에 있던 파일럿(Pilot)은 어머니가 죽은 후 스스로 몸밖으로 나온 터라 배꼽이 없다.

아내가 죽은 후 메이콘 1세는 혼자 힘으로 아들과 딸을 키운다. 메이콘 2세가 열여섯, 파일럿은 열두 살이 되었을 때 메이콘 1세는 흑인이 자기 것보다 더 좋은 농장을 갖고 있다는 사실을 시기하는 백인들에 의해 살해당한다. 고아가 된 오누이는 백인 저택의 하녀로 일하는 서시(Circi)를 찾아가 2주일 동안 저택의 구석방에서 숨어 지낸다.

다섯 살부터 농장에서 일해 온 메이콘 2세과 원래 성격이 야생적인 파일럿은 큰 저택의 답답한 벽과 권태로움을 참지 못하고 그곳을 빠져 나온다. 백인 저택을 떠나 헤매던 두 남매는 동굴 입구에서 아버지를 닮은 남자가 손짓하는 것을 보고 동굴 안으로 따라 들어간다. 그러나 그 남자는 백인 남자였다.

다음날 아침 메이콘은 백인 남자가 갖고 있던 금자루를 동굴에 두고 가야 한다고 우기는 파일럿과 말다툼을 하던 중 파일럿이 칼을 집어 들자 밖으로 피해 나온다. 그는 동굴 밖에서 파일럿을 기다리던 중 사냥꾼들이 다가오자 이들을 피해 숨어 다니다가 사흘 후 동굴로 돌아온다.

그런데 동굴에는 죽은 백인 남자의 시체만 있고 파일럿과 함께 금자루도 사라져 버렸다. 메이콘 2세는 파일럿이 금자루를 혼자 차지할 속셈으로 달아난 것이라 믿고 그 후 줄곧 동생을 미워한다.

메이콘 2세는 부동산업으로 부를 축적한다. 그는 흑인의 신분으로는 미국 사회에서 큰 파이 조각을 얻을 수 없다는 것을 일찌감치 깨닫고 2차대전 중에 가치 없는 땅을 싼 값에 사두었다가 후에 비싸게 되팔아서 돈을 벌고, 가난한 흑인들의 집세를 받아서 부를 늘린다. 그리고 흑인 의사의 딸 루스 포스터(Ruth Foster)와 결혼해서 확고한 중산층으로 자리잡는다. 이제 그는 방이 열두 개나 되는 큰 저택과 멋진 세단을 소유하고 있다. 그런데 그의 가족들은 이 저택을 감옥처럼 느낀다. 그것은 전형적인 가부장인 메이콘 2세가 가족들에게 폭군으로 군림하기 때문이다.

메이콘 2세와 루스는 사실 형식적인 부부일 뿐 서로에게 애정은커녕 증오한다. 메이콘이 아내를 미워하게 된 동기는 흑인에게 가장 존경받는 장인이 실제로는 에테르 중독자인 데다, 장인을 존경하는 하층 계급 흑인들을 식인종이라고 부르면서 경멸하기 때문이다. 또 루스가 딸을 낳을 때마다 장인이 손녀들의 피부색에 일일이 신경을 쓰는 위선자임을 알고 놀란다. 특히 그는 장인이 루스와 합세하여 자신을 늘 무시한다고 느낀다. 게다가 장인이 딸의 분만에 직접 참여하자 이에 경악한다. 그러던 중 속옷 바람으로 루스가 아버지 시체 옆에 누워 아버지의 손가락을 빨고 있는 모습을 보고 근친상간을 의심하게 되면서 아내를 더욱 증오하게 된다.

그러나 루스의 생각은 다르다. 실은 철도 부지에 대한 정보를 미리 입수한 메이콘이 그것을 매입하기 위해 돈을 빌리려다가 장인이 이를 거절했기 때문에 장인에 대한 반감이 더 커졌다고 생각하고 있다.

루스는 그 동네의 유일한 흑인 의사의 딸로 중산층 가정에서 자라 물질적으로는 풍요롭지만 외로운 소녀 시절을 보낸다. 학급 친구들은 그녀의 값비싼 예쁜 옷과 흰 실크 스타킹을 만지고 싶어할 뿐 아무도 진정한 친구가 되어 주려고 하지 않았다. 루스는 자신에게 진정한 관심을 가졌던 아버지만을 사랑할 뿐이다.

루스의 아버지는 사춘기에 접어든 딸이 자신에게 지나친 애정을 갖는 것이 부담스러워질 즈음 메이콘 2세가 딸에게 청혼을 해 오자 딸을 그와 결혼시킨다. 루스의 결혼생활은 전혀 행복하지 않다. 그녀는 아내와 어머니의 의무를 다하는 것으로 하루하루를 보낸다. 남편이 아버지가 죽기를 원했기 때문에 아버지가 돌아가셨다고 믿는 루스는 남편에 대한 미움과 복수심으로 가득 차있다. 게다가 남편은 두 딸이 막 걸음마를 시작할 때부터 루스와 잠자리를 함께하지 않는다. 루스에게 있어서 그 이후의 삶은 아마 돌보아야 할 두 아이들이 없었다면 죽는 것이 더 나을 정도로 피폐해진 삶이다.

한편 파일럿은 오빠와 헤어진 후 설교자 가족과 지내면서 학교에도 잠시 다녔으나, 설교자가 그녀를 추행한 것이 부인에게 발각되어 쫓겨난다. 그 후 떠돌이 노동자 무리와 함께 삼 년을 머문다. 그러나 남자 친구와 관계하던 중 파일럿에게 배꼽이 없다는 사실이 드러나면서 사람들이 그녀를 피하자 파일럿은 그들을 떠나야만 했다. 파일럿은 또 다른 떠돌이 노동자들과 지내면서 한 남자와 사귀지만 배꼽이 없다는 사실이 발각되자 사람들은그녀를 두고 떠나 버린다.

파일럿은 혼자 도시에 머물며 세탁부로 일해서 모은 돈으로 버지니아 주 해안가의 섬에 있는 흑인 농장으로 간다. 이 섬에서 한 남자를 사랑하게 되어 딸 레바를 낳지만 그와 결혼하기를 거절한다. 파일럿은 레바가 두 살 되었을 때 섬을 떠난 후 레바가 아이를 갖게 되어 정착해야 할 때까지 거의 이십 년 동안 방랑생활을 계속한다. 사람들은 배꼽이 없는 그녀를 가까이하려 들지 않는다. 결혼을 통한 동반자 관계나 속마음을 털어 놓을 만한 친구 하나 없이 파일럿은 외로운 생활을 한다.

딸 레바가 손녀 헤이거(Hagar)를 낳자 헤이거에게 가족과 친구들이 필요하다고 깨달은 파일럿은 어릴 때 헤어진 오빠를 수소문한 끝에 1930년 오빠가 사는 북부 미시건 주의 한 도시에 온다. 여기서 파일럿은 포도주와 위스키를 만드는 밀주업으로 생계를 유지한다.

그러나 어린 시절 다정했던 오빠는 이제 가혹한 사람으로 변해 있다. 메이콘은 파일럿이 밀주업으로 생계를 꾸려 나가고 짧은 머리에 남자 작업구두를 신고 다니는 것을 못마땅해 한다. 특히 그는 은행의 백인들에게 결혼도 하지 않은 채 사생아인 딸과 손녀를 데리고 살며 누더기를 걸친 이 밀주업자가 자기 누이동생으로 밝혀질까 봐 두려워한다. 오빠의 매정한 거부로 파일럿은 그곳을 떠날까 생각도 하지만, 남편의 증오와 무관심으로 죽어 가는 올케 루스를 돌보느라고 남아 있기로 한다.

파일럿은 루스를 보자마자 그녀의 문제를 즉시 간파한다. 파일럿이 시키는 대로 루스가 초록빛 도는 회색 풀을 메이콘의 음식에 넣자 메이콘은 자기도 모르게 충동적으로 루스와 관계한다. 루스의 임신 사실을 안 메이콘은 아이를 없애라고 협박한다. 파일럿은 인형처럼 생긴 부적으로 신통술을 부려 메이콘이 더 이상 루스를 협박하지 못하게 만들어서 루스가 무사히 아들 밀크맨(Milkman)을 낳도록 도와 준다.

루스는 아들 밀크맨에게 젖을 빨리는 것으로 숨막힐 듯한 하루하루를 견디어 낸다. '밀크맨'이라는 이상한 이름도 어느날 우연히 루스의 다리가 마룻바닥에 닿을 정도로 큰아들에게 젖을 빨리는 장면을 목격한 이웃 프레디가 붙여 준 것이다. 그 후로 더 이상 아들에게 젖을 빨릴 수 없게 되자 루스는 밤에 아버지의 무덤을 찾아가 그 옆에 누워 아버지와 이야기를 나누는 것으로 피폐한 삶을 겨우 유지한다.

열두 살이 된 밀크맨은 빈민가에 사는 대여섯 살 연상의 기타(Guitar)를 만나 형제 이상으로 가깝게 지낸다. 기타는 밀크맨을 데리고 고모 파일럿이 사는 집으로 함께 간다. 밀크맨은 그간 아버지를 통해 들어 왔던 고모의 모습은 못생겼고 더러운 데다 항상 술에 취해 있는 모습이었다.

그러나 밀크맨이 실제로 고모를 만나 보니 그녀는 아버지만큼 큰 키에 당당한 체구를 지녔고, 목소리는 조가비들이 서로 부딪쳐 내는 소리처럼 아름다웠다. 고모의 집 안에는 소나무 냄새와 발효하는 과일 냄새가 배어 있다. 햇살이 방 안 가득히 퍼지는 고모의 집에서 할아버지의 죽음, 유령 이야기를 들으면서 밀크맨은 처음으로 행복을 느낀다.

고등학교를 졸업한 후 밀크맨은 대학에 가지 않고 아버지를 대신해서 가난한 흑인 노동자들의 집세를 수금하러 다니기 시작한다. 이때부터 밀크맨은 고모 파일럿의 집에 자주 가게 되고 사촌 누나 헤이거(Hagar)와 사귀기 시작한다.

1962년 서른한 살이 된 밀크맨은 열아홉 살 때부터 십이 년 동안이나 사귄 헤이거와의 관계를 청산하고 싶어한다. 그는 그 동안 다섯 살 연상인 헤이거와 성관계를 맺어 오면서도 그녀를 진정한 여자 친구나 결혼 상대로 생각해 본 적이 없다. 이제 헤이거에게 싫증이 나자 밀크맨은 그녀에게 처음으로 그들이 사촌 사이임을 상기시키면서 자신이 그녀의 결혼에 방해될 뿐이라고 한다. 그리고 그는 사랑하는 사람에게 이기적으로 행동할 수 없어서 헤어질 결심을 하게 되었으며 그 동안 감사했다는 내용의 편지를 현금과 함께 보낸다.

삼십대에 접어든 밀크맨과 기타는 서로 완전히 다른 삶을 살아간다. 밀크맨과 다르게 기타는 파티나 술집, 여자에 관심이 없다. 불평등한 사회구조에만 관심이 있는 기타는 과격한 흑인 민족주의 단체 '세븐 데이즈'(The Seven Days)에 가담한다.

기타는 밀크맨에게 목적 없는 삶을 살고 있으며 다른 사람에게는 전혀 관심이 없는 이기주의자인 데다 진지하지 못하다고 비판한다. 사실 밀크맨은 미국 사회의 정치와 인종차별에 별 관심이 없고 그가 살고 있는 도시와 그가 하는 일에도 싫증을 느낀다. 밀크맨은 1년 동안 만이라도 독립하고 싶다고 아버지에게 말하다가 우연히 고모 집 천장에 매달려 있는 녹색 자루 이야기를 하게 된다.

메이콘 2세는 그 자루가 어릴 적 파일럿이 훔친 금자루라고 생각하고 밀크맨에게 그것을 훔쳐 오라고 시킨다. 밀크맨은 기타에게 파일럿의 금자루를 함께 훔치자고 제안한다. 그즈음 남부에서 백인들의 테러로 교회가 폭파되면서 네 명의 흑인 소녀가 살해되는 사건이 일어난다. 마침 기타는 네 명의 백인 소녀를 동일한 방법으로 죽이는 데 필요한 폭발물을 구입할 돈이 필요하던 차 밀크맨의 제안을 기꺼이 받아들인다. 그러나 두 사람은 자루를 훔쳐 가지고 나오는 길에 경찰의 수색에 걸리고 만다. 파일럿이 경찰에게 굽실거리면서 사정한 끝에 그들은 겨우 경찰서에서 풀려난다.

한편 밀크맨의 큰누나 코린시안즈(Corinthians)는 1940년에 명문사립 브린 모어(Bryn Mawr) 여자 대학교를 졸업하고 프랑스에서 1년을 지낸, 교양과 교육을 겸비한 흑인 여성이다. 사람들은 그녀와 동생 리나가 모두 결혼을 잘할 것이라고 기대한다. 특히 코린시안즈는 대학 졸업생이므로 최소한 의사 정도의 전문직 종사자와 결혼할 수 있다고 생각한다.

그러나 정작 전문직 흑인 청년들은 계층 상승에 대한 야심을 갖고 열심히 일하거나 남편의 노동을 높이 평가해 주고 자신을 기꺼이 희생하려는 아내를 원한다. 이들에게 대학에서 4년 동안 실용적인 기술 없이 교양 과목만 배운 코린시안즈는 결혼하기에 너무 우아한 상대였다. 결혼에 대한 기대를 버리지 않고 어머니를 도와 집안일과 조화 만드는 일로 소일하다 마흔두 살이 된 코린시안즈는 어느날 일자리를 찾으러 밖으로 나간다.

코린시아즈는 독신으로 사는 백인 여자 시인의 집에서 하녀로 일하기 시작한다. 그녀는 하녀의 신분을 감추기 위해 출퇴근할 때에는 좋은 옷과 굽 높은 구두를 신고 다니며 어머니에게는 서기라고 거짓말한다. 이때 코린시안즈에게 한때 세븐 데이즈의 일원이었으나 더 이상 폭력을 견딜 수 없어서 조직을 탈퇴한 포터(Porter)가 접근해 온다.

▲담배공장 노동자. (1922)

코린시안즈는 포터가 노동자인 것에 수치심을 느껴 집에는 그와 만나는 것을 비밀로 한다. 포터는 자신이 독신임을 증명하기 위해 코린시안즈를 집에 여러 번 초대하나 그녀가 계속 거절하자 아버지를 무서워하는 인형 같은 여자는 원치 않는다고 말하면서 그녀를 떠나려 한다. 코린시안즈는 포터를 잃으면 앞으로 영원히 장미꽃잎이나 만들면서 아버지 집에 있게 될 것이라는 생각과 이제는 더 이상 그렇게 살 수 없다는 판단에서 포터의 셋집에 함께 간다.

밀크맨은 누나가 세븐 데이즈의 일원과 사귀는 것을 눈치채고 이 사실을 아버지에게 말한다. 메이콘은 코린시안즈에게 당장 하녀일을 그만두게 하며 포터의 임금을 압류하고 그를 자기 셋집에서 쫓아낸다. 이 사건으로 리나는 처음으로 밀크맨에게 그가 얼마나 이기적인 인간인가를 지적하면서 분노한다.

밀크맨은 리나의 분노, 반쯤 정신이 나간 듯한 코린시안즈, 어머니의 감시, 아버지의 끝없는 탐욕, 그를 죽이려고 쫓아다니는 헤이거 등 주위 사람들의 악몽에서 벗어나고 싶어한다. 그래서 그는 독립에 필요한 돈을 구하기 위해 고모가 남부의 동굴에 숨겨 놓은 금자루를 찾으러 혼자 남부로 떠난다. 그는 이번만큼은 기타의 도움 없이 혼자서 일하기로 하고 기타에게 자신의 계획을 말하지 않는다.

밀크맨이 처음 방문한 곳은 아버지가 어린 시절을 보낸 농장이 있는 버지니아 주 댄빌(Danville)이다. 쿠퍼 목사와 마을 사람들로부터 빈털털이에다 무식한 흑인의 신분으로 십육 년 후 몬투어 카운티에서 가장 훌륭한 농장을 건설했던 할아버지 메이콘 1세와 백인이지만 인디언처럼 생긴 할머니, 쟁기갈이와 사냥에 뛰어난 솜씨를 갖고 있던 소년 메이콘 2세의 삶에 대해 들으면서 밀크맨은 처음으로 한 가족으로서의 유대감을 어슴프레 느끼기 시작한다.

밀크맨은 할아버지가 살해된 후 아버지와 고모를 잠시 돌봐 주었던 서시가 아직도 하녀로 있는 백인 저택을 찾아간다. 서시는 할머니의 이름이 싱(Sing)이고 인디언과 백인의 혼혈아였으며 할아버지의 이름이 제이크(Jake)였다는 사실도 알려 준다. 또한 파일럿과 메이콘이 그곳을 떠난 지 한 달쯤 되었을 때 할아버지의 시체가 강위로 떠올랐는데, 마침 낚시질하던 백인들이 흑인의 시체임을 알고는 여름이었는데도 매장하지 않고 동굴에 버렸다는 사실도 전해 준다. 이를 통해 파일럿이 백인 남자의 뼈로 알고 있던 동굴의 뼈가 사실은 그녀 아버지의 것임이 밝혀진다.

동굴에서 아무것도 발견하지 못하자 밀크맨은 고모가 할아버지의 뼈와 함께 금자루도 갖고 갔다고 생각한다. 그래서 할아버지의 고향인 버지니아 주의 오지에 위치한 작은 마을 샬리마(Shalimar)까지 금을 찾으러 간다.

샬리마에 도착한 밀크맨은 잡화점에 들렀다가 "너의 날이 왔다"는 메시지를 받고 기타가 자기의 목숨을 노리고 그곳까지 뒤쫓아 왔음을 안다. 처음에 밀크맨은 무례한 태도와 돈 많은 행세로 가난한 샬리마 남자들의 자존심을 건드려서 그들과 싸움을 하기도 한다.

그 날 밤 밀크맨은 마을의 장년 남자로터 살쾡이 사냥에 초대받는다. 그러나 그는 앞서가는 사람들을 쫓아가지 못한다. 나무에 기대서서 숨을 고르다가 그는 자신의 잘못을 하나씩 깨닫는다. 그는 자신의 무지와 허영심으로 이곳 남자들의 기분을 상하게 했다는 것과 자신이 그간 가족이나 헤이거에게 얼마나 무책임하고 무관심했었나를 인식한다. 이때 기타가 뒤에서 전선으로 밀크맨의 목을 조르고 밀크맨이 총을 쏘자 기타는 달아난다.

다음날 할머니 싱이 인디언 혈통의 버드(Byrd) 가문에 속한다는 사실을 알게 된 밀크맨은 그 후손 수잔 버드가 사는 집을 방문한다. 밀크맨은 수잔 버드로부터 할아버지와 할머니에 대한 이야기를 듣는다. 싱은 원래 남부의 어느 학교로 가게 되어 있었지만 제이크라는 흑인과 함께 해방 노예들이 탄 마차를 타고 북쪽으로 떠난다. 제이크는 아프리카에서 끌려온 노예 솔로몬(Solomon)의 스물한 명의 자식 중 막내아들이었다.

어느날 들판에서 일하던 솔로몬은 언덕으로 뛰어가 두세 번 돌다가 공중으로 날아올라 고향으로 날아간다. 솔로몬은 막내아들 제이크만 데리고 날아가다가 그만 제이크를 놓치고 만다. 이때 마당에서 양초를 만들고 있던 싱의 어머니가 땅에 떨어진 제이크를 데려다가 싱과 함께 키운다. 싱과 제이크는 함께 자라면서 서로 사랑하게 되고 결국 싱이 제이크를 따라 북쪽으로 간다. 그리고 스무 명의 아이들과 함께 남겨진 솔로몬의 아내 리나(Ryna)는 미쳐 버리고 만다.

밀크맨은 조금씩 얻은 정보 조각들을 맞추어 자기 집안의 역사를 이해하기 시작한다. 그는 마을 아이들이 게임을 하면서 부르는 노래 속의 '솔로몬' 이, 파일럿 고모가 부르던 블루스에 나오는 '슈가맨' 과 같은 사람으로 곧 자기 증조 할아버지라는 사실을 발견한다. 그리고 노래를 들으며 고향의 가족들을 그리워하고 그들을 조금씩 이해할 수 있게 된다.

다시 북부 고향으로 돌아온 밀크맨은 제일 먼저 파일럿에게

간다. 그 동안 손녀의 죽음으로 상심하던 파일럿은 밀크맨을 본
순간 병으로 그의 머리를 내리친다. 헤이거는 현금을 동봉한 밀
크맨의 작별 편지를 받은 뒤 6개월 동안 매달 말일만 되면 미친
여자처럼 밀크맨을 죽이려고 온 동네를 쫓아다니곤 했다.

어느날 콤팩트 거울에 비친 자기 모습을 보고 헤이거는 밀크
맨이 자기를 원치 않는 것이 당연하다고 생각한다. 헤이거는 자
신을 광고에 나온 백인 여자의 모습으로 만들기 위해 옷과 화장
품을 닥치는 대로 사댄다. 집에 돌아온 헤이거는 비에 젖어 더럽
혀진 흰 드레스, 끈적끈적하게 뭉쳐 버린 파우더, 립스틱, 헝클
어진 머리를 하고 있는 자기 모습을 보고 몇 시간 울다가 열병에
걸려 죽는다. 헤이거의 죽음에 책임을 느낀 밀크맨은 그녀의 머
리카락이 담긴 상자를 집에 갖고 온다.

밀크맨은 지금까지 자기가 알아낸 데드 집안의 가족사를 파일
럿 고모에게 말해 준다. 파일럿에게 할아버지의 유령이 나타나
“시체를 남겨 두고 날아가서는 안 돼”라고 말했을 때 그 시체가
죽은 백인의 것이 아니라 아버지의 시체라는 것을 알려 준다. 결
국 그녀는 그 동안 천정에 걸어 두었던 자루 속의 뼈가 자신의
아버지의 뼈였음을 알게 된다. 이윽고 밀크맨은 고모와 함께 할
아버지의 뼈를 매장하러 샬리마의 ‘솔로몬의 계곡’에 간다.

그러나 안타깝게도 파일럿은 이곳까지 따라온 기타가 쏜 총에
죽는다. 밀크맨이 파일럿을 계곡에 묻으려고 할 때 새 한 마리가
무덤 위에 놓여 있던 파일럿의 이름이 적힌 담배 상자를 물고 날
아가 버린다. 이 장면을 본 밀크맨은 파일럿이 땅을 떠나지 않고
서도 날 수 있음을 깨닫는다. 밀크맨은 만일 내 목숨을 원한다면

주겠다고 외치면서 다른 바위 끝에 있는 기타를 향해 뛰어내린다. 이제는 증조 할아버지 솔로몬이 알고 있었던 것, 대기에 몸을 맡기면 대기를 타고 날 수 있다는 것을 알기 때문이다.

(2) 작품 해설

『솔로몬의 노래』는 출판 즉시 비평가의 호평을 받으면서 전미 비평가상을 수상했다. 이 작품이 흑인 여성 작가의 작품으로는 보기 드물게 긍정적인 평을 끌어 낼 수 있었던 이유의 하나는 미국 문학의 전통적인 문학 관습과 주제를 다루고 있기 때문이다.

밀크맨 데드의 자아 추구는 『허클베리 핀의 모험』(*The Adventures of Huckleberry Finn*)의 헉핀, 『호밀밭의 파수꾼』(*The Catcher in the Rye*)의 코울필드가 보여 주는 자아 추구 패턴에 속한다. 또한 자기인식을 성취하고 숨겨진 가족의 역사를 되찾는 밀크맨의 여행은 비단 미국 문학 전통뿐만 아니라 의문과 장애물, 모험을 거쳐 다시 고향으로 돌아오는 오딧세이 탐색 신화의 형태를 띠고 있다.

그런데 『솔로몬의 노래』를 백인 중심의 미국 또는 서구 문학 전통에 위치시켜 읽을 경우 무언가 석연치 않은 느낌을 떨쳐 버릴 수 없다. 이것은 텍스트 전편에 녹아 들어가 있는 짙은 흑인 문화 때문이다.

모리슨은 1974년 미국 흑인의 삶에 관한 자료서 『흑인의 책』(*The Black Book*)을 편집하는 계기로 흑인 문화 유산에 더욱 관심을 갖게 된다. 노예매매서나 편지, 신문기사, 사진, 조리법 등 노예 시절에서부터 2차대전에 이르기까지 흑인의 구체적인 삶의 자취를 보여 주는 자료를 편집하면서, 모리슨은 때로 고통과 억압의 역사에 대해 분노하거나 슬퍼하였고 또 때로는 억압 속에서도 자랑스럽고 독특한 문화를 만들어 낸 흑인 민족의 승리에 대해 기쁨을 느꼈다. 자기 문화에 대한 작가의 끈끈한 애착과 자긍심이 흑인 문화의 요소를 풍부하게 담고 있는 『솔로몬의 노래』를 만들어 냈다.

『솔로몬의 노래』에 나타나는 가장 두드러진 흑인 문화 전통은 블루스, 이야기하기, 신화, 민담 같은 구전전통이다. 입에서 입으로 전달되는 구전전통은 글을 배우는 기회를 거부당했던 흑인들이 자기 목소리를 낼 수 있는 유일한 수단으로서 후세에 문화를 전승하는 역할을 담당하였다.

따라서 구전전통은 흑인 민족의 자기 표현의 매체이자 정체 확립의 수단으로 강한 정치적인 의미를 담고 있다. 예를 들어 『솔로몬의 노래』의 여러 부분에서는 하늘로 날아가 버린 선조에 대한 블루스가 흐른다. 또 이 소설은 전래 민속이야기로 보아도 될 정도로 도처에 '이야기하기' 요소들이 가득 차있다.

소설은 보험사 직원 로버트 스미스(Robert Smith)가 자선병원의 지붕 위에서 뛰어내려 자살하는 이야기로 시작된다. 그리고 아프리카로 날아간 남자 조상에 관한 구전신화가 이 소설의 중심틀을 형성하고 있다. 또한 마치 작품 전체가 하나의 이야기라는 인상을 줄 정도로 인물의 성격의 많은 부분이 극적인 장면보다는 그들의 이야기를 통해 제시된다.

가령 밀크맨은 부모의 이야기를 통해 고모 파일럿에 대해 알게 된다. 메이콘2세는 아들에게 장인이 죽은 날 밤의 정황을 이야기함으로써 아내에 대한 증오를 정당화하려 하며, 루스가 남편과의 관계를 알려 주는 것도 역시 이야기에 의해서이다. 파일 럿 역시 밀크맨에게 자기의 과거를 이야기한다.

이처럼 모리슨은 여러 인물이 동일한 이야기를 조금씩 다르게 이야기하게 만들고, 그 이야기가 축적되어 점차 데드 집안의 과거와 흑인 민족의 역사에 대한 하나의 이야기로 합쳐지도록 구성함으로써 이야기하기 전통을 생생하게 재현한다.

1) 밀크맨의 자아탐색 여행

1960년대 초 미북부에는 인종주의와 성차별주의가 여전히 만연되어 있다. 1931년 밀크맨은 자선병원에서 태어난 최초의 흑인 아이였다. 60년대에 들어와서도 북부 도시에서조차 흑인 전용 화장실을 갖춘 공공건물은 극소수이다. 1860년대 후반 흑인의 부상에 위협을 느낀 백인에 의해 밀크맨의 할아버지가 살해되는 뿌리깊은 인종주의도 여전히 되풀이되고 있다. 남부에서는 지나가는 백인 여자에게 말을 걸었다는 이유만으로 에멧 틸(Emett Till)이라는 열네 살 흑인 소년이 잔인하게 린치당하는 사건이 일어난다.

그런데 1960년대 흑인 커뮤니티에서는 이 억압 구조에 대한 커뮤니티 전체의 저항의식을 찾아볼 수 없다. 어느 정도의 재산을 축적해서 백인 휴양지에 진출한 중산층이 있는가 하면 대부분의 흑인은 사우스사이드(Southside)의 주민처럼 노동 계층에 머물러 있다. 그리고 계급차에 따라 백인 지향적 개인주의와 흑인 문화를 보존하려는 입장, 흑인 민족주의 등으로 가치관이 분열되어 있다.

『솔로몬의 노래』에 등장하는 전형적인 흑인 중산층 가정은 데드 집안이다. 아버지 메이콘 데드 2세는 싼 값에 사둔 땅을 비싸게 팔아 돈을 벌고 가난한 흑인들의 집세를 거두어 돈을 축적하는 부동산 업자다.

메이콘의 삶의 목표는 물질 소유와 사회적인 신분 상승이다. 메이콘에게 있어서 모든 사물과 인간은 물질적으로 가치 있을 때에만 중요하다. 고등교육을 받고 세련된 매너를 갖춘 자식들은 그의 성공을 입증하는 징표로서만 의미 있으며, 명성 있는 흑인 의사의 딸인 아내는 자신의 사회적인 성공을 보장해 주는 획득물이다.

또 그에게 세입자는 은행에 축적되는 돈으로 환산된다. 그가 아내를 증오하게 된 이유 역시 아내가 철도 부지를 매입하는 일에 투자하도록 아버지를 설득하지 않아서 경제적인 손실을 가져왔기 때문이다. 메이콘의 물질중심주의는 아들에게 "소유하라!"고 충고하는 것에서 분명하게 드러난다.

뿐만 아니라 메이콘의 인간 관계는 사회적인 체면에 의해 지배된다. 그가 누이동생 파일럿과의 관계를 단절하는 것도 금자루를 혼자 차지한 것에 대한 분노 때문만이 아니다. 단정치 못한 옷차림에 결혼도 하지 않고 자식을 두었으며, 밀주업으로 생계를 유지하는 파일럿의 존재가 백인들에게 알려져 자신의 체면을 손상시킬까 두렵기 때문이다.

메이콘이 중산층의 확고한 일원으로 자리잡는 과정은 백인 중심 가치를 내면화하여 흑인 커뮤니티로부터 단절되는 과정과 일치한다. 그는 성공의 척도를 자신의 문화적인 뿌리로부터 얼마나 떨어져 나왔는가, 얼마나 철저하게 백인 사회의 가치를 내면화했는가에서 찾는다.

　부동산업을 막 시작했을 당시만 해도 메이콘은 사우스사이드의 이발소에서 다른 남자들과 이야기를 주고받을 정도로 흑인 대중과의 교류가 있었다. 그러나 부를 축적하고 시의 주요 백인 사업가들과 접촉하게 되면서 흑인 대중을 경멸하는 정도가 심화된다. 메이콘은 자신의 물질적인 성공을 과시함으로써 가난한 흑인들과 자신을 구분 짓고 싶어한다. 일요일마다 멋진 차를 타고 일정한 방향으로 느릿느릿 움직이는 가족 드라이브나 남루하고 헐벗은 아이들 앞에 좋은 옷을 입은 두 딸을 과시하는 행동이 모두 그런 예이다. 또 그는 어린 손자들이 딸린 데다 갈 곳 없는 할머니를 밀린 집세 때문에 쫓아내는 등 가난한 동족을 착취하기까지 한다.

　그리고 흑인 커뮤니티와 멀어질수록 메이콘은 흑인 민족의 과거와 전통, 문화 유산을 잊어 간다. 메이콘의 집안에서는 피부색만 흑인을 나타낼 뿐 그들의 인종적인 정체를 확인시켜 주는 흑인의 문화나 전통의 흔적을 찾아볼 수 없다.

　뿐만 아니라 데드 집안은 엄격한 가부장적 질서에 따라 움직인다. 가장 메이콘 2세가 "아내에게 건네는 말에는 마디마다 증오의 불꽃이 튀며," 단지 딸이라는 이유만으로 그가 "두 딸에 대해 느끼는 실망은 마치 재처럼 그들에게 내려앉아 안색을 침울하게 하고 소녀다운 쾌활한 목소리를 억누른다."

　데드 집안 여자들은 경제적인 안락, 세련된 매너와 외양, 교양을 갖춤으로써 힘든 노동과 가사일의 이중고를 짊어져야 하는 하층 계급 여성들보다 혜택받은 듯이 보인다. 그러나 이들의 실제 삶에서 생기라고는 찾아볼 수 없다. 폭군 같은 가장의 권위에 짓눌려 어머니와 두 딸이 목소리 한번 제대로 내지 못하기 때문이다.

어머니 루스에게는 남편과의 정신적, 감정적인 교류는 물론 성적 교류마저 없다. 남편에게 거부당한 루스는 누군가를 원한다. 그러면서도 그녀는 다섯 살이 되어 엄마 젖의 밍밍한 맛에 싫증낼 만큼 커버린 아들에게 젖을 빨리거나 가끔씩 아버지의 무덤을 찾아가 밤을 지새는 것으로 허한 내면을 채운다.

루스가 이렇게 절박한 상태에 놓인 것은 남성 중심 사회가 일방적으로 여성에게만 정숙을 강요하기 때문이다. "마음은 납작하게 눌리고 어깨는 다른 사람을 돌보는 일과 가사일, 남편의 증오로 구부러지고 상처 입었으며, 강한 목소리로 자신을 보호하지 못하는" 왜소한 모습에서 루스의 피폐한 결혼생활의 단면을 엿볼 수 있다.

중상류 계급이라는 조건은 데드 집안의 여자들을 더욱 제한된 삶으로 몰고 간다. 가부장제 사회에서 중상류층 여성의 역할은 합법적인 상속자를 낳아 그들 계급의 지배 기반을 공고히 다지는 데 조력하는 것과 가정을 남성이 재충전할 수 있는 휴식 공간으로 만드는 것이다.

즉 이들에게는 결혼 이외의 다른 삶을 시도해 볼 여지가 주어지지 않는다. 루스의 불행한 삶은 결혼 전에는 선택 범위를 결혼에 국한시키며, 결혼 후에는 여성의 존재를 아내와 어머니라는 역할에만 제한시키는 중상류층 여성의 보편적인 실상이다. 사십대에 접어든 두 딸 리나와 코린시안즈가 조건에 합당한 배우자를 만날 때까지 집안일을 하면서 수동적으로 지내는 것도 결혼 이외의 별다른 대안이 없는 중상류 계급 여성의 제한된 현실 때문이다.

  소설의 전반부에서 보여지는 서른두 살의 밀크맨은 가부장제
적 중산층 가정에서 성장한 전형적인 흑인 남성의 특성을 갖고
있다. 밀크맨의 관심은 중상류층의 다른 젊은이들과 어울려 파
티와 술을 즐기는 것일 뿐, 가난한 흑인들의 고충이나 백인에 의
해 린치, 살해당하는 동족의 억압에 무관심하다. 에멧 틸 사건으
로 도시의 모든 흑인들이 흥분할 때에도 전혀 관심을 보이지 않
으며, 친구인 기타가 몰두하고 있는 인종 문제나 정치에 염증을
느낀다. 그는 할아버지가 노예였는가라는 어처구니없는 질문을
할 정도로 자기 민족의 역사에 대해 무지하다.

  밀크맨의 이기적인 성격은 여자 가족이나 여자 친구에 대한
태도에도 나타난다. 그는 어머니를 "독립된 한 개인으로 생각해
본 적이 없다." 또 "지금까지 누나들을 어머니와 구분할 수도 없
었고, 9학년 이후로 누나들과 연속 네 개 이상의 문장으로 말해
본 적도 없다." 따라서 그에게 있어 누나들은 독립적인 인격체가
아니라 세탁과 청소, 요리를 해주는 하녀에 불과하다.

  밀크맨의 남성 중심적인 이기심은 12년 동안 지속되어 온 헤
이거와의 관계를 청산하는 부분에서 가장 분명하게 보여진다.
그는 헤이거가 결혼할 상대가 아닌 것을 알면서도 그녀를 단순
한 욕구 충족의 대상으로 이용해 오다가 나중에는 김 빠진 세 번
째 맥주잔에 비유하면서 그녀와의 관계를 돈을 주면서 끊으려
한다. 헤이거가 한 달에 한 번씩 자신을 죽이러 쫓아다닐 때에도
그는 그녀의 상처받은 심정을 헤아리거나 죄책감을 느끼기는커
녕 그녀의 광적인 행동이 충족되지 못한 성적 욕구 때문이라고
치부해 버린다.

  작가는 밀크맨이 성숙한 인간으로 변화하기 위해서는 가부장

제적 자본주의 사고를 극복하고 흑인의 현실에 대한 객관적인 인식을 바탕으로 자기 민족의 역사와 문화를 이해해야 한다고 제시한다. 다시 말해서 인종과 성, 계급 이데올로기의 극복이 긍정적인 흑인 남성의 필요조건으로 제시된다.

밀크맨의 민족의식을 일깨워 주는 사람은 친구 기타이다. 기타는 밀크맨과는 대조적인 성장 배경과 가치관을 갖고 있다. 중산층의 밀크맨이 하층 흑인들의 궁핍한 현실은 물론 인종 문제에도 무관심한 개인주의자라면, 남부에서 어린 시절을 보내고 북부 빈민가에 살고 있는 기타는 민족주의자이다.

기타의 아버지는 제재소에서 일하던 중 기계에 몸이 절단되어 죽었다. 기타는 제재소 주인이 아버지의 생명보험 대신 40달러를 주었을 때 기꺼이 사랑이라도 하겠다는 표정을 짓는 어머니의 굴욕적인 행동에 충격을 받는다. 더욱이 장례식 날 어머니가 그 돈의 일부로 아이들에게 커다란 막대사탕을 사주자 그 후부터는 메스꺼워서 단 것을 먹지 못한다. 기타는 아버지의 죽음이라는 개인적인 비극을 통해서 흑인이란 그 목숨이 사탕 몇 개와 몇 푼의 돈으로 대신할 수 있을 만큼 하찮은 존재로 취급되는 현실을 깨닫는다.

두 사람의 계급적, 사상적인 차이에도 불구하고 기타는 밀크맨이 신뢰하고 고민을 내보일 수 있는 유일한 친구이자 인생 상담자이다. 기타는 밀크맨이 어린 시절 학교 친구들로부터 놀림당할 때에 그를 구해 주고 가족 문제로 고통스러워할 때에도 위안을 준다. "세상에서 가장 지겨운 것이 인종 문제"라고 생각하는 밀크맨에게 기타는 사우스사이드에 사는 노동 계층의 삶을 알게 해준다.

　그런데 모리슨은 기타가 추구하는 호전적인 민족주의 이데올로기로는 미국 사회의 인종 문제를 해결할 수 없다고 믿는다. 물론 모리슨은 흑인에 대한 백인의 무차별적인 린치와 살인에 대항하기 위해 '세븐 데이즈'가 조직되었다는 동기를 명확하게 밝히고 있다. 또 그럼으로써 백인 작가나 영화제작자들에 의해 축소되고 심지어는 흑인 작가나 사회비평가조차 회피해 온 '흑인의 분노'의 일면을 분명히 제시한다.

　이와 동시에 흑백의 인구 비율을 맞추기 위해 살해되는 흑인 수만큼 백인을, 그것도 무고한 백인을 동일한 방법으로 살해할 것을 행동지침으로 삼는 이들의 논리에 대해서는 반대한다. 증오와 폭력에 의존하는 운동은 결국 자기 파괴적인 방향으로 왜곡될 수밖에 없기 때문이다.

　밀크맨은 기타에게 "그건 습관과도 같은 거야. 네가 그것을 계속하면 누구한테도 그런 일을 할 수 있게 돼… 좋아하지 않는 사람이 있다면 누구라도 처치할 수 있게 될 거야. 나도 죽일 수 있을 걸"이라고 말하면서 폭력에 의존하는 위험성을 경고한다. 이러한 위험성은 자기를 배신하고 혼자 금을 차지하고자 하는 밀크맨을 살해하려고 뒤쫓는 기타의 왜곡된 모습에서 확인된다. 기타의 가르침은 밀크맨의 시야를 이웃들의 삶으로 확대시키는 데 도움을 주지만 건강한 생존의 길로 이끌지는 못한다.

　모리슨의 더 큰 관심은 흑인의 역사와 문화 유산을 올바르게 인식함으로써 인종적, 문화적인 정체성을 확립하는 문제에 있다. 이 문제와 관련하여 밀크맨을 이끄는 정신적인 안내자는 고모 파일럿이다. 파일럿의 집안에서 느껴지는 자연스럽고 평온한 분위기, 노래가 있는 따뜻한 세계를 통해 밀크맨은 아버지가 지배하는 세계의 불모성을 분명하게 느끼면서 아버지의 삶과는 다른 삶을 원하게 된다.

밀크맨이 아버지의 세계에서 탈피하여 고모의 세계로 옮겨 가는 과정은 곧 백인 지향적이고 물질주의적인 세계에서 벗어나 흑인의 역사와 문화를 수용하고 남성우월주의를 극복하는 과정이다.

물질적인 소유와 남성에 의해 지배되는 데드 가정이 숨막힐 듯한 폐쇄적인 공간이라면, 파일럿이 이끄는 세 여성들의 가정은 열린 공간이다. 파일럿의 가정에서는 남자가 집안 경제를 규정하거나 인간관계를 지배하지 않는다. 두 가정의 차이는 메이콘이 파일럿 집의 창안을 들여다보는 장면에서 선명하게 드러난다.

그는 가능한 한 가벼운 걸음으로 촛불이 낮게 깜박거리는 옆창으로 몰래 다가가서 안을 들여다보았다.… 헤이거가 머리를 땋고 있는 동안 파일럿은 항아리에서 무엇인가를 휘젓고 있었다. 등이 창가를 향해 있었기 때문에 그는 그녀의 얼굴을 볼 수 없었다. 아마 포도 과육이겠지. 메이콘은 그녀가 젓고 있는 것이 음식이 아니라는 것을 알았다. 그녀와 그 딸들은 어린 아이들처럼 음식을 먹었기 때문이다. 그들은 좋아하는 것이 있으면 무엇이든지 먹었다. 식사를 계획하거나 준비하지 않았고, 영양의 균형을 맞추지도 않았다. 테이블에 모여 앉는 법도 없었다. 파일럿이 뜨거운 빵을 구으면 각자 먹고 싶을 때 버터를 발라 먹고, 포도주 만들고 남은 포도나 복숭아를 계속해서 며칠간 먹기도 했다. 어느 한 사람이 우유 1갤론을 사면 그것이 사라질 때까지 마셔댔다. 또 다른 사람이 반 부셀의 토마토나 열두 개 가량의 옥수수를 얻으면 없어질 때까지 그것만 먹었다. 그들은 갖고 있거나 우연히 손에 넣은 것이나 먹고 싶은 것을 먹었다. 포도주를 팔고 남은 이익은—헤이거를 위한 싸구려 보석이나 레바가 남자들에게 주는 선물 등으로—뜨거운 바람에 바닷물이 사라지듯 사라졌다. 창문 가까이 어둠 속에 몸을 숨긴 채 그는 하루 동안의 짜증이 씻겨져 내려가는 것을 느꼈고 촛불 아래에서 노래부르는 여자들의 편안한 아름다움을 음미했다.

인용문에서 볼 수 있듯이 창밖의 세계가 이윤 동기에 의해 움직이고 소유와 축적이 중시되고 인간관계마저 상품화되는 세계라면, 창 안의 세계는 이윤보다는 사람을 우선시하며 임금노동보다는 공동의 노동을, 광고에 이끌린 소비보다는 그때 그때의 필요에 따라 자발적으로 소비하는 세계이다.

또한 파일럿의 집안에는 흑인 문화가 생생하게 살아 있다. 파일럿은 '블루스'와 '이야기하기,' '약초요법' (rootworking) 같은 흑인 민속 문화를 실천한다. 그녀는 푸르스름한 회색 풀로 메이콘의 성욕을 자극시켜 루스를 임신하게 만들며, 메이콘이 아내를 유산시키려 할 때에도 부적처럼 생긴 인형을 사용해서 그의 시도를 좌절시킨다.

또 블루스로 손녀 헤이거의 정서적인 결핍을 위로하고 헤이거가 죽은 후에도 블루스를 불러서 슬픔을 승화시킨다. 특히 솔로몬에 대한 블루스는 노예의 구속을 박차고 고향으로 날아 돌아간 선조의 이야기를 담고 있어서 과거를 전하는 중요한 기능까지 담당한다.

또한 파일럿은 자전적인 이야기를 통해 가족사, 더 나아가 흑인 민족의 역사와 지혜를 전달함으로써 이야기를 통해 부족을 교육시키는 역할까지 담당한다.

그런데 파일럿의 집안에서 보여지는 위의 여러 가지 특성은 남부 흑인 공동체의 특성이기도 하다. 파일럿이 젊은 시절 머물렀던 남부 섬의 흑인 농장이나 버지니아 주의 흑인 마을 샬리마는 공동체 생활을 한다. 특히 샬리마 마을은 아직까지 시장경제에서 벗어나 있다. 밀크맨은 이곳 여자들이 지갑 없이 돌아다니는 모습에 충격을 받기도 한다.

무엇보다도 남부의 흑인 커뮤니티에는 후기 자본주의 사회에서는 찾아보기 힘든 인간과 인간, 인간과 자연간의 상호성이 살아 있다. 이곳 흑인들은 궁핍한 생활에도 불구하고 타인에 대한 조그만 호의와 배려를 잊지 않는다. 가난한 트럭 운전사는 기꺼이 밀크맨에게 차를 태워 주고 음료수를 나누어 먹으며, 쿠퍼 목사도 밀크맨에게 며칠 동안 호의를 베푼다. 밀크맨은 이곳 사람들과 지내면서 "상대방을 속이거나 대들고 밀고하거나 내쫓을 필요를 느끼지 않는다." 이는 남부의 농촌이 북부 도시에서의 거칠고 경쟁적인 인간관계에서 벗어나 있음을 의미한다.

뿐만 아니라 이 지역에서는 아직 인간이 자연과 대화를 나눌 수 있다. 그리고 샬리마의 주민들은 솔로몬이 날아갔던 곳과 그의 아내 리나가 이를 애통해 하던 곳에 '솔로몬의 도약,'(Solomon's Leap) '리나의 협곡'(Ryna's Gulch)이라는 이름을 지어 선조의 과거를 생생하게 기억하며, 솔로몬의 전설을 아이들의 게임 노래로 불러 자기 종족의 원형적인 이미지를 전수한다.

이처럼 각양각색의 상품이 진열되어 있는 가게나 발달된 문명의 이기 없이도 따뜻한 인간관계, 자연과의 친밀감, 공동체적인 삶의 원리, 그리고 과거가 살아 있는 남부의 흑인 커뮤니티는 바로 전기나 수도, 가스와 같은 것이 없어도 진정한 평화를 성취해 낸 파일럿의 삶과 동일선상에 있다.

처음에 밀크맨이 남부의 흑인들에게 거부감을 느끼는 것과 대조적으로 파일럿은 "버터 제조기 안의 버터 덩어리처럼 이곳 주민들 속으로 합쳐진다." 이것은 파일럿이 남부 흑인 공동체의 정신을 이어받고 있기 때문이다.

밀크맨은 아버지로부터 독립할 생각으로 금을 찾으러 남부로 나선다. 그러나 조금씩 드러나는 조상에 대한 단편적인 이야기에 흥미를 느끼면서 그는 가족의 뿌리를 탐색하는 데 더 열중한다. 즉 금을 찾으려는 밀크맨의 남부 여행은 가족의 계보와 자신의 문화적인 정체성을 발견하는 자아탐색으로 변형된다.

흑인 문학에서는 등장인물이 북부에서 남부로 여행하는 경우가 거의 없다. 흑인들 사이에서 북부는 물질적으로 보다 풍요로운 삶과 자유가 보장되는 지역으로 생각되기 때문이다. 그러나 남부는 수세대에 걸친 흑인들의 고통과 죽음이 배어 있는 부인하고 싶은 흑인 역사의 현장이면서 동시에 선조들의 저항정신과 문화, 전통의 흔적이 서린 곳이다. 따라서 남부는 중산층 삶에 탐닉한 나머지 흑인 문화로부터 너무 멀리 떨어져 있는 밀크맨이 자신의 뿌리를 제대로 알기 위해서 반드시 거쳐야 하는 땅이다.

샬리마에 갓 도착했을 당시 밀크맨은 오만하기 이를 데 없다. 당장 차를 수리할 수 없으면 새 차를 사겠다는 말로 부를 과시하며 이름도 묻지 않고 이곳 남자들을 '그들'이라고 언급하거나 마을 여자들을 손쉽게 훑어본다. 때문에 샬리마의 남자들은 이런 밀크맨을 보면서 "피부는 검지만 무명의 얼굴 없는 일꾼이 필

요할 때 트럭에 그들을 실어 가기 위해 오는 백인 남자의 마음을
갖고 있다"고 생각한다.

그러나 밀크맨은 남부로 깊숙이 들어갈수록 오만함과 이기심
에서 서서히 벗어난다. 그는 펜실베니아 주 댄빌에서 처음으로
자기 가족과의 감정적인 유대를 경험한다. 쿠퍼 목사로부터 "링
컨의 천국" 농장에서 할아버지와 아버지가 하던 생활을 다시 들
으면서 "고모나 아버지에게서 들었을 때에는 다른 세계, 다른 시
대에 있었던 먼 일로 느껴졌던 일이 실제로 느껴지는" 새로운 경
험을 한다. 또 백인들의 손에 살해된 할아버지의 운명에 분노를
느끼고, 아버지의 친구들이 농장 생활을 이야기할 때에는 함께
그 생활을 그리워하기도 한다.

금을 찾아 동굴로 가는 길에 밀크맨은 문자 그대로 모자가 나
뭇가지에 찢기고 금시계가 깨지고 멋진 셔츠가 땀에 흠뻑 젖고
구두 밑창이 찢겨져 나가는 등 외양이 하나씩 떨어져 나가는 경
험을 한다. 또 마을 남자들과의 말싸움과 몸싸움, 마을 장년들과
의 밤사냥 등 일련의 시험을 거치면서 겉치레의 허물을 벗어 던
진다.

특히 사냥은 밀크맨으로 하여금 돈이나 차, 아버지의 명성, 멋
진 양복이나 구두 따위와 같은 어떠한 물질적인 외형도 그에게
도움이 될 수 없다는 인식으로 이끈다. 사냥 온 사람들을 쫓아가
지 못하고 나무에 앉아 휴식을 취하면서 밀크맨은 자기이해에
도달한다. 그리고 기타에 의해 목 졸리우는 상징적인 죽음을 경
험한 후 그는 새롭게 태어나 숲 밖으로 나온다.

밀크맨이 과거의 자기 중심적인 태도를 극복하였음은 숲에서
나온 후 가족들의 고통과 그들에 대한 자신의 무관심과 무책임

을 인정하는 부분에서 보여진다. 그는 성적 박탈이 어머니에게
미쳤을 부정적인 영향을 이해하게 될 뿐 아니라 자신이 여자를
미치게 만들 정도의 유명 인사가 되려는 이기심에서 헤이거의
사랑과 광기를 이용했음을 인정한다.

이처럼 밀크맨은 사회적인 상승욕구, 물질적인 성공, 이것의
실현에 불가피하게 수반되는 개인주의적인 사고와 같은 외적인
구속물을 벗어 버린 다음에야 흑인으로서의 자신의 참모습에 눈
을 뜬다. 이제 그는 샬리마의 아이들이 부르는 노래에 등장하는
솔로몬이 고모가 노래부르던 슈가맨과 동일인물로 곧 자기 증조
할아버지라는 사실을 깨닫는다.

또 술 취한 백인 병사의 실수로 주어진 데드라는 잘못된 성에
가려진 진짜 성은 노예제도에 굴복하기를 거부하고 자유를 향해
날아간 '솔로몬' 이라는 사실, 메이콘 1세의 "Sing!" 이라는 외침
은 노래부르라는 의미가 아니라 아내, 즉 밀크맨의 할머니 이름
이었다는 것, 파일럿이 메이콘 1세가 살해한 백인 남자의 것으로
알고 갖고 다닌 뼈가 사실은 할아버지의 뼈라는 점을 밝혀 낸다.
이렇게 밀크맨은 소설 전편에 불완전하게 조각조각 흩어져 있는
단편적인 정보를 하나의 가닥으로 모아 자기 가족의 계보를 완
성한다.

밀크맨이 흑인 민족의 역사를 인식하였음은 이름과 정체성의
불가분의 관계를 깨닫는 것에서도 확인된다. 밀크맨은 북부로
돌아오는 버스 안에서 미국 도처의 기록된 이름 아래 얼마나 많
은 사람들의 죽음과 삶, 기억이 묻혀 있을까를 명상한다.

이름에 대한 밀크맨의 명상이 갖는 중요한 의미는 '이름짓기'
전통이 흑인 사회에서 차지하는 의미와 관련시켜 볼 때 분명해

진다. 지배 체제는 노예 시절부터 흑인의 인간성과 정체성을 박
탈하는 수단으로 이들의 본래 이름을 없애고 강제로 다른 이름
을 부여했다. 이때 가족과 부족의 이름을 빼앗기는 커다란 심리
적인 상처에 직면해서 흑인들이 할 수 있었던 최선의 일은 자신
을 나타낼 수 있는 다른 이름을 취하는 것이었다. 즉 이들은 백인
이 준 잘못된 이름을 바로잡음으로써 권위에 저항하고 자기를
주장하고자 했다.

『솔로몬의 노래』에서도 흑인들은 공식적인 이름 대신 자기들
끼리의 이름을 사용한다. 사우스사이드 흑인 주민들은 '중심가'
(Mains Avenue)와 '자선 병원' (Mercy Hospital)이라는 도시 행
정가들이 제정한 공식 이름을 거부한다. 대신 그 도시의 유일한
흑인 의사를 기리기 위해 '의사가 살지 않는 거리' (Not Doctor
Street)라는 이름을 고집하며, 인종차별적 현실을 반영하는 '비
자선 병원' (No Mercy Hospital)이라는 이름을 고집스럽게 사용
한다.

또 출생신고서에 적혀 있는 이름보다 흑인 커뮤니티 안에서
"개인의 열망이나 제스처, 결함, 사건, 실수, 약점"으로 인해 또
는 재미나 애정으로 주어진 비공식적인 별명을 선호한다. 밀크
맨은 고향 사람들이 당구장과 이발소에서 얻은 별명을 소중하게
간직하고 파일럿이 이름적힌 종이조각을 귀에 매달고 다니는 이
유가 "이름을 기록하고 기억하지 않으면 사라지니까 이름을 안
다면 그것에 매달려야 하기 때문"이라는 것을 인식하기에 이른
다.

이처럼 밀크맨의 자기발견 과정에는 인종의식의 성취가 확연
하게 명시되어 있다. 이에 반해 밀크맨이 남성 중심적인 사고를

▲목화를 줍고 있는 흑인 여자. (1928)

극복하고 여성과 상호적인 관계를 이루어 내는 문제는 헤이거의
죽음에 대한 자신의 책임을 인정하거나 샬리마의 여자 스위트
(Sweet)와 상호적인 관계를 나누는 깃으로 아주 짤막하게 언급
된다.

　샬리마의 남자들은 밀크맨이 사냥을 제대로 마친 것을 환영하
면서 그에 대한 보상으로 여자를 소개시켜 준다. 독자는 스위트
를 대하는 밀크맨의 태도에서 종전과는 다른 그의 새로운 면을
발견한다.

　그는 그녀에게 비누칠을 한 다음 피부가 깨끗해져서 얼룩 마노처

럼 반짝거릴 때까지 문질러 주었다. 그녀는 그의 얼굴에 연고를 발라 주었다. 그는 그녀의 머리를 감겨 주고 그녀는 그의 발에 활석을 뿌려 주었다. 그는 그녀의 등위에 걸터앉아 등을 마사지해 주고 그녀는 그의 부어 오른 목에 개암즙을 발라 주었다. 그는 침대를 정리하고 그녀는 그에게 스프를 갖다 주었다. 그는 설겆이를 하고 그녀는 그의 옷을 빨아 줄에 널었다. 그는 그녀의 목욕통을 닦고 그녀는 그의 셔츠와 바지를 다렸다.

물론 스위트가 밀크맨이 사냥을 성공적으로 완성한 데 대한 샬리마 남자들의 보상이라는 점에서 다분히 성차별주의적인 사고가 드러난다. 그러나 여기서 스위트가 창녀이고 밀크맨이 그녀에게 오십 달러를 준다는 사실보다는 그가 그녀의 보살핌에 동등하고 상호적으로 반응한다는 사실이 더 중요할 것이다. 비록 아주 짧은 시간이지만 스위트와의 관계에서 처음으로 이전의 오만한 태도에서 벗어난 모습을 보여 줌으로써 밀크맨이 앞으로 여성과의 관계에서 변화할 가능성을 미약하게나마 암시하기 때문이다.

이제 밀크맨은 아버지의 물질주의와 개인주의, 남성우월주의를 극복하고 파일럿의 삶의 비전을 수용하면서 따뜻한 인간미와 민족의식을 갖춘 성숙한 인간으로 발전한다. 이 점은 마지막에 밀크맨이 파일럿의 블루스를 전수받아서 '슈가맨'을 '슈가걸'로 변형시켜 노래부르는 것과 기타를 향해 두 팔을 벌리고 도약하는 행동에서 확인할 수 있다.

소설은 밀크맨이 공중으로 몸을 날리는 장면에서 끝나고, 과연 밀크맨이 벼랑에서 떨어져 죽는지 아니면 기타가 쏜 총에 맞아 죽음을 당하는지 혹은 기타와 화해를 하는지에 대해서는 열린 상태로 놓아 둔다.

밀크맨의 '도약'에 대해서는 여러 방향으로 생각할 수 있다. 만약 흑인 커뮤니티의 구조적인 변화에 초점을 둘 경우 밀크맨이 이룩한 성취에는 한계가 있다. 밀크맨이 그의 가족이나 커뮤니티와 맺는 관계가 향상되었지만 아버지와 어머니의 관계, 아버지와 고모의 관계를 회복시키지 못했기 때문이다. 또한 밀크맨의 마지막 비상 행위가 그에게는 해방적일지 몰라도 커뮤니티의 구체적인 상황에는 영향을 주지 않는다는 점에서 개인적이고 비현실적으로 보일 수도 있다.

하지만 모리슨은 사회의 구조적인 변화에 앞서 반드시 선행되어야 할 단계가 구성원 개개인의 의식 변화라고 생각한다. 요컨대 정치적인 커뮤니티 이전에 개인들간의 관계를 의미하는 개인적 커뮤니티의 중요성을 강조하는 입장이다.

이러한 작가의 입장은 밀크맨이 남성적인 사고에서 벗어나는 문제를 주변 여성과 맺는 관계의 변화를 통해 보여 줄 뿐 그가 가부장제 이데올로기의 구조적인 모순에 대한 인식에는 이르지 못하는 것으로 처리하는 것에서도 나타난다.

한 가지 분명한 사실은 밀크맨이 기타를 향해 뛰어내림으로써 다른 사람에게 적극적으로 참여하는 것이 역설적으로 자신을 성취하고 자유를 성취하는 길이라는 인식을 행동으로 실천한다는 점이다. 여기서 밀크맨은 중조 할아버지의 이기적인 비행이 아니라 "땅을 떠나지 않고서도 날 수 있는" 파일럿의 이타적인 비상을 수용한다. 이런 의미에서 밀크맨의 도약은 현실도피가 아니라 자유와 참여가 조화된 행동으로 간주되어야 할 것이다.

2) 여성들의 숨겨진 이야기

이렇듯 『솔로몬의 노래』의 주 플롯은 가족의 과거를 거슬러 가면서 커뮤니티, 역사와의 관계를 바탕으로 자아를 인식하는 밀크맨의 성공적인 탐색 이야기이다. 그러나 이 작품을 밀크맨의 자아발견의 이야기로만 읽어 내기에는 몇 가지 부족한 점이 있다.

우선 밀크맨과 파일럿 중 누가 진정한 주인공인가의 문제가 제기될 만큼 여성 인물 파일럿이 중요한 위치를 차지한다. 밀크맨으로 하여금 흑인 문화의 의미를 인식하도록 이끄는 사람은 파일럿으로서 그녀가 곧 소설의 도덕적인 중심을 이룬다. 더욱이 성공적인 밀크맨의 이야기 배후에 숨겨진 의미층에는 여성 인물들이 주인공 남성 때문에 죽거나 억압적인 삶을 살아가거나 혹은 자아를 추구하다가 좌절되는 하위 플롯이 존재한다.

그렇다면 『솔로몬의 노래』의 총체적인 의미는 무엇인가? 이 문제와 관련하여 작품에 새겨진 작가의 여성적인 시각에 주목할 때, 다시 말해서 주 플롯을 구성하는 밀크맨의 자아 추구에 가려진 여성 인물의 삶에 동등한 주의를 기울일 때만이 『솔로몬의 노래』를 보다 총체적으로 읽어 낼 수 있을 것이다.

모리슨이 기존 신화를 다루는 태도를 보자. 먼저 작가는 기존의 백인 신화를 차용한 다음 이를 흑인의 시각에서 수정한다. 자신의 뿌리를 발견하고 가족의 숨겨진 역사를 되찾는 밀크맨의 여행은 서구 남성의 원형적인 탐색 이야기인 오딧세이 신화와 유사하다. 그러나 모리슨은 밀크맨의 자기 발견을 흑인 남성이 가족과 민족의 과거 및 문화 유산을 발견하고 흑인 커뮤니티와의 유대를 인식하는 과정으로 그려 냄으로써 백인 신화를 흑인의 시각에서 재구성한다.

또한 텍스트의 제목으로 사용된 솔로몬은 성서의 인물이 아니라 백인 지배에 저항하고 아프리카 대륙으로 날아간 흑인 선조 노예임이 밝혀지고, 파일럿은 예수의 십자가 처형을 언도한 남자가 아니라 인간에 대한 사랑을 구현하는 흑인 여성임이 드러남으로써 기독교 신화도 전복당한다.

더 나아가 모리슨은 흑인 여성의 시각에서 전통적인 서구 신화와 흑인 신화에 함축된 남성 중심 이데올로기를 해체시킨 다음, 여성을 포함하는 새로운 신화를 구축한다. 그리스 신화나 기독교 신화에서 대체로 여성은 남성을 유혹하고, 남성은 이를 거절함으로써 영웅적인 위상을 갖게 되는 성적으로 사악한 대상으로 묘사된다. 또는 영웅 스스로를 정의하는 데 필요한 수단으로 등장한다. 흑인 민속전통에서도 여성의 위치는 마찬가지이다. 그러나 모리슨은 오딧세이의 모험에서 영웅의 귀향을 방해하는 마법사로 묘사되는 서시를 밀크맨의 아버지와 고모의 생명을 구해 주며 밀크맨에게 가족의 과거를 알려 주고 동굴로 가는 길을 가르쳐 주는 안내자로 묘사한다.

흑인 여성 작가로서의 모리슨의 시각이 가장 분명하게 드러나는 부분은 '날아가는 아프리카 인' 신화이다. 날아가는 솔로몬의 이야기는 얼핏 인간의 한계를 무시하고 태양 가까이 날아오르려다 밀랍 날개가 녹는 바람에 추락하는 이카루스(Icarus) 신화를 떠올리게 한다. 그러나 모리슨은 이 신화를 날 수 있는 능력을 이용해서 노예로서의 구속을 초월한 아프리카 선조에 대한 전설로 바꾸어 놓는다. 원래 아프리카에는 흑인들이 백인이 가져온 소금을 먹기 전까지 하늘을 날 수 있었다는 신화가 전해져 내려온다. 따라서 '비행'은 북미대륙, 카리브 해, 라틴 아메리카에 분포하는 아프리카 계 흑인들 사이에서 자유의 상징으로 간주되어 왔다. 특히 1940, 50년대 흑인 문학에서 '비행' 모티브는 탈출과 자유에 대한 집단적인 꿈을 의미하였다. 즉 모리슨은 백인 신화의 본래 의미를 제거하고 흑인들의 자유에 대한 갈망을 새롭게 써넣는다.

모리슨은 여기에서 그치지 않고 이 신화를 여성의 입장에서 다시 쓴다. '날아가는 아프리카 인' 신화에 대한 전통적인 해석에서는 주술사가 억압으로부터 남녀노소 할 것 없이 동료 모두를 집단으로 탈출시키는 것으로 되어 있다. 그런데 모리슨은 이 신화를 차용하는 과정에서 공동체 정신을 제거한다.

『솔로몬의 노래』에서 노예의 구속을 벗어 던지고 날아가는 사람은 솔로몬 혼자로, 그는 자신의 초월 능력을 부족과 나누어 갖지 않는다. 게다가 모리슨은 솔로몬이 막내 아들을 데리고 날 수 없어서 떨어뜨렸다는 부분과 그 뒤에 남겨진 가족의 이야기를 새롭게 써넣는다.

이러한 변형을 통해 모리슨은 가족을 버리고 떠나는 이기적인 흑인 남성들의 탐색이 과연 적절한가에 대한 은밀한 의심을 새겨 넣는다. 이것은 마지막 부분에서 코러스처럼 기능하는 여성들의 목소리에서도 확인된다. 수잔 버드는 밀크맨에게 "그는 모든 사람들을 남기고 사라졌다"라고 비난 섞인 어조로 말하면서 솔로몬이 혼자 날아감으로써 뒤에 남게 된 아내와 그 자식들이 겪어야 했던 고통을 강조한다. 사람들은 사랑 때문에 리나가 정신나갈 만큼 울부짖고 슬퍼한다고 말하지만, 수잔이 보기에 그것은 혼자 힘으로 많은 자식들을 돌보아야 했기 때문이다. 스위트 역시 "누구를 남기고 갔어요?"라고 물음으로써 솔로몬의 자유를 위해 그의 가족들이 치러야 했던 대가를 강조한다.

이와 같이 작품을 틀 지우는 신화에 새겨져 있는 여성적인 시각에 주목할 경우, 남성 주인공의 자아발견 배후에 가려져 있는 여성 인물의 이야기가 보다 선명하게 드러난다. 먼저 데드 집안의 여성 인물들을 살펴보자. 데드 집안의 두 딸들은 자신의 비주체적이고 제한된 삶을 인식하거나 이것에서 벗어나려는 변화를 보여 준다. 그 동안 자신의 내적 욕구를 조화장미 만드는 일로 해소시켜 왔던 리나는 밀크맨이 코린시안즈의 남자 친구가 노동계층이라는 이유로 두 사람의 관계를 아버지에게 밀고하여 관계를 단절시키자 동생의 오만함에 강한 분노로 항거한다. 리나는 남동생의 오만함과 이기심이 남성우월주의에서 비롯된 것임을 정확하게 지적하면서 사십 년 동안 억눌려 온 자아를 처음으로 표현한다.

너는 평생 우리를 비웃어 왔어. 코린시안즈와 어머니, 그리고 나를. 우리를 이용하고 우리에게 명령 내리고 우리가 어떻게 네 음식을 요리하고 네 집을 가꾸는지를 판단해 왔어… 네가 누구길래 모든 사람과 일을 시인하거나 비난하는 거지?… 우리의 소녀 시절은 마치 우연히 발견한 동전처럼 너한테 다 바쳐졌어. 네가 잠을 자면 우리는 조용히 했고, 네가 배고프면 우리가 먹을 것을 만들어 주었고 네가 놀고 싶어하면 너를 재미있게 해주었지… 오늘날까지 너는 우리에게 한번도 피곤한지 슬픈지 커피를 마시고 싶은지 물어 본 적이 없어. 너는 네 발보다 더 무거운 것을 들어 본 적도 없고 4학년 계산 문제보다 더 어려운 문제를 풀어 본 적도 없어. 네가 우리의 삶을 결정할 권리를 어디서 얻은 거지? 이제 내가 말해 주지. 네 다리 사이에 매달려 있는 그 돼지 내장 같은 것에서지. 어린애 같은 동생아, 너한테는 그것 이상이 필요해.

여기서 리나의 분노는 충동적인 항변에 머물지 않고 사회에 팽배하는 남성우월주의의 근원에 대한 통찰로 이어진다. 리나는 남성적인 특권의식의 근원이 생물학적인 특징에 있으며, 이것이 권위를 갖기에는 얼마나 허약한 근거인가를 지적한다.

이것은 자연과 문명, 감정과 이성과 같은 논리를 사용해서 성별간의 단순한 생물학적인 차이를 남성의 우월성으로 둔갑시켜 놓은 뿌리깊은 성차별주의 이데올로기의 허구성을 정곡으로 찌르는 지적이다. 이제 리나는 조화를 만들지 않겠다고 결심함으로써 더 이상 자신이 평가절하되는 것을 용납하지 않겠다고 분명히 한다.

리나가 그 이상의 구체적인 변화를 보이지 않는 것에 반해 코린시안즈는 보다 적극적으로 삶을 개척한다. 앞서 지적하였듯이 중상류층이라는 조건이 데드 집안 여자들의 삶의 범위를 제한하는 요인으로 작용하는 만큼 코린시안즈는 자율적인 삶을 위해서 계급적인 한계를 벗어나야 한다. 이런 이유에서 남자 친구 포터가 성숙한 여자를 원한다고 말할 때 코린시안즈의 머리에서 그려지는 '성숙한 여성' 은 적어도 남성의 권위에 억눌려 목소리를 상실하고 정신적, 경제적으로 남성에 의존하는 여성을 의미하지는 않는다.

성숙한 여자라고? 그녀는 그런 여자를 생각하려고 애썼다. 그녀

의 어머니? 리나? 브린모어 여학교 학장? 마이클 메리? 어머니를 방
문해서 케이크를 먹는 숙녀들? 아무도 적합하지 않아. 그녀는 성숙
한 여자를 알지 못했다. 그녀가 아는 여자는 모두 애기 인형이었다.
그는 버스를 타고 다니는 여자들을 의미한 것일까? 자신이 누구인
지를 숨기지 않는 다른 하녀들을 말하는 것일까? 아니면 밤거리를
걷는 흑인 여자들?

여기서 모리슨은 '성숙한 여성' 의 가능성을 중산층 여성보다
하녀일을 하면서도 정체성을 유지하는 하층 계급 여성들에게서
찾는다. 이것은 중산층 여성이 가정의 영역에만 제한되어 있기
때문이기도 하거니와 특히 주류 사회에 들어가기 위해 백인 중
심 이데올로기를 내면화함으로써 인종적인 정체성을 상실할 위
험을 더 많이 안고 있기 때문이다. 따라서 코린시안즈가 자아를
발견하기 위해서는 세상 밖으로 나와 직업을 구하고 중산층의
허위의식에서 벗어나야 한다.
하녀일을 시작한 코린시안즈는 여주인에게 흑인의 열등성을
증명하기 위해 대학과 유럽에 간 경험이나 불어를 알고 있다는
것을 위상해야 한다. 그러니 이런 문제에도 불구하고 그 일은 노
동을 통해 스스로 돈을 벌 수 있는 기회를 제공함으로써 코린시
안즈의 세계를 확대시킨다.
그런데 힘겹게 내딛은 코린시안즈의 자아인식은 남자와의 관
계로 들어가는 것으로 끝난다. 포터가 아버지를 두려워하는 코
린시안즈에게 실망하고 떠나려 하자 코린시안즈는 버림받을지
도 모른다는 두려움에서 포터의 차 앞부분에 매달린다. 여기서
코린시안즈는 자신을 완전히 종속시킨 채 남자와의 사랑을 선택

▲말을 탄 백인 감독관의 엄격한 감시 속에서 목화를 줍는 흑인 여자들. (1928)

한 것처럼 보인다. 물론 코린시안즈에게 포터 이외에 아직 다른 존재 이유가 없다는 점은 분명 문제가 된다.

하지만 코린시안즈의 성취를 평가할 때 포터의 인물 됨됨이와 코린시안즈가 그와 맺는 관계의 성질을 고려해야 할 것이다. 포터는 '세븐 데이즈' 에 가담할 만큼 투철한 민족의식을 지녔으면서도 이 단체가 요구하는 폭력과 증오를 견딜 수 없어서 탈퇴할 만큼 따뜻한 심성을 갖고 있다.

특히 두 사람의 관계에서 모리슨이 강조하는 것은 그가 있는 그대로의 코린시안즈를 존중하고 사랑한다는 점, 그리고 코린시안즈가 포터를 알게 되면서 그녀를 내리누르던 부르주아적인 의식이 씻겨져 내려가 "처음으로 단순해진" 것을 느끼고 "허영 대신 새로운 자기 존중"을 경험하며 부모의 요구에 종속되기를 거부할 만큼 자기확신을 갖게 된다는 점이다.

그 동안 코린시어즈는 부모가 원하는 대로 항상 남부의 검둥이들로부터 거리를 유지해 왔고 포터가 노동자라는 사실을 수치스럽게 느껴 왔다. 이러한 그녀가 포터에 의해 오만한 계급의식에서 벗어난다는 사실은 포터와의 관계를 단순히 남녀간의 사랑 문제로 환원시킬 수 없게 만든다.

데드 집안의 두 여자가 미미하게나마 의식의 발전을 보여 주는 것에 반해, 파일럿의 손녀 헤이거는 애처로운 결말을 맞는다. 우선 헤이거는 흔히 여성의 특성으로 분류되어 온 낭만적 사랑의 희생물이 된다. 헤이거는 완전히 사랑에 빠져서 상대 남자에게 자기의 존재 가치와 삶의 의미를 부여하고 자아나 판단력을 상실한 채 죽음에 이른다.

여기서 주목할 점은 헤이거가 이처럼 밀크맨의 사랑에 집착하는 이유는 남성과의 관계를 벗어난 영역에서는 여성의 자기 표현이 힘든 남성 중심 사회에서 살기 때문이라는 점이다. 모리슨은 자아를 성공적으로 성취한 밀크맨의 탐색과 그의 사촌누이 헤이거가 광기와 죽음으로 치닫는 과정을 의도적으로 병치시킨다. 이러한 구성은 한편으로는 밀크맨이 헤이거의 광기와 죽음에 부분적인 책임을 갖고 있기 때문이며, 또 다른 한편으로는 두 사람의 자아 추구가 성공과 죽음이라는 대조적인 결과로 끝나는 원인이 성차에 있음을 명시하기 위한 것이다.

헤이거를 죽음으로 몰고 간 보다 심각한 원인은 후기 자본주의 사회에서 흑인 여성이 처한 현실과 관련되어 있다. 우리는 헤이거의 하강곡선이 시작되는 지점이 단지 밀크맨이 둘의 관계를 끝냈기 때문만이 아니라, 그녀가 백인 여자처럼 아름다운 혼혈 흑인 여성과 함께 있는 밀크맨을 본 시점이라는 사실에 주목해야 한다.

백인/남성 중심 이데올로기를 내면화하고 있는 헤이거는 이 시점부터 아름다운 백인 여성처럼 된다면 밀크맨의 사랑을 되찾을 수 있다고 생각한다. 그래서 그녀는 백화점에 가서 미친 듯이 옷과 화장품을 사댄다. 헤이거의 이 행동은 소비 자본주의 사회의 속성과 연결시켜 이해할 수 있다. 소비 사회 이데올로기는 여러 계층과 인종이 동일한 제품을 소유함으로써 사회적인 차이와 서열을 완화시켜 평등해질 수 있다고 믿게 만든다.

다시 말하자면 소비 자본주의 체제는 백인이나 중산층이 아닌 여성도 약간의 돈으로 백인 중산층 여성의 이미지, 즉 상품을 살 수만 있다면 모두가 백인 중산층 여성이 될 수 있으리라는 환상을 심어 준다. 헤이거는 이 환상을 행동으로 옮긴다. 그리고 그 결과는 처참하다. 헤이거는 집에 돌아와 거울 속에서 새로 바른 파우더가 비에 얼룩져 뭉쳐 있고, 머리가 헝클어져 있는 모습을 보고는 열병에 걸려 죽고 만다. 이러한 헤이거의 죽음은 미국 소비 자본주의 사회가 제시하는 해결책의 허구성을 드러낸다.

모리슨이 올바른 흑인 여성의 모범으로 제시하는 여성은 파일럿이다. 파일럿은 모리슨의 작품에서는 보기 드물게 자신이 누구인가를 정확히 인식하고 있는 여성이다. 파일럿은 열두 살 때 아버지를 잃고 오빠와 헤어진 후 하녀와 세탁부, 농장 일꾼 등을 전전하면서 힘겹게 살아왔다. 그녀는 흑인이므로 백인 사회 밖에 있고 여성이므로 남성 사회 밖에 있는 데다가, 배꼽마저 없는

'부자연스러운' 신체적인 특징 때문에 흑인 커뮤니티에서조차 외면당하는 주변인이다. 모리슨은 파일럿이 사회로부터 고립되었을 때 어떻게 자신을 정의 내리는가를 보여 준다.

그녀는 완전히 우둔하지는 않았지만 그래도 무지 때문에 방해받았다. 그럼에도 불구하고 세상에서의 자신의 현재 상황과 앞으로의 처지를 깨달았을 때 그녀는 그 동안 배웠던 모든 가정을 내버리고 다시 시작했다. 먼저 머리를 잘랐다. 앞으로 다시는 머리에 대해 생각하고 싶지 않았다. 그 다음 자신이 어떻게 살고 싶으며 자신에게 가치 있는 것이 무엇인지를 결정하는 문제와 씨름했다. 나는 언제 행복하고 언제 슬픈가 그리고 그 차이는 무엇인가? 살아 남기 위해서 무엇을 알아야 하는가? 세상에서 진실한 것은 무엇인가? 그녀의 마음은 구불구불하고 목적 없는 길을 돌아다니면서 때로는 심오한 것을 또 어떤 때는 세 살짜리 어린아이가 얻은 깨달음을 발견했다.

인용문에서 강조되는 것은 파일럿이 자기 존재에 대한 부단한 사고를 통해 사회의 통념들, 즉 남성 중심적인 '여성성'이라든가 물신화 풍토를 거부하고 자신의 내적 욕구와 사람과의 관계에 충실한 삶을 추구한다는 것이다.

모리슨은 파일럿을 통해 긍정적인 흑인 여성의 한 자질을 보여 준다. 모리슨은 여성이 완전한 인간이 되고자 한다면 그 답이 미래가 아닌 과거에 있을 것이라고 언급한 바 있다. 즉 자유를 추구하는 과정에서 자기의 길만을 가면서 심지어 '남성'의 부정적 측면을 모방하기까지 하는 현대의 '해방된' 여성보다는 남을 돌보아 주면서도 스스로를 확립할 수 있었던 선배 여성에게서 역할 모델의 가능성을 구한다.

파일럿은 모성적인 역할에 충실하면서도 정체성을 잃지 않고 흑인 문화와 삶의 지혜를 후손에게 물려주는 노년 여성이다. 파일럿은 분명 자기 삶을 위해 관습을 거부하는 '자유로운' 여성이다. 그러나 그녀는 술라 같은 '자유로운' 여성과 다르다. 양육은 물론 주변 사람들을 돌봐 주는 책임까지 거부하면서 자아를 추구하고자 했던 술라가 누구에게도 관심을 갖지 않는 방향으로 흐른 것과 반대로, 파일럿은 자기이해를 성취하였으면서도 약하고 상처 입기 쉬운 주변 사람에 대해 관심과 사랑을 잃지 않는다.

파일럿은 딸과 손녀를 사랑으로 보호하고 싸움하는 취객들이나 여자들 사이에서 평화를 중개하며, 메이콘의 폭력으로부터 루스를 구해 주고 메마른 가정에서 자란 밀크맨에게 따뜻한 사랑과 기쁨, 내적인 충족감을 주는 '타고난 치료사' 이다. 자신의 자유와 모험을 위해 아내와 자식을 저버리는 남자들과 달리, "주변의 작은 나무들을 보호하는 듯 우뚝 서있는 큰 나무처럼" 살아가는 파일럿은 방랑을 사랑하면서도 자신에게 의존하는 사람들을 돌봐 준다. 모리슨은 가족과 이웃에 대한 책임을 버리지 않고서도 온전한 자신을 창조해 낸 파일럿의 삶이야말로 "땅을 떠나지 않고서도 날 수 있는" 진정한 의미의 '비상' 이라고 평가한다.

그렇다면 파일럿과 데드 집안 여자들의 차이는 어디에서 비롯되는가? 모리슨은 이 문제를 파일럿과 루스의 차이로 간결하게 설명한다.

그들은 너무 달랐다. 한 명은 검은색이고 다른 한 명은 레몬색이었다. 한 명은 코르셋을 입었지만 다른 한 명은 치마 밑에 아무것도 입지 않았다. 한 명은 책을 많이 읽었지만 여행은 해보지 못했다.

다른 한 명은 지리책만 읽었으면서도 이 나라의 한쪽 끝에서 다른 끝까지 여행해 보았다. 한 명은 살기 위해서 돈에 전적으로 의존하지만, 다른 사람은 돈에 무관심했다.

요컨대 루스는 사회가 요구하는 여성의 이미지를 추구하는 반면, 파일럿은 이를 거부한다. 그 대신 머리를 짧게 자르고 몸을 구속하지 않는 편안한 옷차림을 택한다. 루스가 물질과 형식을 중시하다면, 파일럿은 정신과 내면을 귀중하게 생각한다. 파일럿은 사람들에게 불쾌감을 줄 수도 있을 옷차림을 다른 사람에 대한 존중으로 상쇄하며, 식탁 매너에 신경 쓰지 않는 대신 인간관계에 더 깊은 관심을 갖는다.

또한 남자에게 경제적, 성적으로 의존하는 루스와는 달리, 파일럿은 밀주를 제조해서 경제적인 독립을 성취할 뿐 아니라 남자들이 배꼽 없는 여자와는 관계 맺으려 하지 않는다는 사실을 알았을 때도 삶의 에너지를 이성관계를 넘어서 이웃에 쏟는다. 결국 파일럿과 루스, 두 여자가 보여 주는 차이는 인종주의와 성차별주의에 의해 움직이는 사회의 가치규범을 얼마만큼 내면화하였는가의 문제로 집약될 수 있다.

이렇듯 여성 인물들에 관련된 하위 플롯을 살펴본 결과 루스나 헤이거처럼 불행한 삶을 살아가는 여성들 한편에 주체적인 파일럿이나 미약하나마 자아의 중요성을 깨달은 리나와 코린시안즈가 있음이 드러났다. 그럼에도 불구하고 독자는 만족스럽지 못한 느낌을 떨쳐 버릴 수 없다. 이것은 흑인 여성의 자기확립을 위한 모범으로 제시된 파일럿의 정신이 여성세대로 전승되지 못하고 단절되어 버린 것과 관계된다.

파일럿의 가르침은 다른 여성이 아닌 밀크맨에게 전승된다. 특히 파일럿이 건설한 따뜻하고 열린 가정 공간은 현실적으로 존속하지 못한다. 파일럿 집안의 여성 삼대는 젊은 세대로 내려올수록 파일럿의 자질이 전승되기는커녕 쇠퇴하는 경향을 보인다. 레바는 쾌락을 쫓는 데 몰두하고 헤이거는 사랑의 배반을 극복하지 못하고 죽으며 파일럿조차 기타가 쏜 총에 죽는다.

그렇다면 왜 파일럿의 가정이 와해되는가? 모리슨은 파일럿 가정에서 세대가 내려갈수록 인성이 나약해지는 현상을 여성 중심 가계가 지닐 수 있는 잠재적인 위험성과 관련하여 설명한다. 파일럿은 양성과의 균형 잡힌 인간관계에서 성장했기 때문에 '여성적' 자질과 '남성적' 자질을 적절하게 결합한 인간이 될 수 있었다. 파일럿은 어머니 역할까지 훌륭하게 해낸 아버지나 오빠와 긍정적인 관계를 맺으며 또 흑인 커뮤니티의 다른 여자들로부터 따뜻한 보살핌을 받는다. 그러나 딸 레바는 남자들과 육체적으로만 관계하고 손녀 헤이거는 밀크맨을 만나기 전까지는 남성과 접촉한 적이 없다. 즉 모리슨은 두 여성의 삶에 긍정적인 방식으로 존재한 남자가 없다는 점이 그들의 현실 대처 능력을 축소시켰다고 본다.

여기서 주목할 것은 이러한 현상이 파일럿 개인의 잘못이 아니라 헤게모니를 쥔 남성에 의해 초래된다는 점이다. 헤이거의 성격이 나약하다는 사실을 일찍 감지한 파일럿은 방랑생활을 정리하고 헤이거에게 가족과 친척을 제공해 주기 위해 오빠 메이콘이 사는 도시로 이주한다. 그러나 메이콘이 사회적인 체면 때문에 누이동생과의 관계를 부정함으로써 파일럿의 시도는 좌절되고 만다. 결과적으로 헤이거는 다른 여성들과의 관계는 물론 남성세계와 접촉할 기회마저 잃게 된다.

　물론 메이콘은 자신의 아내와 두 딸에게도 부정적인 영향을 미친다. 그들의 교제 범위를 '숙녀'에 제한시켜서 파일럿처럼 가사노동과 생계 부담의 이중고를 치르면서도 주체성을 잃지 않은 흑인 여성들과의 접촉을 차단한다. 그리하여 그들은 파일럿이라는 강인하고 주체적인 여성 모델에 접근할 기회를 잃게 되고 여성의 성장에 필수적인 여성간의 유대도 단절되고 만다. 파일럿 집안과 데드 집안 여자들의 접촉은 서로에게 긍정적인 영향을 주었을 것이다. 루스가 메이콘에게 당당하게 헤이거의 장례 비용을 요구할 수 있었던 것은 비록 짧은 시기였지만 파일럿과 교류하면서 형성된 감정적인 유대라는 점에서 특히 분명하게 드러나고 있다.

　뿐만 아니라 파일럿이 구현하는 비축적적이고 비소비적인 농촌 공동체 생활양식은 도시에서 살아가는 딸과 손녀에게 이어지지 못한다. 공허한 소비에 빠져드는 레바와 헤이거의 삶처럼 너무나 많은 사람들이 자본주의적인 소비 풍토에 익숙해져 있는 현실에서 파일럿의 삶이 시사하는 대안적인 생활방식의 실현 가능성이 매우 희박하다는 것이다.

　이렇게 볼 때 대부분의 흑인 여성들이 겪는 제한된 삶이나 여성 전통의 단절은 가부장제 사회구조는 물론 중산층으로 올라서고 소비 자본주의 이데올로기에 편승하면서 현대 흑인 커뮤니티 전체가 겪는 위기와 불가분의 관계를 갖고 있다.

　그러므로 흑인 여성의 자기확립은 여성의식과 인종의식을 바탕으로 백인/남성 중심의 소비 자본주의 사회의 가치에 주체적으로 대응할 때에만 가능하다는 결론에 이른다.

4. 『비러비드』
(Beloved)

▲여자 노예들은 19세기부터 20세기초에 걸쳐 남부
농업체제를 주도하던 면화산업에 필수적인 노동력이
었다. 목화를 따고 있는 여자 노예들의 모습.

(1) 줄거리

노예 해방령이 선포된 지 십여 년이 지난 1874년, 오하이오 주 신시내티 주변에 위치한 흑인 커뮤니티 블루스톤 가 124번지에는 언젠가부터 유령이 출몰한다. 두 아들은 무서움을 견디지 못해 집을 나가고 지금은 어머니 세스(Seth)와 딸 덴버(Denver)만이 살고 있다.

1부는 세스와 같은 농장에서 있었던 남자 노예 폴 디(Paul D)가 십팔 년 만에 세스를 찾아 124번지에 오는 것으로 시작한다. 세스와 폴 디의 대화를 통해 두 사람이 가너(Garner) 농장에서 노예로 일했을 때의 어두운 과거가 조금씩 드러난다.

가너 농장에는 백인 주인이 자기 성을 물려주고 알파벳으로 이름을 붙인 폴 디 가너, 폴 에프 가너, 폴 에이 가너 등 세 형제와 할 서그즈(Halle Suggs), 식스 오(Six O) 등 여섯 명의 남자 노예와 베이비 서그즈(Baby Suggs)라는 한 명의 여자 노예가 있었다. 할은 오 년 동안 일요일에도 쉬지 않고 일해서 번 돈으로 어머니 베이비 서그즈를 노예 신분에서 해방시킨다. 베이비 서그즈를 대신해서 온 여자 노예가 열세 살의 세스였다. 세스는 할과 결혼하여 세 아이를 낳는다.

농장주 가너는 잔인한 다른 노예주들과는 다르게 자기 노예들을 인격과 책임이 있는 '남자'로 다룬다. 덕분에 세스와 남자 노예들은 비교적 평온한 노예생활을 할 수 있다. 그러나 가너가 죽은 뒤 가너 부인이 남편의 처남뻘 되는 학교 선생에게 농장의 경영을 맡기면서 노예들의 생활은 악화된다.

학교 선생은 노예를 짐승처럼 취급한다. 노예에게 재갈을 물리거나 칼을 씌우기 일쑤고 학생들에게 세스의 두개골과 엉덩이 치수를 재어 세스의 인간적인 특성과 동물적인 특성을 분리해서 기록하게 한다. 심지어 세스가 동물임을 증명하기 위해 학생들에게 강제로 세스의 젖을 훔치게 한다. 세스가 이 사실을 가너 부인에게 말하자 학교 선생은 헛간 바닥에 구덩이를 판 다음 태아를 보호한답시고 임신한 세스의 불룩한 배를 구멍에 넣어 보복했다. 그러고는 잔인하게 등에 채찍질을 해서 나뭇가지 모양의 흉터를 남긴다.

세스와 할은 노예들을 다른 곳으로 팔려는 학교 선생의 계획을 미리 알고 도망치기로 결심한다. 세 아이를 신시내티에 있는 시어머니 베이비 서그즈에게 미리 보낸 뒤 세스는 약속 장소에서 두 시간이나 남편을 기다린다. 그러나 남편이 끝내 나타나지 않자 만삭의 몸으로 혼자 도망한다. 이제 십팔 년이 지난 후에야 그녀가 들은 폴의 말에 따르면, 그 날 할이 세스가 헛간에서 백인 학생들에게 젖을 빼앗기는 장면을 우연히 목격하고는, 그 충격으로 미쳐서 약속 장소에 나오지 못했다는 것이다.

한편 만삭이 된 배에다 상처난 등에서는 피와 고름이 흐르고 다리까지 퉁퉁 부어 기어가다시피 했던 세스는 백인 장기 노역자의 딸 에이미 덴버(Amy Denver)의 도움을 받아 살아난다.

에이미의 엄마는 장기 노역 계약서에 서명한 노동자였는데 에이미를 낳자마자 곧 죽어 버린다. 어머니의 남은 계약 기간을 채우기 위해 노동자로 일하던 에이미는 주인의 책에서 몰래 본 보스톤의 사진을 보고 값비싼 벨벳을 찾기 위해 농장에서 도망쳐 보스턴으로 향하던 중 세스를 만난 것이다.

에이미는 나뭇잎 더미를 만들어서 세스를 눕히고 돌을 주워

모아 그 위에 세스의 발을 올려놓은 뒤 마비된 다리에 다시 감각
이 생길 때까지 문지른다. 그녀는 피고름이 엉겨져 있는 세스의
등에 난 상처에 거미줄을 걸쳐 치료해 주며 강가의 조각배 안에
서 세스의 출산을 도와 주고는 보스턴을 향해 떠난다.

세스는 백인 소녀 에이미와 도망 노예 엘라(Ella), 스탬프 페이
드(Stamp Paid)의 도움으로 무사히 오하이오 주 124번지에 도착
한다. 124번지는 원래 도망 노예들을 돌보아 주던 노예 폐지론자
백인 보드윈(Bodwin)의 할아버지 소유였는데, 보드윈은 이 집
을 베이비 서그즈의 거처로 제공한다. 베이비 서그즈는 이 집을
동네 사람들이 모여 대화하고 도망 노예들이 머물 수 있는 안식
처로 만든다.

그 동안 베이비 서그즈는 마치 여사제처럼 신시내티 흑인 공
동체의 중심 역할을 해왔다. 노예로서의 고단한 삶이 흑인들의
육체를 망가뜨렸다고 생각하는 베이비 서그즈는 토요일 오후마
다 숲속 공터에 남녀노소 할 것 없이 상처받은 흑인들을 모아 놓
고 웃고 춤추고 울도록 도와 주면서 백인들이 경멸하고 학대했
던 그들의 육체를 마음껏 사랑하라고 설교한다.

세스는 다시 만난 세 아이와 함께 시어머니의 보살핌을 받으
면서 28일간의 자유를 누린다. 29일째 되는 날 백인 노예 사냥꾼
이 세스를 찾아 124번지 근처까지 온다. 그런데 마을 사람들은
이를 알고서도 알려 주지 않는다.

왜냐하면 마을 사람들은 그 동안 흑인 커뮤니티의 중심 역할
을 해온 베이비 서그즈를 시기해 왔기 때문이다. 이들은 서그즈
가 자기들처럼 목숨을 걸고 도망친 것이 아니라 헌신적인 아들
의 노동으로 자유의 몸이 되었으며 게다가 전 주인이 직접 마차

를 몰아 이곳까지 데려다 주었다는 사실을 질투하고 있었다. 서그즈가 세스와 손자들의 자유를 기념하기 위해 구십 명이 배불리 먹을 수 있는 음식을 준비한 것도, 또 항상 그들에게 충고와 메시지를 주고 병자를 고쳐 주고 도망자를 숨겨 주는 것에 대해서도 이들의 마음은 편치 않았다.

노예 사냥꾼들의 머리를 본 순간 세스는 마당에서 놀고 있던 아이들을 순식간에 나꿔채서 헛간으로 데리고 간다. 그리고 딸이 붙잡혀서 노예로 사는 것보다는 차라리 죽는 것이 더 낫다는 생각에서 딸아이를 죽인다. 갓난아이였던 덴버까지도 헛간 판자에 내던졌으나 빗나가는 바람에 다행히 덴버만은 살아 남는다. 세스는 다시 노예로 끌려가는 대신 살인죄로 덴버를 데리고 감옥에서 형을 치른다.

세스가 아이를 살해한 사건이 있은 후 베이비 서그즈는 그 동안 그녀를 지탱시켜 준 믿음과 사랑을 상실하고는 자리에 눕는다. "저 하얀 것들은 내가 꿈꾸었던 모든 것을 앗아 가고 내 마음마저 부서 버렸어. 세상에 백인들처럼 재수없는 것도 없지"라고 생각하며 허탈감에 빠져 있던 서그즈는 노예 해방령이 선포되기 직전에 죽는다.

세스는 형기를 마치고 나와 시어머니의 장례식을 치른다. 그러나 딸을 살해한 세스의 행동을 이해할 수 없었던 마을 사람들은 베이비 서그즈의 장례식 날 124번지 집안에 들어오지 않는다. 이에 대한 앙갚음으로 세스가 교회에 발길을 끊으면서 그녀는 마을의 흑인들과 전혀 교류하지 않고 오랫동안 고립된 생활을 한다.

한편 폴 디도 가녀 주인의 죽음과 더불어 가혹한 시련을 겪는

다. 폴 형제와 식스 오는 함께 도망가기로 계획했지만 폴 디는 약속 장소에 도착하기 전 붙잡혀 재갈이 물려지게 되고, 식스 오도 체포되어 불에 타죽고 폴 에이도 교수형에 처해진다. 학교 선생은 마지막 남은 폴 디를 다른 농장으로 팔아 넘긴다.

새 농장에서 가혹한 주인을 죽이려고 했다가 그 대가로 폴 디는 다시 조지아 주 알프레드로 끌려가서 다른 노예들과 함께 땅속에 파묻힌 나무상자에 짐승처럼 갇힌다. 각자의 손과 발을 묶인 쇠사슬이 다시 다른 노예들의 쇠사슬과 연결된 채 마흔여섯 명의 노예들은 한 줄에 매인 가축떼처럼 끌려 다니면서 채석장에서 혹사당한다.

억수 같은 비가 삼 일 동안 계속 쏟아 붓자 감시가 소홀해진 틈을 타서 이들은 밀려들어오는 진흙 속을 뚫고 땅위로 나와 탈출한다. 한참을 도망친 이들은 병 든 체로키 인디언들의 캠프에 도착한다. 이들은 강제로 이주당하기보다는 도망자의 삶을 택한 인디언으로, 흑인 노예들의 사슬을 끊어 주고 음식을 나누어 준다. 그 후 폴 디는 댈라웨어 주에서 직조공 여자의 조카로 행세하면서 1년 반쯤 머물다가 세스를 찾아 떠난다.

폴 디는 124번지에 머물면서 세스와 함께 새 삶을 시작하고 싶어한다. 폴 디와 세스, 덴버는 손을 잡고 마치 한 가족처럼 마을의 서커스 구경을 가기도 한다. 그러나 그 동안 124번지에 이런 저런 모습으로 출몰하던 유령이 마침내 환생하여 나타나는 바람에 세 사람의 관계는 깨진다.

세 사람은 서커스 구경을 갔다오던 길에 열아홉 살 가량의 흑인 소녀 비러비드(Beloved)가 124번지 앞에 앉아 있는 것을 발견한다. 비러비드에게는 이상한 점이 많다. 그녀는 처음 며칠 동안 계속 잠만 자더니 잠에서 깨어난 후에는 마치 걸음걸이를 갓 배우는 아이처럼 서투르게 걸어다닌다. 그리고 그녀는 세스를 끊임없이 갈망한다. 그녀의 시선은 세스를 핥고 맛보며 세스가 일터에서 돌아올 때쯤이면 길에 마중 나와 있곤 한다.

비러비드의 출현으로 덴버는 외로움에서 벗어난다. 지난 십이 년 동안 124번지 집에는 친구는 물론이고 방문객조차 없었다. 집 뒤편 숲속에 회양나무 다섯 그루가 빙 둘러서 만들어 놓은 나무 그늘이 덴버의 유일한 친구였다. 덴버는 일곱 살 때 1년 동안 레이디 존스의 집에서 다른 아이들과 함께 공부한 적이 있다. 어느 날 한 남자 아이가 "너희 엄마가 살인죄로 감옥에 갇혔었지? 거기에 너도 있었지?"라고 물어 본 후로 다시는 학교에 가지 않았다. 폴 디가 나타나 어머니와 가까워지자 더욱 외로워진 덴버는 비러비드가 처음 오던 날 감사 기도까지 한다. 덴버는 비러비드의 관심을 끌기 위해 어머니로부터 들은 탈출 이야기를 들려 주기도 한다.

그런데 폴은 비러비드가 나타나면서 자기도 모르는 사이에 자신의 잠자리가 점점 집밖으로 옮겨 가는 것을 알게 된다. 그는 세스의 침대에서 거실의 흔들의자, 베이비 서그즈의 방, 저장실로 거처를 옮기더니 급기야는 창고에서 잔다. 그러다가 비러비드의 유혹에 이끌려 그의 의지와 무관하게 성관계까지 맺는다.

한때 세스가 폴에 대한 사랑을 인정하고 그에게 다시 집안으로 들어오라고 말하면서 둘의 관계가 잠시 좋아지기도 한다. 그런데 이때 스탬프 페이드가 자식을 살해한 죄로 기소된 세스의 기사가 실린 신문을 폴에게 보여 준다. 세스는 자신의 행위 때문에 자식들이 다시 스위트 홈 농장에 끌려가지 않았으므로 자신의 사랑이 옳았다고 생각한다. 그러나 폴 디는 세스의 자식 사랑이 너무 지나쳐서 동물과 다름없다고 비난하게 되고 이를 계기로 두 사람의 관계는 다시 멀어진다. 이제 폴 디는 124번지에서 나와 교회 지하실에서 혼자 지낸다.

폴 디가 나간 후 124번지는 세스와 덴버, 환생한 딸 비러비드 세 여자들만의 공간이 된다. 2부의 상당 부분은 세스와 덴버, 비러비드의 독백과 이들의 관계로 이루어져 있다. 세스는 비러비드가 자기 손에 죽은 딸아이가 환생한 것으로 믿는다. 그녀의 독백은 돌아온 딸에게 스위트 홈에서의 악몽과도 같은 생활과 왜 도망을 결심했는가, 또 왜 딸을 죽여야만 했는가를 설명하려고 애쓴다. 할이 약속 장소에 나타나지 않았어도 임신한 몸으로 혼자서 도망친 것은 오로지 비러비드에게 젖을 주기 위해서였다고 한다. 이제 죽었던 딸이 살아 돌아왔으니 세상의 어느 어머니보다 딸을 더 잘 돌보아 주리라고 결심한다.

덴버의 독백은 어머니에 대한 두려움과 자신이 태어나기도 전에 돌아가신 아버지에 대한 그리움으로 가득하다. 그녀는 아버지를 실제로 본 적이 없지만 할머니께서 들려 주신 이야기를 통해 따뜻하고 자상한 남자로 기억한다.

덴버는 어머니에게 이중적인 감정을 갖고 있다. 어머니를 사랑하면서도 어머니가 자신을 죽일 수도 있다는 것 때문에 두려워한다. 어머니에 대한 두려움은 매일 밤 어머니가 자기 머리를 자르는 꿈으로 나타난다. 그 동안 덴버는 어머니로 하여금 자기 자식을 살해하도록 만든 끔찍한 일이 124번지 밖에서 왔다고 믿기 때문에 집밖으로 나가지 않는다.

비러비드의 독백은 꽃을 따다가 갑자기 노예 사냥꾼에 붙잡혀

▲남북전쟁 기간에도 흑인 여자들의 힘든 노동은 계속되었다. 버지니아 주의 북부군의 막사에서 하녀와 세탁부로 일하는 흑인 여성. (1862)

서 숨조차 쉬기 힘들 만큼 좁고 밀폐된 배 밑바닥에 구겨진 채 동물 이하의 상태로 지냈던 노예선의 상황을 회상한다. 죽은 노예들의 시체 더미가 갑판에 쌓여 있고 백인 선원들이 막대기로 시체를 바다로 내버리는 장면, 비를 맞으며 경매대에 서있던 장면, 자신을 버리고 바다 속으로 뛰어든 어머니에 대한 그리움… 비러비드는 이제 다시 찾은 어머니를 절대로 놓치지 않겠다고 다짐한다.

3부에서는 다시 만난 세스와 비러비드의 관계가 어떻게 파국으로 치닫고 세스가 그 위기에서 벗어나는가를 다룬다. 세스는 그 동안 주지 못했던 사랑을 한꺼번에 되돌려 주려는 듯이 비러비드에게 요리와 바느질 놀이, 인형옷 입히는 놀이를 해준다. 비러비드와 함께 보내는 시간이 점점 많아지면서 세스는 일터에 늦게 나가기 시작하여 결국 일자리를 잃는다.

친밀했던 세스와 비러비드의 관계는 점차 싸움으로 변한다. 비러비드는 어떻게 자기를 버리고 떠날 수 있었는가를 비난하고 이때마다 세스는 용서를 구하면서 상황을 설명하려 애쓴다. 돈과 음식이 떨어지면서 세스는 점점 말라 가고 탈진해 가지만 비러비드는 나날이 살이 찐다. 다시 외톨이가 되어 어머니와 언니의 관계를 지켜 보던 덴버는 어머니가 자기만한 여자애의 시중을 드는 모습에 수치심을 느낀다.

마침내 덴버는 뜰 밖으로 나가 도움을 청해야겠다고 생각한다. 덴버는 백인에 대한 두려움을 극복하고, 한때 그녀에게 글을 가르쳐 주었던 레이디 존스에게 사정을 이야기하고 음식과 일자리를 부탁한다. 마을 사람들은 교대로 124번지에 음식이 담긴 바구니를 갖다 주고 덴버는 바구니를 되돌려 주면서 감사의 말을 전한다. 게다가 덴버는 보드윈의 집에서 하녀로 일하게 된다.

덴버로부터 124번지 안에서 일어나고 있는 일을 들은 마을 여자들은 세스를 딸의 환생으로부터 구하기로 한다. 서른 명의 여자들은 유령을 쫓아내기 위해 124번지 앞에 모여 함께 소리를 지른다. 세스가 다가오는 백인 남자 보드윈을 노예 사냥꾼으로 착각하고 얼음조각을 들고 뛰어가서 내리치려 하자 덴버와 마을 여자들이 이를 막으러 뛰어가고 혼자 남게 된 비러비드는 사라진다. 다시 한번 딸을 잃은 세스는 허탈감과 상실감에 빠져 드러눕는다.

한편 그 동안 폴 디는 124번지에서 쫓겨나면서 자신의 남성다움이 위축당했다고 느껴 왔다. 하지만 교회 지하방에 머물면서 그는 과연 진정한 남자다움이 무엇인가를 성찰해 본다. 학교 선생이 새 농장주로 오기 전까지 그는 자신의 '남성다움'을 확신하고 있었다. 그러나 지금 돌이켜보니 그것은 진정한 '남성다움'이 아니었다. 이제 그는 오직 스위트 홈에서만 그것도 폴 자신의 의지에 의해서라기보다 주인 가너의 허락이 있을 때에만 '남자'였음을 깨닫는다.

폴 디는 식스 오가 여자 친구를 '마음의 친구'라고 말했던 것을 떠올리면서 진정한 남녀 관계란 사람들끼리의 동등한 관계임을 깨닫고 세스를 찾아간다. 폴 디는 상실감에 빠져 있는 세스에게 그녀 자신이 얼마나 소중한 존재인가를 일러 주면서 함께 새로운 삶을 시작해 보자고 제안한다.

(2) 작품 해설

1) 다시 쓰는 노예 이야기

『비러비드』에서 모리슨은 흑인 노예의 묻혀진 과거를 발굴하여 재조명한다. 고통을 승화시킨 아름다운 언어로 선조의 삶을 그려 내는 이 작품에서 독자는 모리슨에게 노벨 문학상을 안겨 준 문학적인 위대성을 발견하게 된다.

『비러비드』의 가치는 "탁월한 미국 소설가로서의 모리슨의 위치에 의문을 갖는다면 『비러비드』가 그 의혹을 잠재울 것"이며 "마침내 우리 손에 걸작을 갖게 되었다"는 평은 물론이고, 1987년 『비러비드』가 전미도서상, 전미비평가협회상을 수상하지 못하자 마흔여덟 명의 흑인 작가들이 『뉴욕 타임즈』 북 리뷰에 항의 서한을 보낸 사건을 통해서도 단적으로 드러난다.

미국 사회에서 노예제도에 대한 논의는 사실상 남북전쟁이 종결되고 노예 해방령이 선포되면서 막을 내렸다. 이러한 현상은 한편으로는 노예제도라는 치부가 노예 해방령으로 해결되었다고 믿고 싶어하는 백인들의 소망을, 다른 한편으로는 고통스러운 과거를 굳이 들추기를 꺼리는 흑인 자신들의 심리적인 억압을 반영한다고 할 수 있다.

미국은 언제나 새롭게 시작하는 순진무구한 미래의 나라라는 순수성 이데올로기를 내세워 역사의 치명적인 약점을 쉽게 드러내지 않았다. 이러한 미국 사회의 자기 기만으로 가장 큰 대가를 치른 희생자는 흑인, 특히 흑인 여성 집단이다.

모리슨에 따르면 미국 사회의 자기 기만을 중단하는 유일한 길은 그 희생자인 흑인 여성의 시각에서 지워지거나 잘못 씌어진 과거와 정직하게 대면하는 일이다. 이런 의미에서 미국 역사의 가장 커다란 치부인 노예제도를 정면으로 다루는 『비러비드』는 미국 사회 전체가 앓고 있는 '국가적인 건망증'을 해부하는 작품이다.

『비러비드』 이전에도 노예 이야기는 있었다. 프레드릭 더글라스(Frederick Douglass)가 쓴 『프레드릭 더글라스의 일생 이야기: 미국인 노예』(*The Narrative of the Life of Frederick Douglass: An American Slave*), 헤리엇 제이콥(Harriet Jacob)의 『한 노예 소녀의 이야기』(*Incident of the Life of a Slave Girl*)는 노예가 자유를 찾아 도망하는 과정을 기록하는 대표적인 노예 이야기들이다.

『비러비드』역시 19세기 노예 이야기 전통에 속한다. 그러나 모리슨이 새롭게 쓴 노예 이야기 『비러비드』는 다루고 있는 문제와 그 문제에 접근하는 태도에 있어서 기존의 것과 중요한 차이를 보인다. 19세기에 노예 이야기를 쓴 화자들은 노예폐지에 대한 지지를 얻기 위해서 백인 독자의 기분을 거스르지 않도록 타협해야 했다. 따라서 그들은 진실을 있는 그대로 표현할 수 없었다. 예를 들어 여성의 '정숙'이 여성다움을 평가하는 중요한 척도의 하나였던 당대에 여자 노예 화자는 백인 주인의 성폭력을 직접적으로 표현하지 못하고 암시할 수밖에 없었다.

하지만 모리슨은 『비러비드』에서 선배 작가들의 이야기에 드리워진 "베일을 찢어 버리고" "그 뒤에 남겨졌던 여백"에 백인들에 의해 지워지고 매장된 흑인들의 삶을 써넣는다.

먼저 『비러비드』는 그것이 다루는 소재부터 충격적이다. 모리슨은 선조들의 묻혀진 삶 중에서도, 특히 지금까지 백인의 문헌에서는 물론이고 흑인의 기록에서조차 씌어지지 않았던 여자 노예의 삶에 관심을 기울인다.

『비러비드』의 중심 사건은 노예 어머니 세스가 노예로서 겪었던 지옥 같은 경험으로부터 딸을 보호하려는 절망적인 노력에서 딸을 살해하는 사건이다. 이것은 1850년 켄터키 주에서 도망친 여자 노예 마가렛 가너(Margaret Garner)가 오하이오 주에서 다시 붙잡혔을 때, 자식들이 다시 노예가 되기보다는 죽는 게 더 낫다는 생각에서 여자 아이를 살해했던 실제 사건을 토대로 하고 있다. 작가는 대부분의 역사 기록이나 문학 작품에서 다루어지지 않았던 노예 어머니의 곤경을 전경에 드러낸 다음 그녀가 조각조각 찢겨진 자아를 힘겹게 회복해 가는 과정을 그려 낸다.

이 소설은 노예의 고통에 접근하는 태도에 있어서도 혁신적이다. 이전까지만 해도 노예제도는 기존의 세 가지 해석(노예제도가 어리석은 흑인에게 필요한 관대한 제도라는 남부 백인의 입장, 노예제도의 끔찍함을 강조하면서도 노예들의 삶에는 초점을 두지 않는 북부 백인의 입장, 제한된 흑인 자신의 입장)을 바탕으로 논의되었을 뿐 정작 노예들은 목소리 없는 군중으로 축소되었다.

특히 대부분의 노예 이야기들이 혹독한 육체 노동이나 폭력과 같은 노예의 외적인 삶에 초점을 두고 있는 데 반해, 모리슨은 『비러비드』에서 노예들의 내면 세계를 파고들어서 그들이 무엇을 느끼고 생각하는가를 생생하게 보여 준다. 이것은 작가의 의도가 "노예제도에 관한 것이 아니라 노예라고 불리운 이름없는 사람들이 어떻게 삶을 꾸려 나갔는가에 대한 개인적인 경험"에 있기 때문이다.

2) 노예 어머니의 곤경

『비러비드』에서 작가가 이야기하고 싶어하는 것은 사랑하는 자식을 보호하기 위해 살해해야만 했던 노예 어머니의 딜레마이다. 『비러비드』에는 자기 아이를 살해하는 노예 어머니들이 여러 명 등장한다. 세스의 어머니는 백인들의 겁탈로 생긴 아이들을 죽인다. 엘라(Ella)도 백인 주인과 그 아들의 노리개로 이용당하면서 생긴 아이에게 젖 먹이기를 거부해서 죽게 만든다. 이처럼 작가가 세스의 행위 주변에 노예 사회에서 많이 있었던 유아 살해 이야기를 병치시키는 구조는 이런 영아 살해를 초래하게 만든 역사와 사회적인 상황을 언급하지 않고서는 세스의 행위를 섣불리 판단할 수 없음을 시사한다.

주지하다시피 아프리카 흑인의 대대적인 노예화는 자본주의 체제의 경제적인 이해 관계와 밀접하게 연관된다. 초기 유럽 자본가들은 장기 노역 계약서에 서명한 유럽 백인들과 인디언들을 노동력으로 이용하였다. 그러나 백인 노역자의 공급량이 매우 제한되어 있는 데다가 백인들은 도망가서 다른 백인들과 쉽게 섞였고, 인디언들은 남부 농장의 과도한 노동에 제대로 적응하지 못하고 쉽게 희생되었다. 처음 계획이 실패하자 유럽 자본가들은 아프리카의 흑인들을 사냥해서 북남미 대륙에 노예로 팔기 시작했다.

미국의 농장주들은 값싼 비용으로 최대한의 노동력을 얻기 위해 노예를 '일하는 가축'으로 전락시켰다. 자신의 이름도 없이 성 앞에 A, D, F의 알파벳을 붙여 구분되는 폴 형제들과 식스 오는 한 개인이 아닌 상품으로서의 노예의 위치를 적나라하게 보여 준다. 이런 상황에서 노예주가 경제적인 이익을 위해서 남자나 아이들을 다른 농장으로 팔아 버리는 일이 많았다. 따라서 노예 가족은 언제든지 해체될 수 있었다.

주인 계급은 흑인이 백인보다 열등한 존재, 더 나아가 인간이 아니라 동물이기 때문에 노예로 취급되는 것이 당연하다는 터무니없는 논리로 노예제도를 합리화했다. 더욱이 19세기 미국 사회학자들은 찰스 다윈의 적자생존 이론을 이용하여 노예제도의 합리적 근거를 뒷받침해 주는 과학적 인종주의 이론을 만들어 냈다. 뇌 크기와 해부학적인 특징을 측정해서 문명화의 정도를 결정하는 인체 측정학이 그것이다.

스위트 홈 농장의 새 주인이 된 백인 교사는 바로 19세기 미국

지식인을 대변하는 인물이다. 그는 세스의 머리 둘레와 엉덩이 둘레를 자로 재거나 이빨 수를 세고 조카들에게 세스의 인간적인 특징과 동물적인 특징을 분류하도록 시키는데, 이것은 노예가 동물과 다르지 않다는 것을 증명하기 위한 것이다.

남부 대농장에서 가장 억압받는 집단은 경제적, 성적 착취라는 이중의 질곡을 부담하던 여자 노예였다. 여자 노예들은 채찍질을 당하고 신체의 일부를 절단당한 것은 물론 성폭행의 희생자가 되었다. 여자 노예에 대한 성폭력에는 노예의 해방욕구를 좌절시키려는 주인 계급의 의도가 내포되어 있다.

즉 여자 노예에게는 육체를 범하여 여자임을 상기시킴으로써 저항 의지를 파괴하는 동시에 남자 노예에게는 여자 노예를 보호할 수 없는 자신의 무능함을 실감하게 만들어서 노예 공동체 전체의 저항 의지를 좌절시키려는 의도였다. 노예선과 농장의 백인 남자들로부터 수없이 겁탈당한 세스의 어머니, 백인 주인과 그 아들의 성노리개로 감금당한 엘라의 기막힌 삶은 성과 인종의 이중 억압 구조에 놓인 여자 노예의 가혹한 현실을 보여 준다.

한마디로 백인 주인에게 여자 노예는 '조각난 상품'이었다. 여자 노예의 등과 근육은 들판 노동에 이용되고 손은 백인 가족을 돌보아 주도록 요구되었으며, 성기는 백인 남자의 성적 쾌락의 수단으로 자궁은 주인의 자본 투자 장소로 이용되었다.

이처럼 여자 노예의 몸이 동물과 노예로 또 노동력 재생산자로 이용되어 조각조각 해체되는 것은 교사의 조카들이 세스를 암소처럼 취급해서 세스의 젖을 빼앗고 등에 심한 채찍질을 하는 동안 움푹 패인 곳에 배를 엎드리게 해서 잠재 노동력인 태아를 보호하는 장면에 상징적으로 나타난다.

특히 노예 어머니는 자녀를 사랑하고 양육할 어머니의 권리마저 거부당했다. 백인 여성의 경우에는 상속자를 출산해서 대농장 체제의 영속화에 기여할 수 있는 모성이 신성시되었다. 그러나 여자 노예는 노예 형태의 자본을 생산하도록 요구될 뿐 모성의 권리를 박탈당하였다.

심지어 노예제 찬성론자들은 흑인 여자의 본성은 백인 여자보다 원시적이어서 자식에 대한 애착이 없기 때문에 백인 여성의 이상을 여자 노예에게 적용할 수 없다고 주장하기까지 했다. 다시 말해 노예 어머니는 백인들의 재산을 증식시키는 '번식자'로서만 그 가치를 인정받았다. 가령 폴 디는 "세스의 몸값이 비용도 들이지 않고 재산을 재생산하므로 자신의 몸값보다 더 비싸다"고 말한다. 마찬가지로 오하이오 주까지 백인 교사가 세스를 붙잡으러 온 것도 그녀가 노동력을 재생산할 수 있기 때문이다.

따라서 『비러비드』의 흑인 여성들은 어머니 역할과 관련하여 깊은 상처를 갖고 있다. 베이비 서그즈는 여덟 명 중 일곱 명의 자식이 한 명씩 강제로 다른 농장으로 팔려 나가는 것을 지켜 보아야 했던 노예 어머니의 전형적인 경우이다. 아이들의 조그만 발과 통통한 손가락을 만져 보았던 느낌을 헤아리면서 결국 빼앗기게 될 것을 알기 때문에 아이들을 사랑하지 않으려고 했다는 베이비 서그즈의 내면 독백은 노예 어머니의 고통을 단적으로 보여 준다.

설사 아이가 팔려 가지 않는다 하더라도 대농장에서 여자 노예의 힘은 주인의 아이들을 돌보는 일과 들판 노동에 다 소모되었기 때문에 어머니 역할에 쏟아질 수 없었다. 세스의 어머니는

세스를 낳은 후 2주 동안만 젖을 먹이고 들판 노동자로 끌려 나
간다.

그러므로 노예들은 항상 어머니에 대한 그리움에 젖어 있다. 세스는 엄마의 얼굴을 잘 기억하지 못한다. 노예 아이들을 돌보던 소녀가 밭에서 일하는 여러 여자들 중의 하나를 가리키며 세스에게 어머니라고 말해 주었을 때 세스가 먼 발치에서 본 것은 엄마의 뒷모습뿐이었다. 세스의 기억에 아직 선명하게 남아 있는 모습은 어머니가 옷을 열어제치고 가슴 밑부분에 있는 노예 낙인을 보여 주면서 얼굴로 자신을 알아볼 수 없으면 그 낙인으로 엄마를 찾을 수 있다고 말했던 일이다. 그리고 얼마 안 있어 세스의 어머니는 교수형에 처해진다. 주인의 아이들이 흑인 유모의 젖을 배불리 먹고 난 후에야 남은 젖을 먹을 수 있었던 세스는 항상 어머니에 대한 육체적, 정신적인 굶주림에 시달린다.

이처럼 여자 노예의 삶은 형언할 수 없을 정도의 고통으로 가득 차있다. 그런데 조상들의 삶을 재현하는 과정에서 작가는 억압에 굴복하는 수동적인 희생자보다 억압에 저항하는 능동적인 인간으로서의 모습을 더 부각시킨다.

『비러비드』에는 백인 지배에 대한 저항 전통이 면면히 흐른다. "백인이 알아듣지 못하도록 단어를 조작해서" 사랑했던 사람과 고향을, 주인에 대한 저항을 노래부르는 폴 디와 마흔다섯 명의 남자 노예들, 사랑하는 아내를 주인 아들의 성노리개로 빼앗긴 후 주인이 지어 준 조수아라는 이름을 버리고 이미 충분한 고통의 값을 치렀다는 뜻의 새 이름을 선택한 후 도망 노예들을 도와 주는 스탬프 페이드. 노예매매증서에 적힌 백인 주인의 이름을 버리고 자신을 사랑했던 남편의 성 서그즈에다가 남편이

자기를 부를 때 사용했던 ‘베이비’를 따와 ‘베이비 서그즈’라고
명명하는 세스의 시어머니. 이들은 모두 백인의 지배에 굴복하
기를 거부한다.

노예 어머니의 곤경과 저항이 가장 응축되어 나타난 것이 바
로 세스가 딸아이를 살해하는 사건이다. 작가는 세스의 유아 살
해에 대한 세스 자신의 시각과 백인/흑인 남자의 시각을 동시에
소개한다.

교사와 보안관으로 대변되는 백인 남자는 “조카가 잘못 다루
어서 세스가 미쳤을 뿐”이라고 생각하며, 이 사건이 “흑인들에
게 약간의 자유가 부여되었을 때 일어날 수 있는 결과”를 경고한
다고 생각한다.

노예 폐지론자들은 이 사건을 노예제도의 끔찍함을 입증하는
사건으로 이용할 뿐 세스의 절박한 심정에는 관심이 없다. 즉 백
인 주인의 인종주의적인 시각이나 노예 폐지론자의 시각은 세스
의 주체성과 복합적인 감정을 무시한다는 점에서는 동일하다.
게다가 흑인 남자 폴 디마저 세스의 행동을 동물적인 행동으로
간주함으로써 남성의 한계를 벗어나지 못한다.

결국 딸을 살해해야 했던 노예 어머니의 심정은 세스 자신의
시각을 통해서만 전달될 수 있다.

어떤 백인도 마음에 닥치는 대로 떠오르는 일을 위해 너의 자신
전부를 앗아 가도록 내버려 둘 수 없었지. 너한테 일을 시키고 너를
죽이거나 몸에 상처를 입히는 것 말고도 너를 더럽히는 일 말이야.
너를 너무 더럽혀서 네가 자기 자신을 더 이상 좋아할 수 없게 만드
는 것. 네가 누구인지도 잊어버리고 생각해 낼 수 없을 정도로 너무

더럽히는 것. 그녀와 다른 사람들은 그것을 당하고 참아 냈지만, 그런 일이 자기 아이에게 일어나도록 내버려 둘 수 없었어. 그녀의 가장 좋은 부분은 아이들이었지. 백인들이 그녀를 더럽힐 수 있을지는 몰라도 그녀의 가장 좋은 부분, 아름답고 신비로우리만큼 좋은 부분—그녀의 깨끗한 부분—을 더럽히게 내버려 둘 수 없었어.… 어느 누구도, 세상의 어느 누구도 딸의 특성을 동물 쪽에 적어 놓을 수는 없었어. 안 돼, 그건 절대로 안 돼.

인용문에서 드러나듯이 세스가 세 명의 자식 중에서 제일 먼저 딸아이를 살해한 것은 딸이 주인의 성노리개나 인간 자본을 생산할 목적으로 매매되는 암말로 전락하는 길을 걷게 하지 않으려는 어머니의 강한 의지의 표현이다. 즉 세스의 시각에서 보면 딸을 살해한 행동은 어머니의 사랑을 주장한 것이다. 따라서 세스는 자신의 행동이 "진실한 사랑에서 나온 것이므로 옳았다"고 믿는다.

자식에 대한 세스의 사랑은 당시 노예의 처지에서 볼 때 놀라운 저항이다. 노예는 인간이 아니라 묵묵히 일하는 짐승이고 또 상품인 처지라서 무엇 하나 제대로 사랑할 권리를 허용받지 못한다. 그래서 폴 디는 "주인이 자신이 사랑하던 물건이나 사람을 빼앗고 그 등을 부러뜨리거나 죽이더라도 참아 낼 수 있도록 아주 조금만 사랑하기로" 결심한다.

이런 상황에서 "여자 노예가 무엇인가를 많이 사랑한다는 것, 특히 그 사랑의 대상이 자식들인 경우에 그 사랑은 위험하다." 그러나 세스는 자신을 어머니로 정의 내리고 어머니의 권리와 사랑을 주장한다. 어머니로서의 정체에 대한 세스의 강렬한 애착은 여러 부분에서 나타난다.

예를 들어 세스로 하여금 채찍질의 고통이 그대로 남아 있는 채로 임신 6개월의 몸으로 혼자서 도망을 감행하게 만든 최후의 모욕은 혹독한 매질보다도 아이들에게 줄 젖을 강탈당하는 사건이다. 또 신시내티에 도착해서도 세스는 자유의 성취보다는 아이들과 함께 있을 수 있는 것을 더 기뻐한다.

결론적으로 세스의 유아 살해는 주인의 재산을 제거하여 막대한 손실을 입힌다는 의미에서, 더 나아가 어머니와 아이의 관계를 잔인하게 단절시키는 백인 담론을 파괴시킨다는 의미에서 강력한 저항행위로 읽혀질 수 있다.

마침내 세스는 저항과 인내로 살아 남아서 자유를 성취한다. 그러나 노예제도에서 살아 남은 흑인들에게는 자유를 얻은 후에도 조각난 자아를 끌어 안고 굴욕과 고통의 기억을 지닌 채 현재를 살아가야 하는 또 다른 힘겨운 싸움이 놓여 있다. 작가가 이야기의 현재를 노예제도가 붕괴되었지만 그 여파가 지속되는 남북전쟁 직후의 재건 시기로 설정하여 인물들을 구속과 해방의 교차점에 놓는 것도 이런 연유에서이다.

역사적으로 흑인들은 해방 후에도 해방 전과 마찬가지로 육체적, 정신적으로 심한 고통을 겪었다. 노예 해방령이 선포된 지 십년이 지난 1876년 어느날 스탬프 페이드는 린치당한 한 흑인 소녀의 시체에서 떨어져 나온 '붉은색 리본'을 보면서 백인들의 끊임없는 살인과 린치에 몸을 떤다.

또 해방 노예들은 외적인 구속에서 벗어난 지 여러 해가 지난 후에도 여전히 과거의 고통스러운 상처에 사로잡혀 진정한 자유를 경험하지 못한다. "매일 아침 새벽이 터오는 풍경을 보면서도 그 색채를 느끼지 못하는" 세스처럼 이들은 너무 깊은 억압의 경험 때문에 감정을 느낄 수 없다.

폴 디는 가슴속에 따뜻한 피가 도는 심장 대신 양철 담배갑을 묻은 다음 그 안에 불에 타죽은 친구, 나무에 목 매달려 죽거나 팔려 간 형제, 인간을 동물보다 못한 상태로 전락시키는 굴욕적인 경험에 대한 기억을 묻어 둔다. "자신을 자유롭게 하는 것과 자유로워진 자아에 대한 소유를 주장하는 것은 별개의 문제"라는 통찰력 있는 세스의 인식처럼, 육체적으로 해방된 노예들에게는 정신적, 심리적인 해방이 커다란 문제로 다가온다.

소설의 시작에서 세스는 딸을 살해한 지 19년이 지난 현재에도 과거로부터 자유롭지 못하다. 스위트 홈에서의 학대와 딸아이의 죽음에 관련된 기억들은 그녀의 의지와 상관없이 계속 의식 속으로 침투한다. 예를 들어 세스가 기억과 망각 사이를 들락거리는 것이 맨 처음 나타나는 대목을 보자. 덴버가 유령이 나타나지 않는다고 초조해 하자 세스는 "그 아이가 얼마나 작은지 잊어버렸구나"라고 주의를 준다. 이때 죽은 아이에게 줄 묘비명을 새기기 위해 무덤지기에게 10분 동안 몸을 팔아야 했던 수치스러운 상황이 떠오른다. "또 시작되는구나"라는 세스의 말은 이것이 되풀이되는 기억임을 의미한다.

세스의 의식은 다시 현재로 되돌아오지만 곧 스위트 홈의 모습이 그녀의 눈앞에 굴러가면서 과거의 기억이 다시 의식 안으로 침투한다. 세스는 기억되는 모든 것들이 고통스럽기 때문에 과거를 멀리하려고 애쓴다. 하지만 "그녀의 머리는 미래에 대한 흥미를 잃고 과거로 가득 차있어서 내일을 계획하는 일은 고사하고 상상할 공간조차 허용하지 않는다."

세스에게 고통스러운 과거가 얼마나 심리적으로 커다란 부담으로 남아 있는가는 그녀의 서술 형식을 통해서 나타난다. 그녀는 아주 조심스럽게 기억을 되살리면서 조금씩 이야기했다가는 중단하고, 나중에 다시 그 기억으로 되돌아오는 서술 방식으로 말한다.

처음에 세스는 폴 디에게 딸이 죽었다고 말할 뿐, 그 구체적인 상황을 언급하지 않는다. 다음 번에는 124번지로 교사가 다시 자기들을 붙잡으러 왔을 때에도 자기가 감옥에 갔다고 말하지만 그 이유는 말하지 않는다. 이 문제는 후에도 반복되어 여러 차례 언급되지만, 폴 디가 신문기사를 볼 때까지 세스는 전면적인 진실을 말하지 않는다. 모리슨은 이와 같이 간접적이고 암시적인 서술 형식을 사용해서 단편적으로 떠오를 수밖에 없는 해방 노예들의 상처 깊은 기억을 뛰어나게 포착한다.

3) 조각난 자아 맞추기

노예였던 사람들이 부서지거나 찢겨진 자아를 회복하기 위해서는 억눌린 기억을 입밖에 내어 잊혀진 것을 떠올리고 아픈 상처를 치유해야 한다. 이렇게 함으로써 해방 노예는 주인에 의해 해체된 자신의 부분들을 다시 모으고 맞추어서 의미 있는 전체로 조직할 수 있을 것이다.

모리슨은 이 치유 과정이 노예 개개인의 기억이 다른 사람의 기억, 더 나아가 집단의 기억과 연결될 때에만 가능하다는 것을 강조한다. 고통스러운 기억을 말해서 다른 사람과 공유할 때에만 그 고통을 극복할 수 있기 때문이다.

세스는 동료 노예였던 폴 디의 도움으로 과거의 깊숙한 곳까지 들어가 끔찍스런 기억과 대면할 수 있게 된다. 폴 디는 "내가 함께 있으면 당신은 가고 싶은 곳으로 갈 수 있소. 원한다면 뛰어내려요. 내가 붙잡아 주겠소. 필요하면 원하는 만큼 당신 마음속 깊이 들어가요. 당신이 넘어지지 않게 발목을 붙잡아 줄 테니. 당신이 다시 돌아오도록 해주겠소."라고 말한다.

세스는 "자신의 이야기가 폴 디의 이야기이기도 하기 때문에 참아 낼 수 있다"고 생각하며, 폴 디 역시 자기와 유사한 고통을 경험했던 세스를 찾은 후에야 가슴속에 묻어 둔 녹슨 담배곽 뚜껑을 열고 과거의 일을 기억해 낼 수 있다.

세스가 과거의 상처를 아물게 하고 조각난 자아를 회복하는 과정에서 반드시 대면해야 할 존재는 딸 비러비드이다. 이 아이가 세스의 가슴에 묻혀 있는 가장 큰 응어리이기 때문이다. 여기서 세스의 살해된 딸 비러비드가 세스의 삶 속에 다시 들어와야 할 이유가 분명해진다.

세스의 치유 과정은 살해된 딸아이의 유령이 살과 피를 갖춘 모습으로 환생하면서 가속화된다. 『비러비드』가 발표되었을 당시 환생한 몸으로 나타나는 비러비드의 초자연적인 요소에 불만을 표하는 서평이 많았다.

그런데 아프리카 문화권에서는 영혼과 육체의 세계가 서로 긴밀하게 연결되어 있어서 두 세계를 구분하는 것이 쉽지 않다고 한다. 아프리카 철학에서 비러비드의 존재는 육체적으로는 죽었지만 그를 생전에 알고 있던 사람들의 기억 속에는 아직 살아 있어서 산 사람에 의해 기억되는 한 새로운 생명으로 태어날 수 있다고 생각되는 '개인적인 불사'의 상태, 즉 '생중사'의 개념에 해당된다. 따라서 아직 아프리카 문화에 친숙한 노예들에게 환생한 비러비드의 존재는 당연시될 수 있었다.

비러비드의 존재는 여러 각도로 이해될 수 있다. 모리슨은 개인적인 것과 역사적인 것을 결합시켜서 비러비드를 한편으로는 세스의 손에 살해된 딸아이가 환생한 것으로, 다른 한편으로는 진짜 노예선에서 살아 남은 생존자로 제시한다.

더 나아가 비러비드는 중앙 항로(Middle Passage; 서아프리카에서 서인도 제도나 아메리카 대륙으로 노예를 운반했던 가장 긴 항로)에서 살아 남지 못한 여자 노예들, 그리고 아프리카에서 붙잡혀서 노예선에 강제로 실린 어머니들과 그 어머니를 그리워하는 딸 세대의 모든 흑인 여성을 상징한다. 비러비드는 영어로 '사랑하는 사람'을 뜻한다. 즉 비러비드는 세스가 사랑하는 딸이며 동시에 작가가 기억하고자 하는 중앙 항로에서 희생된 '육천만 명'의 사랑하는 조상이기도 하다.

비러비드를 노예선을 타고 온 선조 여성들의 유령으로 생각해도 무방하다는 증거는 여러 부분에서 발견된다. 예를 들어 덴버는 비러비드를 확실히 언니라고 생각하느냐는 폴 디의 질문에 "때때로 그 이상의 존재인 것처럼 느껴진다"고 대답하는데, 이것은 비러비드가 개인 이상의 존재임을 시사한다.

특히 비러비드의 내면 독백은 그녀의 집합적 정체성을 입증해 주는 부분이다. 이름이나 시간, 장소를 언급하지 않고 구두점도 없이 단편화된 문장들로 이루어진 비러비드의 독백은 얼핏 보아 이해할 수 없는 이미지들의 집합체로 보인다. 그러나 핵심 구절은 중앙 항로를 건너면서 겪었던 처참한 경험과 연관되어 있다.

나는 항상 웅크리고 있어 내 얼굴 위에 있는 남자는 죽었어 그의

▲사우스 캐롤라이나 주, 찰스톤. 백인 아이를 안고 있는 해방 노예. (1868)
노예제도가 철폐된 후에도 백인의 모든 요구에 순종하는 흑인 하녀의 이미지는
여전히 남부 백인의 마음속에 남아 있었다.

얼굴은 내 얼굴이 아니야 그의 입에서는 달콤한 냄새가 나지만 눈은 닫혀 있어 몇 사람들은 더러운 것을 먹어 하지만 나는 먹지 않아 피부가 벗겨진 남자들이 우리에게 마시라고 아침에 싼 오줌을 가져다 주지…작은 쥐들은 우리가 잠들기를 기다리지 않아 누군가가 몸을 움직이지만 그렇게 할 공간이 없어 마실 것이 더 있으면 눈물을 흘릴 수 있을 텐데 우리는 땀도 흘릴 수 없고 오줌도 눌 수 없어 그래서 피부 없는 남자들이 그들의 오줌을 가져왔지 한번은 배설물을 가져와 핥으라고 했어 모두들 죽으려고 애쓰고 있어 내 얼굴 위에 있는 남자는 그 일을 했지 자신을 영원히 죽게 만드는 것은 어려워 잠시 잠을 자면 다시 의식이 돌아오지 처음에는 토할 수 있었지만 이제는 토하지도 않아.

비러비드의 내면 독백에 흩어져 있는 조각들을 모으면 독자는 아프리카 해안에서 꽃을 따던 중 갑자기 백인 노예 사냥꾼에 잡혀서 몸을 움직일 수조차 없는 노예선의 좁은 공간에 내던져진 채 굶주림과 악취에 시달리다가 노예 경매대에서 팔린 다음("나는 비를 맞으며 서있다. 다른 사람들은 팔렸지만 나는 안 팔렸다. 나는 마치 비가 내리듯이 무너져 내린다."), 다시 백인 남자의 성노예로 감금, 착취당하는 시련에 이르기까지 비러비드를 비롯한 흑인 여자들이 겪었을 고난의 역사를 만나게 된다. 논리적으로 연결되지 않는 비러비드의 독백은 시간적, 공간적으로 뿌리뽑혀 노예선상에 내던져진 흑인들의 내적, 심리적인 혼란을 반영한다.

더 나아가 비러비드는 비단 흑인 여성들뿐 아니라 모든 흑인들의 경험을 표상하는 종족적인 기억의 상징으로 확대된다. 이것은 폴 디가 비러비드를 처음 만나는 장면에서 그가 만났던 모든 흑인들을 생각하는 것이나, 스탬프 페이드가 124번지 안에서 들리는 세스와 두 딸들의 대화를 "분노에 찬 흑인들의 웅얼거림"으로 이해하는 것에서 알 수 있다. 말하자면 비러비드는 중앙 항로를 건너다가 또는 미대륙에서 노예로 일하다가 이름도 없이 죽어서 역사에 기록되지 못한 모든 흑인을 상징한다.

이처럼 복합적인 상징성을 띠고 있는 비러비드는 세스에게 어떤 역할을 하는가. 일차적으로 비러비드는 세스로 하여금 고통스러운 과거와 정면으로 부딪치게 만든다. "할머니는 엄마의 머리를 매만져 주지 않았어요?"라는 비러비드의 질문은 세스에게 잊혀진 어머니의 기억을 되살린다.

밤에 낸은 온전한 팔로 그녀를 안고 잘려 나간 다른 팔을 허공에 흔들면서 말했다. "말해 줄게. 너한테 말해 줄게 어린 세스야." 그녀는 이야기했다. 그녀는 세스의 어머니와 함께 바다에서 왔다. 두 사람 모두 여러 번 선원들에게 겁탈당했다. "네 엄마는 너 말고 다른 아이들을 모두 내버렸어. 선원과의 사이에서 나온 아이는 섬에 내버렸지. 다른 백인들과의 사이에서 태어난 아이들도 버렸어. 이름도 지어 주지 않고 내버렸어. 너한테는 흑인 남자의 이름을 지어 줬지. 그가 그녀가 안았던 유일한 남자였거든. 다른 남자들에게는 팔을 두르지 않았어. 결코. 절대로."

자신이 어머니가 사랑했던 흑인 남자와의 사이에서 태어났기 때문에 어머니가 버리지 않고 이름을 지어 준 유일한 아이라는 낸의 이야기를 기억하면서 세스는 어머니의 사랑을 확인하고 어머니에 대한 상실감을 치유한다.

또한 비러비드의 출현으로 세스는 조금씩 상처를 회복한다. 세스는 사랑했기 때문에 딸아이를 살해할 수밖에 없었던 자신의 심정을 토로함으로써 십팔 년 동안 그녀를 따라다니던 죄의식에서 벗어날 수 있게 되고 노예제에 의해 빼앗긴 모성을 마음껏 펼칠 수 있게 된다.

세스와 덴버, 비러비드는 폴 디를 제외시키고 셋이서만 집안으로 들어가 문을 잠근 다음 "그들이 되고 싶었던 존재가 되어 보았던 것을 말하고 마음에 있는 생각을 자유롭게 말하면서" 친밀한 모녀관계를 맺는다. 세 모녀의 친밀한 일체감은 이들의 독백에 나타난다.

세스의 독백은 돌아온 딸에게 왜 딸을 살해할 수밖에 없었는지를 설명하려는 노력으로 가득 차있다. 특히 노예선과 경매대의 처참한 경험을 묘사하는 비러비드의 독백은 단절된 생각과 단편적인 이미지로 되어 있다. 그런데 이것은 비러비드가 엄마의 손에 살해될 당시 불과 두세 살 정도였으며, 비록 성인 여자의 몸을 하고 있지만 두세 살 된 유아의 정신연령을 갖고 있기 때문이다. 또한 덴버의 독백은 어머니를 사랑하면서도 어머니에 대한 이중 감정과 아버지에 대한 그리움으로 가득하다. 마치 서로의 생각을 대화로 교환하는 듯한 형식을 취하고 있는 세 모녀의 독백은 점차 세 사람의 목소리가 뒤섞이면서 마지막에는 각자의 정체를 구분할 수 없을 정도로 합쳐진다.

그러나 비러비드와 세스의 친밀한 관계는 점차 파괴적인 국면으로 치닫는다. 이것은 크게 두 가지로 설명될 수 있다. 먼저, 모녀관계에서 보여지는 비러비드의 태도는 노예제도에 의해 어머니와의 관계가 방해받았을 때 아이가 받는 심리적으로 치명적인 손상을 입었음을 보여 준다.

여성 심리학자에 따르면 두세 살 가량의 유아는 음식과 애정을 주는 사람, 즉 어머니를 자신과 분리된 개별적인 존재로 인식하지 않는다. 따라서 어머니의 보살핌과 심리적인 보호가 부정되면 유아는 심한 불안과 결핍을 느끼게 된다. 즉 어머니에게 비러비드가 지나치게 정서적으로 의존하는 것은 어머니와의 공생적인 통합을 빼앗겼다는 느낌에서 비롯된다. 아무리 먹어도 또 세스가 아무리 애정을 주어도 만족하지 못하고 더 많은 것을 원하는 비러비드의 모습은 어머니의 보살핌을 박탈당한 데서 오는 분노의 표현이다.

요컨대 노예제도에 의해 파괴된 모녀 관계가 만족할 줄 모르는 아이 유령의 형태로 돌아온 것이다. 세스에 대한 비러비드의 만족할 줄 모르는 욕구와 사랑은 그 정도가 지나쳐서 위협적이기까지 하다. 모녀 사이의 경계가 완전히 무너지면서 비러비드는 자신의 몸을 어머니의 몸과 구분 지을 수 없게 된다.("그녀가 내게 미소를 지으면, 내 얼굴도 웃는다") 더 나아가 어머니와의 완전한 합일을 요구한 나머지 비러비드는 세스를 "집어 삼키고" 그녀의 시선은 "세스를 핥고 맛보고 먹는다."

한편 세스의 입장에서 볼 때 비러비드와의 관계는 여성의 자아의식을 파괴할 수도 있는 모성의 어두운 측면을 드러낸다. 딸이 환생해서 돌아오자 세스는 박탈당한 어머니 역할에 집착한 나머지 자기 의지를 딸의 욕망에 완전히 굴복시킨다. 딸을 먹이기 위해 굶기 시작하면서 비러비드는 살이 찌고 세스 자신은 문자 그대로 축소되어 간다. 이처럼 세스가 비러비드의 소유적인 애착에 점점 먹혀 들어가는 것은 어머니로서의 정체에만 몰두한 나머지 그녀의 개체성이 파괴되기 때문이다.

모리슨은 모성의 중요성을 강조하면서도 무조건적으로 모성을 이상화하지 않는다. 오히려 어머니로서의 정체만을 주장하는 것의 위험과 그 대가를 보여 줌으로써 "자기 자신보다 더 중요한 어떤 존재를 사랑하고 돌보아 주면서도 자신을 파괴해서는 안 된다"는 것을 시사한다.

한편 비러비드를 흑인 종족의 억압된 역사의 메타포로 본다면, 세스와 비러비드의 관계는 곧 흑인 민족과 역사의 관계를 조명한다. 세스가 과거에서 벗어나기 위해 딸의 영혼과 대면해야 하듯이, 흑인 민족은 발전적 미래를 위해서 매장되었던 노예의 역사를 발굴해야 한다.

그러나 이때 세스가 돌아온 딸의 소유적인 집착에 먹혀 들어갈 위험이 있는 것처럼 상실된 역사를 회복하는 과정에서 흑인 민족은 고통과 굴욕의 역사에 압도당할 위험이 있다. 따라서 현재를 살아가는 흑인 커뮤니티는 매장된 조상의 역사를 발굴해야 함과 동시에 미래로 나아가기 위해서 그 억압의 역사를 극복해야 한다.

세스가 돌아온 딸의 파괴적인 소유욕에서 벗어나 조각난 자아를 회복하여 다시 사회 안으로 통합되는 과정은 공동체 전체의 도움으로 완성된다. 특히 세스는 다른 여자들과의 긴밀한 유대 관계를 통해 서서히 상처난 자아를 치유한다. 세스에게는 그녀의 뿌리와 어머니의 사랑을 전해 주려고 애쓰는 낸이 있고, 채찍으로 찢겨진 등과 알아보기 힘들 만큼 퉁퉁 부어 오른 발을 끌면서 도망하는 길에 스스로 죽음의 문턱에 이르렀다고 생각할 때 나타나 도와 준 에이미가 있다.

세스가 "모든 짐을 벗어 던지라"는 정신적인 위안을 받는 것은 시어머니 베이비 서그즈로부터이며, 비러비드에 의해 완전히 탈진한 세스를 다시 커뮤니티와 연결시켜 주는 사람은 딸 덴버이다. 유령 비러비드를 몰아내서 세스로 하여금 새로운 삶을 살 수 있게 만드는 사람 또한 마을의 여자들이다.

세스와 여성들과의 관계에서 특히 백인 노역자의 딸 에이미 덴버와의 짧은 만남은 칠흑 같은 어둠 속에서 희미하게 비치는 가느다란 불빛처럼 강력한 힘을 발휘한다. 에이미와 세스는 둘 다 여자 도망자이면서 인종적인 차이로 인해 여러 면에서 다르다.

세스는 열아홉 살의 나이에 이미 네 번째 아이를 갖고 있는 데 반해 에이미는 노동력 생산자로 간주되지 않으므로 아직 아이를 가져 본 적이 없다. 또 도망자이면서도 에이미는 자기 신분을 숨길 필요가 없고 낮에도 통행증 없이 여행할 수 있다. 에이미는 자신을 "미스 에이미 덴버"라고 밝힐 수 있지만, 세스는 자신을 도와 준 사람에게조차 진짜 이름을 숨겨야 한다.

그러나 모리슨은 두 사람의 만남을 인종주의에 대한 고발의 차원을 넘어 인종주의를 넘어선 여성간의 유대로 끌어올린다. 물론 흑인에 대한 통념을 쉽사리 깰 수 없을 만큼 이미 사회화되어 있는 에이미에게 세스는 '검둥이 여자'일 뿐이다. 그럼에도 에이미는 기꺼이 세스의 부은 발을 마사지해 주고 거미줄로 등의 상처를 치료해 주며 세스의 출산을 돕는다. 이를 통해 작가는 사회적인 편견보다 더 강력한 고귀한 인간애를 보여 준다.

시원한 여름날 저녁 강둑에서 두 여자는 은빛 도는 푸른 선을 그으며 쏟아지는 푸른 양치류의 홀씨 밑에서 분투했다. 그들은 이 세상에서 서로를 다시 볼 수 있으리라고 기대하지 않았고 그 순간 그것에 전혀 신경 쓰지 않았다. 여름 밤 푸른 양치류에 둘러싸여 그곳에서 그들은 함께 중요한 일을 적절하게 잘해냈다. 노예 순찰대가 지나쳤다면 버림받은 두 사람, 법을 어긴 두 범법자—노예와 머리에 핀도 꽂지 않은 맨발의 백인 여자—가 십 분 전에 태어난 갓난아이를 자신의 옷에 싸고 있는 모습을 보고 비웃었을 것이다. 하지만 노예 순찰대도 목사도 오지 않았다. 그들 밑에서 물이 철썩거렸다. 아무것도 그들의 작업을 방해하지 않았다. 그래서 두 사람은 그 일을 아주 잘해냈다.

에이미가 세스의 육체적인 상처를 치료해 준다면, 깊이 새겨진 정신적인 상처를 치유해 주는 여성은 베이비 서그즈이다. 서그즈는 세스가 딸아이를 살해하는 사건이 있기 전까지 신시내티 주변의 흑인 공동체를 이끌어 가는 정신적인 지주였다.

이곳의 흑인들은 노예주가 가한 육체적, 정신적인 폭력에 짓눌려 기본적인 육체적인 욕구는 물론 기쁨과 사랑을 느끼고 표현하는 능력마저 억압하는 자기부정의 덫에 사로잡혀 있다. 베이비 서그즈는 마을 숲의 공터에 남녀노소 할 것 없이 흑인들을 모아 놓고 자기를 부정하는 노예 시절의 유산을 없애고 자아를 사랑하며 노예주에 의해 찢기고 상처 입은 육체를 사랑하라고 가르친다. 그녀는 사람들에게 웃고 울고 춤추게 함으로써 공동의 카타르시스를 통해 노예로서 당한 고통과 슬픔을 씻어 내고 삶에의 의지를 북돋워 준다.

남부와 북부의 경계선인 오하이오 강에서 흑인 여성의 용기와 백인 여성의 연민이 결합되어 출생한 덴버 역시 중요한 역할을 한다. 그녀는 어린 시절 친구가 어머니의 살인에 대해 물어 본 이후 성인이 될 때까지 124번지 집밖으로 나가기를 거부하고 커뮤니티로부터 완전히 단절된 생활을 해왔다.

덴버에게는 항상 자기 자식을 살해할 수 있는 어머니에 대한 두려움이 있었다. 하지만 어머니로부터 들은 자신의 출생에 얽힌 이야기를 비러비드에게 들려 주면서 자기보다 한 살 더 많은 열아홉 살의 소녀가 자식들을 향해 어두운 숲을 헤치고 걸어가는 모습을 눈으로 보게 되고 이를 통해 어머니의 사랑을 체험한다.

또 비러비드에게 왜 딸을 죽여야 했는가를 설명하는 어머니의 이야기를 들으면서 어머니의 살인을 노예제도의 맥락에서 이해할 수 있게 된다. 그리하여 어머니가 어린 소녀한테 시중 드는 모습을 지켜 보던 덴버는 자기가 사랑하는 마지막 사람을 잃을지도 모른다는 생각을 갖게 되고 비러비드로부터 어머니를 보호하기로 결심한다.

또 백인이 지배하는 험악한 세상에 대한 두려움으로 세상으로 나가지 못할 때 "그렇다는 걸 알고 뜰 밖으로 나가라"는 할머니의 목소리를 떠올리면서 용기를 얻는다. 어머니의 사랑과 할머니의 지혜에 힘입어 덴버는 폐쇄된 가족의 원을 벗어나 커뮤니티 안으로 들어가 어머니의 상황을 이웃에게 이야기함으로써 어머니를 구원하는 촉매제 역할을 한다.

세스의 이야기가 마을에 전해지자 마을 여자들은 그녀의 이야기에 응답한다. 세스의 이야기가 곧 자신들의 이야기이기 때문이다. 마을 여자들은 그들의 집단 기억 속에 있는 최초의 소리를 내서 비러비드를 몰아낸다.

세스에게는 마치 열기와 끓어오르는 나뭇잎들과 함께 숲속의 공
터가 다시 되돌아온 것 같았다. 여자들의 목소리가 적절한 조화와
가락, 암호, 단어 등을 깨부수는 음을 탐색했다. 옳은 음을 찾아낼
때까지 목소리 위에 목소리를 쌓아 올렸고 원하던 것을 찾자 그것
은 깊은 물을 울리고 너도밤나무의 포자를 터뜨릴 만큼 널찍한 소
리로 울려 퍼졌다. 그 소리는 세스 위로 밀려들어왔고 세스는 마치
세례받은 사람처럼 몸을 떨었다.

여기서 마을 여자들의 ‘소리’는 흑인 역사의 시작부터 내려온
노래다. 백인들은 신문에 그들의 ‘말’로 세스의 이야기를 쓰고
세스의 동물적인 속성을 기록했다. 이제 흑인 여성들은 자신들
의 언어인 ‘노래’로 그 ‘말’에 저항한다.
　이 노래는 노예선에서 비러비드가 보았던 남자가 부른 노래이
며, 세스의 어머니와 그의 동료들이 힘든 노동을 하면서 부르던
노래이고 숲의 공터에서 해방 노예들이 함께 부르던 노래로서
아픔과 슬픔을 이길 수 있도록 해준 치유의 노래이다.
　다시 과거와 비슷한 상황이 되풀이되지만 이제 세스와 마을
여자들은 공동체 정신에 힘입어 과거와 다르게 반응한다. 세스
는 덴버를 데리러 온 보드윈을 백인 노예 사냥꾼으로 착각하고
백인의 침입으로부터 딸을 보호하려 한다. 마을 여자들의 지지
에 힘입은 세스가 이번에 공격하는 대상은 딸이 아니라 백인 남
자다.
　어머니가 백인 남자를 향해 달려가는 모습을 보면서 비러비드
는 사라진다. 아마 그토록 확인하고 싶었던 것, 즉 딸에 대한 어

머니의 사랑을 깨닫고 사라졌을 것이다. 세스는 딸을 보호하기 위한 폭력을 딸이 아닌 억압자에게 행함으로써 자기 정체를 향해 한 발을 내딛는다. 그리고 십팔 년 전 노예 사냥꾼의 접근을 경고하지 못했던 커뮤니티의 여자들은 이제 위기의 순간에 함께 참여하여 세스를 구함으로써 세스와 커뮤니티의 소원했던 관계를 바로잡는다.

4) 진정한 공동체를 향하여

지금까지 모리슨이 그려 낸 흑인 커뮤니티는 그 배경이 중서부의 벽촌이건 소도시이건 간에 내부의 성차별주의로 인해 양성간의 갈등이 끊이지 않았다. 그런데 『비러비드』에서 처음으로 양성간의 조화로운 관계를 포함하는 공동체가 묘사되고 있다.

모리슨은 노예제 시절의 조상들이 살아 남기 위해 만들어 낸 가치가 공동체 의식으로서 모든 사람들이 이 공동체 의식을 당연하게 받아들였고 또 공동체를 벗어나서 살아갈 생각조차 하지 않았다고 믿는다.

특히 모리슨은 노예 커뮤니티 내부에서 성별간의 대립적인 관계가 거의 없었다는 점에 주목한다. 신시내티 변두리의 흑인 공동체에서도 이전 작품들에서 자주 노출되었던 남녀간의 적대적인 관계를 찾아볼 수 없다. 오히려 공동체를 이끌어 가는 문제에 남녀가 동등한 몫을 가지고 참여한다.

양성간의 조화로운 관계를 포함하는 공동체에 대한 작가의 비전은 세스가 자아를 회복하는 과정에 여성 커뮤니티의 도움뿐 아니라 남성 동료 폴 디의 사랑이 필요한 것으로 그려지는 것에서도 확인된다.

비러비드의 유령으로부터 가까스로 구출된 세스에게 자아의 중요성을 인식시켜 주는 사람은 폴 디이다. 세스가 다시 사라져 버린 비러비드 때문에 쓰라린 상실감을 표현하자, 폴 디는 세스의 손을 잡고 "당신의 가장 소중한 부분은 바로 당신이오"라고 주장함으로써 세스 자신이 어머니이면서 동시에 주체적인 존재임을 깨닫도록 돕는다. "나? 나라고?"라고 희미하게 던지는 세스의 시험적인 말은 모성의 심연으로부터 그녀의 자아가 다시 나타날 가능성을 시사한다.

여성 세스의 고통스러운 자기 발견 여정이 남성 폴 디의 도움 아래에서 이루어지는 것을 가부장적인 해결로 보는 입장도 있다. 가령 어떤 평자는 세스에게 자아의식을 주는 사람이 남성 폴 디임을 지적하면서 여성들이 남성들의 도움이 있어야만 제대로 설 수 있는 것이 모리슨 작품의 특징이라고 한다. 그리고 이런 한계 때문에 『비러비드』의 끝에서 보여지는 건강한 가능성이 축소된다고 한다. 그러나 이것을 여성 문제에 있어서의 작가의 한계라고 단정짓기에 앞서 작품의 전체 조망 안에서 이러한 구도가 갖는 의미를 살펴보아야 할 것이다.

이 작품의 중심이 세스의 이야기에 있는 것은 분명하다. 그렇다고 해서 이 소설에서 남성의 이야기가 배제되어 있지는 않다. 오히려 작가는 폴 디의 이야기와 세스의 이야기의 상호관계가 작품의 발전에 중요한 요소로 작용하도록 구성하고 있다.

즉 모리슨은 흑인 여성의 삶을 그리면서 남녀간의 상호작용의 필요성을 주장하고 남녀를 모두 포함하는 포괄적인 비전을 강조한다. 이전과는 다르게 복합적인 남성 인물들을 그려 낸다는 점에서도 이러한 작가의 의도를 확인할 수 있다. 할, 식스 오, 스탬프 페이드처럼 충분히 발전되지 못한 남성 인물들도 긍정적인 인물로 그려지며, 특히 폴 디는 모리슨의 남성 인물 세계에서 독특한 위치를 차지한다.

『비러비드』는 어떤 의미에서 폴 디가 노예제도에 의해 파괴된 자아를 확립해 가는 이야기이기도 하다. 다시 말하자면『비러비드』의 하위 플롯에서 전개되는 것은 '남성다움' 에 대한 폴 디의 성찰이다. 도망치려다 붙잡혀 재갈을 물린 폴 디는 '미스터' 라고 불리우는 농장의 수탉을 바라보다가 자신과 수탉의 처지를 비교한다.

"미스터, 그는 너무… 자유로워 보였어. 나보다 더 나은 처지였지. 더 힘세고 더 강한… 미스터는 그의 원래 상태로 존재하도록 허락받았지. 그러나 나는 내 모습대로 남아 있을 수 없었어. 설사 그 닭을 요리한다고 해도 미스터라는 이름을 가진 수탉을 요리하는 거지. 하지만 살아 있건 죽었건 간에 나는 다시 폴 디가 될 수 없었어. 학교 선생이 나를 바꾸어 놓았어. 나는 햇빛을 받으며 통 위에 앉아 있는 닭보다도 못한 존재였거든."

여기서 폴 디를 절망으로 몰고 가는 것은 자신이 수탉보다도 못한 존재, 더 이상 '남성' 이 아니라는 좌절감이다. 폴 디가 세스의 관계에서 긴장을 일으키는 것도 자신의 '남성다움' 이 위협받는다고 느끼기 때문이다.

폴 디는 환생한 비러비드에게 주문이 걸려 자기도 모르게 성관계까지 맺은 것에 대해 세스에게 솔직히 터놓고 도움을 구하려고 생각한다. 하지만 "어린 소녀의 주문을 깰 만큼 충분한 남

자가 아니라서 세스를 잃을 수도 있으며" "자신이 보호해 주어
야 할 여자에게 오히려 도움을 청해야 한다는 것을 수치스럽게"
생각한다. 게다가 세스와 덴버, 비러비드의 세 여자들로부터 배
제되어 가족의 우두머리가 되지 못하자 그의 남성다움은 더욱
위축된다.

이때 모리슨은 폴 디가 위협받는다고 느끼는 '남성' 개념이
사실은 가부장제의 개념임을 강조한다. 폴 디는 총 사용법을 알
고 "날고기를 먹고 형제보다 더 사랑했던 동료가 산 채로 불에
구워지는 끔찍한 모습을 지켜 보는" 것이 남자다운 일이라고 생
각하고, 가장이 되는 것으로 남성다움을 입증하고 싶어한다. 즉
폴 디가 바라보는 남성다움의 특성은 용기와 신체적인 힘, 자기
주장, 가족의 우두머리와 같은 가부장제가 낳은 기준이다.

반면 이 소설에서 긍정적인 흑인 남성들이 갖고 있는 특성은
이와 다르다. 할은 세스에게 "남편이라기보다는 오빠의 느낌"을
줄 정도로 따뜻한 심성을 갖고 있다. 식스 오의 가치는 흔히 영웅
과 연관되는 특출난 행동과 모험보다는 산 자와 죽은 자에 대한
존중, 자연세계와 초자연세계가 하나라는 생각, 불에 타죽으면
서도 고통으로 울부짖는 대신 웃고 노래부름으로써 인간됨을 주
장할 수 있는 고결한 정신, 백인 주인에 대한 저항정신, 그리고
사랑하는 여성을 존중하는 마음이다.

사실 폴 디도 "여자들이 그와 함께 있으면 서로에게만 터놓을
수 있는 내면의 분노와 고통을 모두 말하고 울고 싶어지도록 느
끼게 만드는" 따뜻한 심성을 갖고 있다. 세스의 상처 난 등에 뺨
을 문지르면서 그 슬픔의 뿌리까지 느낄 수 있는 폴 디의 힘은 보
살펴 주는 자질에 있다. 작가는 남을 돌보아 주는 자질을 여성만

의 특성이 아니라 참다운 인간의 자질로 그린다.

기존의 '남성성'을 극복한 다음에야 폴 디는 진정한 남녀관계가 무엇인가를 발견한다. 그는 사랑하는 여성을 "자신의 조각난 자아를 모아서 제대로 맞추어 주는 마음의 친구"라고 묘사하는 식스 오의 말을 떠올린다. 그리고 이 말에서 남녀간의 사랑이 힘과 부드러움, 지배와 복종과 같은 성별에 따른 대립적인 가치들의 결합이 아니라 부서진 서로의 자아를 온전하게 회생시켜 주는 관계임을 깨닫는다.

이제 폴 디는 세스의 이야기를 자기 이야기 속에 합치려는 대신 "세스의 이야기 옆에 자신의 이야기를 놓고 싶어한다." 이처럼 폴 디는 '남성다움'에 대한 가부장적인 사고를 극복한 후에야 세스에게 다시 돌아간다. 따라서 세스가 폴 디의 도움을 받는 것은 전형적인 가부장적인 해결이 아니다.

이렇게 해서 『새파란 눈』에서부터 줄곧 결렬되어 왔던 남녀관계는 비로소 독립된 자아를 유지하면서 서로를 보완해 주는 폴 디와 세스의 동등한 관계로 변화된다.

세스와 폴 디, 덴버가 과거의 상처를 치유해 가는 『비러비드』의 결말에는 새로운 가능성이 엿보인다. 그러나 모리슨은 앞으로 이들이 살아가야 할 삶이 낙관적이기만 한 것이 아니라는 점을 암시한다.

예를 들어 비러비드가 도망 노예들을 돕고 노예제 폐지운동에 참여하는 백인 진보주의자 보드윈을 노예선에서 경험했던 "살갗이 벗겨진 사람"으로 생각하는 점은 의미 심장하다. 보드윈이 대표하는 '선한' 백인과 잔인한 노예주가 그다지 크게 다르지 않기 때문이다. 덴버가 보드윈의 부엌에서 '당신을 섬기며'라는

제목이 달린 굴욕적인 흑인상을 보는 것에서 알 수 있듯이, 보드
윈 역시 흑인을 자신과 동등한 인간으로 여기지 않는다. 또한 실
제로 19세기 말은 투표권을 박탈당하고 더 많은 린치에 희생당
하는 등 사회적, 경제적, 정치적으로 흑인들에게 최악의 시기였
다.

　결국 『비러비드』에서 작가가 강조하는 것은 조상의 역사에서
끌어 낸 소중한 정신적인 유산이다. 세스는 일하는 가축으로 취
급되는 최악의 상황에서도 인간으로서의 권리를 주장하는 저항
적인 여성이며, 덴버는 세스의 딸답게 고립과 유령의 침입, 이웃
들의 추방과 같은 일련의 시련들을 극복하고 건강하게 살아 남
는다. 남녀관계에 있어서도 세스와 폴 디는 동등하고 상호보완
적인 관계를 성취한다. 그리고 이런 성취는 공동체와의 유대가
있음으로써 가능하다.

　결론적으로 작가는 부당한 지배에 적극적으로 저항할 수 있는
용기, 상처 입은 자아를 회복하려는 개인의 자아 의식, 서로를
끌어 안는 공동체 정신, 그리고 남녀의 동반자적인 관계야말로
계급과 성차별에 따른 갈등을 안고 있는 현대 흑인 커뮤니티가
과거 선조의 삶에서 기억하여 소중하게 물려받아야 할 가치임을
강조한다.

　모리슨은 미국 사회에서 "잊혀지고 설명되지 않았던 사람들"
을 상기시켜 그들의 존재를 "나의 사람들이라 부르고" "사랑받
지 못했던 사람들을 사랑하는 사람들"이라고 부르면서 역사의
이름없는 희생자들의 존재를 인식시킨다. 그리고 소설의 끝을
다시 사라져 버린 비러비드에 대한 비애 어린 서술로 끝낸다.

　그러나 비러비드의 빈 자리는 오히려 사람들의 기억 속에 그

녀의 존재를 더 확고하게 굳힌다. 작가는 마지막 부분에서 "이것은 전할 이야기가 아니다"라는 구절을 세 번 반복한다. 이것은 이 이야기를 전하지 않는다면 흑인의 유산은 물론 미국 역사의 핵심을 상실하는 것이므로 반드시 기억하고 전해야 한다는 역설적인 표현일 것이다.

이렇게 해서 모리슨은 희생자의 이야기를 체계적으로 매장함으로써 범죄의 흔적을 축소, 말살하려는 지배 체제에 저항하고 역사를 희생자의 입장에서 다시 쓰는 저항적인 글쓰기를 완성시킨다.

II. 토니 모리슨의
생애와 작품세계

▲토니 모리슨.

1. 생애

토니 모리슨은 1931년 2월 18일 미국 중서부 오하이오 주 철강공장 지대의 작은 도시 로레인에서 조선소 직공인 조지 윌리스 워포드(George Willis Wofford)와 라마 윌리스 워포드(Rahmah Willis Wofford) 사이의 4남매 중 둘째로 태어났다. 토니 모리슨의 원래 이름은 클로이 앤소니 워포드(Chloe Anthony Wofford)였다.

모리슨의 아버지는 남부 조지아 주에서 출생하였으나, 좀더 자유로운 삶을 찾아 북부로 이주하여 오하이오 주에 정착하였다. 그는 남부에서 경험했던 백인들의 충격적인 잔학성 때문에 끝까지 모든 백인의 말과 제스처를 불신하였다. 백인에 대한 저항심도 대단해서 한번은 딸을 쫓아온 백인 남자를 아버지가 층계 밑으로 집어 던진 일도 있었다. 그는 딸에게 긍정적인 자아상을 심어 줌으로써 모리슨이 흑인 아이들에게서 흔히 보여지는 부정적인 자아 개념에 빠지지 않게 해주었다.

아버지는 딸에게 그녀 자신의 관점에서 스스로의 가치를 파악할 수 있도록 도와 주었다. 열세 살 때 모리슨은 학교 수업을 마치고 백인 가정에서 청소하는 일을 했다. 하루는 모리슨이 아버지에게 일이 힘들고 여주인이 나쁘다고 불평하자, 아버지는 "얘야, 네가 사는 곳은 거기가 아니라 여기야. 그러니 가서 네가 일한 만큼의 대가를 받고 집으로 돌아오면 되는 거야."라고 충고했다고 한다.

뿐만 아니라 그는 조선소 용접공 이외에도 다른 두 개의 직업을 더 가졌을 만큼 성실한 사람이었다. 그는 용접을 만족스럽게 끝내고 나서 용접 부분 밑에 자신의 이름을 써넣을 만큼 일에 대한 애정과 성취욕을 지녔다. 이렇게 성실한 아버지 덕분에 클로이는 다른 흑인 아이들보다 비교적 나은 어린 시절을 보낼 수 있었다.

모리슨의 외가는 1920년 자식들에게 더 나은 교육을 제공할 수 있는 기회를 찾아 남부 알라바마 주를 떠나 일찍이 오하이오 주에 정착했다. 외할아버지 존 솔로몬 윌리스(John Solomon Willis)는 백인들에게 땅을 빼앗긴 후 아무리 열심히 일해도 빚에서 헤어날 수 없는 소작인으로 전락했다. 그는 원래 뛰어난 목수이자 농부였으나 땅을 잃은 후 버밍햄으로 가서 바이올린 연주로 번 돈을 집으로 부치곤 했다.

외할머니 아델리아 윌리스(Adelia Willis)는 백인의 성폭력으로부터 딸들을 보호하기 위해 북으로 떠날 결심을 했다. 외할머니는 "자정 기차를 타고 떠나니 그 기차를 타라"는 전갈을 남편에게 보낸 뒤 단돈 18달러를 손에 쥐고 예닐곱 명이나 되는 아이들을 데리고 북부행 기차에 올랐다.

일단 켄터키 주에 정착한 후 외할아버지는 석탄 광부로, 외할머니는 세탁부로 일하면서 아이들을 교육시켰다. 어느날 모리슨의 어머니가 긴 나눗셈 문제를 가지고 끙끙대는 백인 선생님을 도와 주었다고 집에 와서 자랑을 하게 되었다. 이것을 들은 외할머니는 자녀의 더 나은 교육을 위해 다시 이주를 결심하게 되고 마침내 오하이오 주 로레인에 정착한다.

모리슨에게 정신적으로 가장 커다란 영향을 준 사람은 다름아닌 그녀의 가족이다. 외할아버지가 미국의 흑인들에게는 희망이 없다고 믿었던 비관주의자였던 반면 외할머니는 사회의 여러 면에서 흑인들의 지위가 점차 향상되리라는 변화의 가능성을 믿었다.

특히 모리슨의 어머니는 극장의 백인 지정 좌석에 앉을 만큼 용기 있는 여성이었다. 끝까지 백인들을 불신했던 아버지와는 달리 어머니는 백인도 인간이므로 앞으로는 인종관계가 개선되리라는 희망을 잃지 않았던 낙관주의자였다. 한 예로 어머니는 배급된 식량에 벌레가 들끓자 루즈벨트 대통령에게 항의편지를 보내기도 하고 백인 세금 징수원에게 왜 돈을 낼 수 없는지를 합리적으로 설명했다고 한다. 이처럼 외할아버지의 냉소주의와 할머니의 낙관적인 신념, 어머니의 포용력과 아버지의 강한 인종적인 자긍심이 모리슨을 형성하고 있는 단단한 뿌리이다.

또한 모리슨의 가족은 흑인 고유의 음악과 민담, 신화 등의 전통 문화를 생생하게 보존하고 있었다. 외할머니는 꿈을 해몽하고 외할아버지는 바이올린으로 흑인 음악을 연주했다. 어머니와 아버지는 자식들에게 섬뜩한 유령 이야기나 남부에서의 삶을 이야기해 주었다. 그리고 특히 성가대원이었던 어머니는 자녀들에게 흑인 영가와 블루스를 불러 주곤 했다. 이처럼 흑인 문화가 살아 있는 집안에서 성장하면서 모리슨의 정신에 깊숙이 배인 풍부하고 다채로운 문화 유산은 후에 그녀의 소설에 짙은 흑인 문화의 정취를 부여하게 된다.

모리슨은 경제공황기에 어린 시절을 보냈다. 그러나 그녀의 어린 시절 전체가 인종차별과 가난으로 얼룩져 있지는 않았다. 사실 로레인에 거주하는 거의 모든 사람들이 가난했지만 이곳은 다른 지역에 비해 인종차별이 그다지 심하지 않았다.

게다가 로레인의 흑인 커뮤니티는 1900년대 초 더 나은 삶을 찾아 남부를 떠난 이주자들이 정착한 지역이었다. 즉 이곳 주민들은 대부분 비슷한 이유로 남부를 떠났기 때문에 공동체 의식과 흑인 문화를 강하게 보존하고 있었다. "내가 쓰는 모든 것이 그곳에서 출발한다"고 말할 만큼 모리슨 소설의 많은 부분이 로레인 시절을 토대로 하고 있다.

초등학교 1학년 때 모리슨은 학급에서 글을 읽을 수 있는 유일한 아이였다. 로레인 고등학교 시절의 모리슨은 러시아나 프랑스의 문학 작품, 제인 오스틴의 소설 등을 탐독하였다. 모리슨의 탐구열을 눈여겨본 선생들은 그녀에게 좋은 책을 추천해 주고 전미 우등협회에 가입하도록 권유하기도 했다.

모리슨은 1953년 하워드 대학에 입학하여 영문학을 전공했다. 클로이라는 이름을 현재의 이름으로 바꾼 것도 이때였다. 교수나 급우들이 클로이를 발음하기 힘들어해서 토니로 바꾸었고, 남편의 성을 가져와 현재의 토니 모리슨이 되었다.

모리슨에게 하워드 대학 생활은 대체로 권태로웠다. 단조로운 대학 생활에서 모리슨을 구해 준 것은 하워드 대학교 연극 클럽이었다. 이 단체는 모리슨으로 하여금 1940년대 후반과 50년대 초 남부 흑인들의 삶, 특히 백인에게 땅을 빼앗긴 조상들의 고통에 대해 눈뜨게 해준 중요한 경험이 되었다.

하워드를 졸업한 후 모리슨은 1955년 코넬 대학에서 버지니아 울프(Virginia Woolf)와 윌리엄 포크너(William Faulkner)의 작품에 나타난 자살 문제를 비교한 논문으로 석사학위를 받았다. 이때 코넬 대학원의 비싼 학비를 대기 위해 평생 집안에만 있던 그녀의 어머니가 처음으로 일을 했다고 한다.

졸업 후 모리슨은 남텍사스 대학에서 잠시 영어 강사로 일한다. 이 시기는 후에 모리슨의 작품세계에 커다란 영향을 끼친다. 이십대 중반까지 주로 가족이라는 개인적인 차원에만 머물러 있던 흑인의 역사와 문화에 대한 관심의 폭이 이때에 이르러 한층 심화되었기 때문이다.

사실 모리슨이 중고등학교, 하워드 대학과 코넬 대학원에서 배운 것은 거의 대부분 서구 백인의 역사와 문학이었다. 따라서 흑인의 역사와 문화에 대해 체계적으로 접할 기회가 거의 없었다. 흑인들의 뿌리로 여겨지는 남부에서 생활하면서 비로소 모리슨은 흑인 문화에 대해 보다 깊은 관심을 갖게 된 것이다.

1957년부터 모리슨은 모교인 하워드 대학에서 영어와 고전문학 강사로 일한다. 바쁜 일정 속에서도 보다 충만한 삶을 추구하던 모리슨은 1962년 매달 서로의 글을 나누고 비판하는 소규모 작가협회에 가담하게 된다. 여기서 '파란 눈을 갖기 원하는 한 흑인 소녀'에 관한 단편을 썼는데, 후에 이것을 개작해서 출판한 것이 『새파란 눈』이다.

하워드 대학교에서 제자들을 가르치는 동안 모리슨은 아미리 바라카(Amiri Baraka)를 비롯해서 60년대 흑인 민족주의 운동에 참여하게 되는 많은 흑인들을 만난다. 모리슨이 가르쳤던 학생들 중에는 민족주의 운동의 지도자가 된 스토클리 카마이클 (Stokely Carmichael)도 있었다.

자메이카 출신의 건축학도 해롤드 모리슨(Harold Morrison)을 만나 결혼한 것도 하워드 시절이었다. 그러나 두 사람은 1965년 이혼한다. 이들 부부 사이에는 의견 충돌이 많았다고 한다. 모리슨은 당시의 상황을 이렇게 설명하고 있다. "자메이카의 여자들은 남편의 비위를 맞추는 비굴한 여자들이어서 남편에게 도전하지 못했다. 내 남편 역시 내가 그에 관해 판단 내리기를 원치 않았지만 나는 많이, 아주 많이 남편 일에 간섭했다." 이혼 당시 아들 해롤드는 세 살박이였고, 슬레이드는 아직 태중에 있었다.

이혼 후 모리슨은 아이들을 데리고 친정 로레인에 가서 1년 반 정도 지낸다. 그녀는 1965년 『뉴욕 타임즈 북 리뷰』의 광고란 에서 랜덤 하우스의 자회사인 엘 더블유 싱어 교과서 회사의 편 집인 공고를 보고 응모한다. 민권운동의 여파로 당시 미국 사회 에서는 학교 교과과정에 수록된 흑인에 대한 부정적인 묘사를 수정하려는 움직임이 있었는데, 모리슨은 자신이 그 변화를 가 져올 수 있으리라고 생각했다.

모리슨은 교과서 편집인으로 지내던 시라큐즈에서의 18개월 동안 잊을 수 없는 세 가지를 이렇게 말하고 있다. 우선 아이들을 돌볼 백인 하녀를 구하는 일이 가장 큰 문제였다. 둘째, 아이들 일로 이웃집 백인 여자와 심한 말다툼을 하는 도중 그 여자가 아 이들 앞에서 자기를 매춘부라고 욕해서 그 부인을 상대로 20만 달러 명예훼손 소송을 제기한 적도 있었다.

그러나 세 번째로 가장 중요한 것은 그녀가 이 기간에 본격적 으로 소설을 쓰기 시작했다는 것이다. 당시의 시라큐즈 시절에 대해 모리슨은 "낯선 곳에서 두 어린아이를 데리고 사는 일은 외 로운 일이었다. 아이들이 잠든 후 글쓰는 일만이 매일 저녁 내가 하는 일이었다"고 회상한다.

1967년 랜덤 하우스 출판사의 선임 편집자로 승진한 후 1984 년 그만둘 때까지 모리슨은 거의 17년 동안 흑인에 관한 책이나 흑인 작가들의 작품을 편집하는 일을 담당해 왔다. 대표적인 예 로 노예들의 편지나 민담, 노래, 농담, 신문기사, 노예매매서 등

의 모든 기록들을 모아서 미국 흑인의 역사와 문화를 집대성시
킨『흑인의 책』(*The Black Book*)이 있다.

또한 무하마드 알리(Muhammad Ali)의 전기와 앙리 뒤마
(Henri Dumas)와 같은 흑인 남성 작가의 작품을 발굴했으며, 흑
인 여성 사회주의 운동가 안젤라 데이비스(Angela Davis)의 책
을 비롯하여 글로리아 네일러(Gloria Naylor), 토니 케이드 밤바
라(Toni Cade Bambara), 게일 존스(Gail Jones) 같은 젊은 여성
작가를 발굴해서 흑인 여성 문학 발전에도 커다란 기여를 했다.

재능 많고 의욕적인 모리슨은 편집일을 하면서도 예일 대학과
바드 칼리지, 알바니 소재의 뉴욕 주립대학에서 초빙교수로 꾸
준히 미국 흑인 문학과 창작을 가르쳤으며, 1989년부터는 프린
스턴 대학 인문학부에서 문학 및 소설 창작을 강의하고 있다.

요즘의 모리슨은 대학 강단 이외에도 출판인 모임과 국회도서
관, TV 프로그램에 나가 강연을 하거나 자신의 책을 읽는 공개소
설 강독 여류 명사 모임에 속해 활동하고 있으며, PBS 시리즈의
하나로 제작된 '미국의 작가들'(Writers in America)에서 자신의
생애를 소개한 바 있다.

1993년 노벨 문학상을 수상한 이후 모리슨은 명실공히 세계적
인 작가로서의 위치를 확고히 굳히게 되었다.

2. 미국 흑인 여성 문학 전통

토니 모리슨의 작품을 보다 올바르게 이해하기 위해서는 미국

▲『솔로몬의 노래』가 '오프라 북 클럽'의 책으로 선정됐다는 말을 들었을 때, 토니 모리슨은 생각했다. '오프라가 뽑았다고 해서 과연 사람들이 그 책을 살까? 라고. 그러나 그녀는 곧 그것이 틀린 생각임을 알게 된다.

▲노벨상 수상식에서 스웨덴 국왕 칼 구스타프와 악수를 하고 있다. 스톡홀롬. (1993)

사회에서의 흑인 여성의 현실과 미국 문학 전통 안에서의 흑인 여성 문학 전통을 살펴보아야 할 것이다. 미국 사회에서 흑인이면서 여성이라는 위치는 인종차별로 인해 백인 여성과 다르면서 또 성차별 때문에 같은 동족인 흑인 남성과도 차별성을 갖는다. 요컨대 흑인 여성은 인종주의와 성차별주의의 이중 역압의 대상이었다. 게다가 이들 대부분이 미국의 고용시장에서 최저 임금을 받고 가장 비천한 일을 하는 하층 계급에 속해 왔다. 즉 흑인 여성은 미국 사회에서 인종과 성, 계급적으로 가장 소외된 집단이다.

백인 중심 사회에서 억눌려 온 흑인 여성의 고통은 흑인 사회의 성차별주의에 의해 더욱 심화되었다. 흑인 페미니스트 역사가들에 따르면 여자 노예들이 남자 노예와 동등하게 가정을 꾸려 나가는 데 참여하였기 때문에 노예 가족에서는 남녀의 상호 보완적 역할을 토대로 양성간의 평등이 이루어졌다고·한다.

그러나 노예 가족의 비교적 동등했던 양성관계는 노예 해방 후 재건 시기 동안 흑인 커뮤니티에서 남자들의 지배권이 강화되면서 변화되기 시작했다. 노예제가 폐지된 직후 많은 흑인 여자 농장 노동자들은 가정으로 돌아가서 남자에 의해 부양받는 것을 자유의 징표로 생각했으며, 전통적인 어머니 역할을 하도록 기대되었다. 게다가 가족 단위 소작제도가 실시되면서 흑인 남자가 농장 노동의 수입에 대한 통제권과 가정 문제에 대한 결정권을 소유하게 되었다.

특히 북부 도시로 이주해서 밑바닥 계층으로 전락한 흑인 남성들이 생계 부양 능력을 남성다움의 척도로 평가하는 사회의 규범에 동화되면서부터 흑인 남성의 성차별주의는 더욱 심화되었다. 잦은 실직과 낮은 임금으로 가족을 부양할 수 없게 된 흑인 남자들은 자신의 무능에 대한 분노와 좌절을 상대 여성에게 쏟아 놓기 시작했기에 흑인 여성은 가정내 폭력이라는 또 다른 억압을 짊어지게 되었다.

흑인 여성들은 1960년대에 일어났던 흑인 민권운동이나 여성 해방운동과 같은 진보적 사회변혁 운동을 전환점으로 새롭게 현실을 의식하게 되었다. 이들은 흑인 민권운동에 참여하면서 흑인의 해방을 위한 투쟁력과 조직력을 배웠고, 여성해방운동을 통해서는 여성이기 때문에 가해지는 차별과 억압을 인식하게 되었다. 그러나 이러한 긍정적인 영향에도 불구하고 두 변혁운동은 흑인 여성의 요구를 만족시킬 수 없었다.

먼저 민권운동이나 민족주의 운동에 참여한 흑인 남성들은 자기들을 경제적, 심리적으로 무력하게 만든 원인을 남자 대신 가정을 꾸려 온 흑인 여성에게 돌리면서 여성들에게 제한된 역할을 처방했다.

여성해방운동 역시 흑인 여성의 현실적인 문제를 제대로 보지 못했다. 백인 중산층 중심의 초기 여성운동은 흑인 여성의 현실과 상치되는 목표를 제시함으로써 큰 호소력을 갖지 못했다. 특히 흑인 여성들은 백인 여성이 나약한 '숙녀'와 '가정 주부'라는 강요된 역할에서 벗어나 공적인 일을 추구하는 것에 공감할 수 없었다. 이것은 남성과 동등한 노동자였던 그들에게 '무력한 가정 주부' 이미지가 적용될 리 없을 뿐 아니라, 노동시장에서 차별을 경험한 그들로서는 공적 노동이 여성해방을 가져올 수 있다는 백인 여권론자들의 생각에 쉽게 동조할 수 없었기 때문이다.

또한 백인 여성들의 남성에 대한 분리주의적인 태도도 흑인 여성들을 선뜻 여성운동에 동참할 수 없게 만든 한 요인이었다. 흑인 여성은 인종주의의 희생자라는 점에서 흑인 남성의 운명과 불가피하게 얽혀 있으므로 그들에게 흑인 남성은 억압의 시련을 함께 겪어 온 동반자이지 적이 될 수 없었다. 결국 여성운동은 백인 중산층 여성의 관심사만을 수용하였을 뿐, 인종이나 계급의 범주에 따른 차이를 고려하지 못했다.

이처럼 진보적인 해방운동조차 인종과 성의 정치학을 동시에 고려하지 못하는 한계를 드러내자 흑인 여성들은 그들의 현실을 스스로 고찰하고 극복해야 한다는 자각을 하게 되었고, 이것이 1970년대의 흑인 여성해방운동으로 발전했다. 그리고 이런 정치적인 해방운동은 문학 분야로 확대되었다.

흑인 여성들은 노예 시절 초기부터 글을 쓰기 시작했다. 일찍이 18, 19세기에 이들은 노예 이야기나 일기 형식으로 여자 노예로서 겪어야 하는 고통을 표현했다. 19세기 후반에 들어와서는 프란시스 하퍼(Frances Harper), 폴린 홉킨스(Pauline Hopkins) 같은 여성 작가들이 교육받은 중산층 혼혈 여성의 삶에 대해서 썼으며, 1920년대 흑인 문예부흥기(Harlem Renaissance)에는 제시 포셋(Jessie Fauset), 넬라 라르센(Nella Larsen), 조라 닐 허스톤(Zora Neale Hurston)과 같은 작가들이 흑인 여성의 자아각성을 보다 본격적으로 그려 냈다.

흑인 여성 작가들은 이처럼 뚜렷한 문학 전통을 형성해 왔음에도 불구하고 미국 문학은 물론 흑인 문학 전통 안에서조차 올바로 평가받지 못했다. 흑인 문학에 대한 기존의 연구와 문학선집은 남성 문학 전통만을 인정하였다. 간혹 여성 작가의 작품이

다루어진다 하더라도 그들의 작품에 나타난 여성으로서의 의식은 거의 논의되지 않았다.

가장 놀라운 사실은 흑인 페미니즘 문학의 선구자적인 작품으로 인정받는 조라 닐 허스톤의 『그들의 눈은 신을 바라보고 있었다』(*Their Eyes Were Watching God*)가 리차드 라이트(Richard Wright)에 의해 "주제나 메시지, 사상도 없다"는 혹평을 받았고, 그 후 삼십여 년 동안이나 절판되었다는 점이다.

특히 흑인 민족주의 운동과 흑인 예술운동이 성행하던 1960년대에는 여성 작가에 대한 불평등한 대우가 더욱 심해졌다. 가령 두 사람의 흑인 민족주의 지도자들이 쓴 『블랙 파워, 미국에서의 해방의 정치학』(*Black Power, The Politics of Liberation in America*)에는 단 한 명의 흑인 여성 작가도 중요하게 언급되지 않고 있다.

초기 여성해방비평 역시 흑인 여성 작가를 정당하게 평가하지 못하기는 마찬가지였다. 백인 중산층 여성의 경험에 치중한 여성해방 비평가들은 문학선집과 비평적인 논의에서 흑인 여성 작가들의 작품을 제외시켜 왔다. 결국 흑인 여성 작가들은 "백인 남성 중심 사회에서 타자인 백인 여성과 흑인 남성에 대해 다시 타자가 되는" 이중으로 소외된 위치에 있어 왔다.

면면히 흐르는 흑인 여성의 글쓰기 전통은 정치적인 해방운동에 힘입어 마침내 1970년대에 흑인 여성 문학의 르네상스로 꽃피운다. 흑인 여성 문학의 르네상스는 1970년 토니 케이드 밤바라가 27명의 여성 작가들의 해방 욕구를 담은 선집 『흑인 여성』(*The Black Woman*)을 시발점으로 해서 같은 해에 토니 모리슨의 『새파란 눈』과 앨리스 워커의 『그레인지 코플랜드의 삼대』

▲최근의 토니 모리슨.

(*The Third Life of Grange Copeland*)가 출판되면서 시작되었다.

　이들은 남성 작가 대신 새로운 문학 선배로 조라 닐 허스톤과 그웬돌린 브룩스(Gwendolyn Brooks) 같은 여성 작가를 내세웠다. 현재 미국 문단에서는 모리슨과 워커 이외에도 게일 존스, 니키 지오반니(Nikki Giovanni), 토니 케이드 밤바라, 글로리아 네

일러, 은토자케 샹게(Ntozake Shange), 오드르 로드(Audre Lorde)와 같은 흑인 여성 작가들이 활동하고 있다.

현대 흑인 여성 작가들의 가장 두드러진 점은 성차별과 인종차별의 두 잣대를 가지고 여성의 현실을 다루면서 흑인 여성의 특수한 경험과 문화적인 가치에 관심을 갖는다는 것이다. 따라서 이들은 서구 중산층 중심의 기존의 페미니즘과 궤를 달리하며, 흑인 남성 중심으로 이어 온 흑인 문학 전통에 대해서도 이를 계승하는 동시에 수정한다.

먼저 흑인 여성 작가들의 작품이 남성 작가들의 그것과 어떻게 다른가를 알기 위해 흑인 남성 문학의 흐름을 간단하게 살펴보자. 흑인 문학을 본격적인 궤도에 올려놓은 1920년대의 흑인 문예부흥기에서부터 현대에 이르기까지 남성 작가들이 지속적으로 다뤄 온 것은 흑인의 참된 정체의식, 즉 '흑인됨' 또는 '흑인성'(Blackness)을 확립하는 문제였다. 이들은 '흑인성'의 근원을 흑인 고유의 전통 문화에서 찾았으며 흑인의 긍지를 주장하는 '새로운 흑인상'을 내세우기도 했다. 그러나 이들은 그 당시 백인 예술계를 풍미했던 원시주의에 영합하여 흑인의 전통 문화에 대한 낭만적인 향수로 전락하고 말았다.

1940년대, 50년대에 활동한 리차드 라이트와 랄프 앨리슨(Ralph Ellison), 그리고 1960년대의 흑인 미학운동은 전통 문화에 담긴 흑인 민족의 지혜와 저항정신을 강조했다. 그러나 문화유산에 대한 라이트의 긍정은 관념적인 차원에서 항상 간략하게 언급될 뿐 작품을 통해 구체적으로 전달되지 못하는 한계를 갖고 있다. 한편 흑인 미학을 주장하는 작가와 비평가들은 '서구적,' '백인적'인 것 일체를 거부하고 흑인 문학에 대한 처방적인 규범을 제시하는 등 호전적이고 분리주의적인 태도를 취하는 경향이 있다.

이와 달리 앨리슨은 『보이지 않는 인간』(*Invisible Man*)에서 흑인 문화의 다양한 요소를 직접 작품에 도입하여 백인 사회에서 흑인들이 느끼는 불가시성과 소외를 세련된 기교로 형상화했다. 그러나 흑인 문학을 한 차원 높이 올려놓은 성과에도 불구하고 앨리슨은 흑인들이 겪는 소외가 인간의 보편적인 소외일 수 있다는 점을 지나치게 강조함으로써 작품 안에서 전개된 구체적인 흑백관계에 대한 비판을 희석시킬 위험을 안고 있다.

이러한 문제점 이외에도 남성 작가들의 가장 큰 문제점은 흑인 남성의 정체를 추구하는 데 전념한 나머지 흑인 여성의 현실에 눈을 돌리지 못했다는 것이다. 이들의 작품에서 대부분의 흑인 여성은 헌신적인 유모형이나 희생자로서 상투적으로 묘사되고 있을 뿐이다.

70년대 이후 등장한 흑인 여성 작가들은 이러한 남성 작가의 한계를 극복하고 새로운 비전을 제시함으로써 흑인 문학의 지평을 확대시킨다. 기존의 남성 작가들이 인종차별을 지나치게 의식한 나머지 백인과의 관계에만 치중한 반면에, 여성 작가들은 흑인 남성의 성차별주의가 흑인 여성을 억압하는 또 다른 요인이라고 인식하고 초점을 흑인 사회 내부에 둔다. 이 과정에서 여성 작가들의 작품에는 도둑, 가학자, 강간범 따위의 부정적인 남성 인물이 등장하게 된다.

여성 작가들을 남성 작가들과 구분 짓는 또 다른 특성은 흑인 공동체에 대한 관심이다. 흑인 여성 문학에서는 공동체 안의 다른 여자나 남자의 도움 없이 영웅적으로 성공을 추구하는 여자

들이 거의 없으며, 다른 여자들과의 우정이 이들의 행복에 필수
적인 요소로 그려진다. 즉 여성 작가들은 개인이 겪는 문제를 그
자신의 것만으로 보지 않고, 다른 여성들과의 관계 속에서 풀어
나가려 한다. 흑인 남성에 대해 적대적인 입장을 취하는 여성 작
가들이 없는 것은 아니지만, 대체로 이들은 공동체야말로 효과
적으로 백인 문화에 저항할 수 있는 힘이라는 생각에서 여성의
문제를 남성을 포함한 흑인 공동체라는 넓은 틀 안에서 보려고
한다.

　또한 여성 작가들에게는 흑인의 신화와 민담 같은 민속 문화
는 물론 역사적으로 흑인 여성들이 담당해 왔던 ‘부두교 주술’
(voodoo)이나 ‘죽은 사람의 영혼 불러 내기’(conjuring) 같은
민속종교와 약초요법, 산파술 따위의 민간요법을 작품에 복원시
키는 경향이 있다.

　뿐만 아니라 현대 흑인 여성 작가들은 흑인 여성의 삶을 다루
는 깊이와 폭에 있어서 이전의 여성 작가들과도 차이를 갖는다.
흑인 여성은 지금까지 기존 문학 작품에서 거의 다루어지지 않
았거나 설사 등장한다 하더라도 백인 또는 남성의 시각에 따라
상투형으로만 묘사되었다.

　예를 들어 노예제 시절과 재건 시기의 남부 백인 문학 작품에
서 자주 묘사되는 흑인 여성은 백인 주인의 가정과 자녀를 헌신
적으로 돌보는 충성스러운 흑인 유모와 성적으로 방탕한 흑인
여성뿐이었다. 이런 부정적인 이미지는 흑인 여성의 현실과는
무관하게 지배 계급의 필요에 따라 꾸며진 신화에 불과했다.

　농장주 계급은 남부 사회 체제를 공고히 하기 위해 순수한 백
인 혈통을 지켜야 할 필요성에 직면하였다. 따라서 백인 여성에

게 정숙을 강요했다. 채워지지 못한 성적 욕구를 여자 노예에게
분출하게 된 백인 남자들은 그들의 행위를 합리화하기 위해 흑
인 여자가 성적으로 방탕하다는 이미지를 만들어 낸 것이다.

또한 나약하고 우아한 '남부 숙녀'의 이미지가 파괴되지 않도
록 여주인의 모든 실질적인 책임과 의무를 떠맡을 여성이 필요
해서 만들어 낸 것이 백인 가정을 헌신적으로 돌보는 흑인 유모
의 이미지이다.

따라서 현대에 이르기까지 흑인 여성 작가들은 이런 상투형을
극복하고 흑인 여성의 삶을 충실하게 재현하는 문제에 전념하게
된다. 60년대까지의 흑인 여성 작가들은 백인 문학에서 묘사되
어 온 부정적인 상투형을 거부하고 긍정적인 여성상을 창조하고
자 했다. 이들은 중상류층 흑백 혼혈 여성을 주인공으로 설정했
으며, 흑인 여성이 성적으로 부도덕하다는 통념을 반박하기 위
해 흑인 여성을 청교도 도덕의 모범으로 묘사하기도 했다.

그러나 흑인 여성을 긍정적으로 제시하려는 이러한 노력은 흑
인 여성의 현실을 실제로 개선하기는커녕 하층 계급에 속하는
대부분 흑인 여성의 현실과 괴리시켰다. 오히려 흑인 여성에 대
해 또 다른 상투적인 이미지를 만드는 결과를 가져왔다.

1970년대 이후에 등장한 흑인 여성 작가들의 혁신성은 기존의
부정적인 상투형을 상쇄하기 위해 이상적인 또 다른 상투형을
창조하는 것이 아니라, 그들의 시각에서 흑인 여성을 바라보고
정의 내리는 주체적인 입장을 취한다는 데 있다.

이들의 최우선 관심사는 흑인 여성을 사실적으로 형상화하는
데 있다. 이들은 60년대 흑인 예술운동이 적극 권장했던 상투적
인 흑인 여성 유형, 가령 흑인 민족의 도덕성을 지탱시켜 온 이상

화된 '흑인 여신'이나 '흑인 여왕' 유형이 백인 우월주의 이데
올로기가 만들어 낸 흑인 유모의 상투형과 마찬가지로 흑인 여
성의 자기인식에 부정적인 영향을 준다는 점에서 이를 거부한
다.

그리고 이들은 여성 인물의 내면으로 들어가 그들이 직접 그
들의 목소리로 이야기하게 함으로써 전통적인 흑인 여성의 이미
지란 진실을 반영하지 못하는 허구임을 보여 준다.

더욱이 이들의 작품은 미국 사회의 억압구조를 가장 절실하게
경험하는 집단인 흑인 여성의 삶을 통해 인종과 성, 계급의 상호
연관성을 드러낸다. 그리하여 백인들, 특히 남성들이 보지 못하
는 것을 볼 수 있게 함으로써 제도화된 인종주의와 성차별주의
의 층을 꿰뚫고 사회 모순의 핵심을 노출시키는 역할까지도 담
당한다. 이 점이 바로 현대 흑인 여성 문학이 갖는 혁신성이라 하
겠다.

3. 작품 세계

(1) '마을 문학' (Village Literature)

모리슨은 1970년에 첫 소설 『새파란 눈』을 발표한 이래 지금
까지 모두 일곱 편의 소설과 희곡 『꿈꾸는 에멧』(*Dreaming
Emmett*) 한 편, 미국 백인 작가들의 인종주의적 편견이 그들의
문학적 상상력과 글쓰기에 어떤 영향을 주었는가를 예리하게 분
석한 문학평론집 『어둠 속의 유희』(*Playing In The Dark*)(1992)
를 발표했다.

▲토니 모리슨의 책들: 좌측 위부터 시계방향으로 『새파란 눈』(1970), 『술라』 (1974), 『솔로몬의 노래』(1977), 『재즈』(1992), 『비러비드』(1987), 『타르 베이비』 (1981).

서른아홉이라는 비교적 늦은 나이에 글을 쓰기 시작했으나 모리슨은 발표하는 소설마다 호평을 받으면서 작가로서의 명성을 확고하게 굳혀 왔다. 두 번째 소설 『술라』(1974)는 전미도서상 후보에 올랐으며, 1977년 『솔로몬의 노래』로 모리슨은 '이 달의 도서 클럽' 에 의해 리차드 라이트 이후 최초의 주요 흑인 작가로 선정되었다. 뿐만 아니라 이 소설은 전미도서비평가 협회상과 미국 예술문화문학 아카데미 연구소 소설상을 받았고, 페이퍼백 으로 재판되자마자 이 부분의 베스트셀러가 되어 무려 57만 부나 팔렸으며 11개 국어로 번역되었다.

모리슨은 『타르 베이비』(*Tar Baby*)(1981)를 출판하면서 흑인 여성으로서는 드물게 『뉴스위크』지 표지에 사진이 실렸고, 1987년에는 『비러비드』로 퓰리처 상을 수상하기도 했다. 그리고 비평가들로부터 소설가라면 누구나 한번쯤 써보고 싶어할 만한 작품이라는 호평을 받은 『재즈』(*Jazz*)(1992)를 출판했으며, 1993년에는 마침내 노벨 문학상을 수상하였다. 그 후에도 모리슨의 창작열은 시들지 않고 1998년에 『낙원』(*Paradise*)을 발표했다.

모리슨이 미국의 여러 흑인 여성 작가들 중에서도 가장 주목받는 이유의 하나는 심도 있는 사회 문제를 섬세한 기교로 표현하는 문학성 때문일 것이다. 모리슨에 대한 비평 대부분은 그녀의 예술성에 일치된 찬사를 보낸다.

예를 들어 스웨덴 한림원은 모리슨을 1993년도 노벨 문학상 수상자로 지명하게 된 한 가지 이유로 "그녀는 언어를 파고들며 언어를 인종의 족쇄로부터 해방시키고 싶어한다"고 설명한다. 모리슨은 꽉 짜인 문장 구성과 압축된 대화, 절묘한 인물 묘사로 높은 평가를 받아 왔다. 또 그녀의 내러티브는 생생하고 정확한 시적 이미지와 풍성하고 섬세한 문체로 자주 '마술적,' '음악적,' '시적' 이라고 묘사되어 왔다.

이런 연유에서 미국 흑인 문학 전통에서는 강도 높은 고발적인 어조로 흑인 여성의 억압 양상을 표현하는 앨리스 워커가 '비판적 리얼리즘' 전통으로 분류되는 반면, 흑인의 현실에 대한 성찰과 서정적인 언어, 상상력, 압축미가 조화를 이루는 모리슨의 작품은 '시적 리얼리즘' 의 범주로 분류되기도 한다. 모리슨의 작품이 갖는 예술성은 "그녀가 전달하고자 하는 사회적인 의도가 무엇이든지 간에 그녀의 상상력은 이데올로기와 논쟁을 뛰어넘어서 진정한 품격을 갖춘 환타지와 로맨스만이 차지할 수 있는 문학 공간으로 다시 들어온다"는 한 비평가의 논평에서도 입증된다.

그런데 이처럼 모리슨의 문학성에만 주목할 경우 자칫 그녀의 작품 안에 담겨 있는 정치성을 간과할 위험이 있다. 모리슨은 "최상의 예술이란 정치적이면서 동시에 아름다워야 한다"고 하면서 형식적인 기법만을 강조하는 비평에 불만을 표한다. 모리슨의 이런 신념은 "내가 원하는 책은 단지 문학적인 것만이 아니며, 사치스러운 느낌이 함축된 '시적' 이라는 말로 내 작품을 평가받고 싶지 않다"라는 언급에서도 확인된다.

많은 비평가들은 모리슨의 작중 인물이 흑인성을 초월하여 보편성을 확보해 낸 점 또한 높이 평가해 왔다. 그러나 정작 모리슨은 주변으로 밀려 난 흑인, 특히 흑인 여성의 특수한 경험과 문화를 조명하여 미국 사회의 모순을 노출시키고 흑인 여성의 상실된 목소리를 되찾아 주는 저항적인 글쓰기를 시도하고 있다.

모리슨의 정치성은 기존 서구 문학 정전에 내포된 이데올로기를 지적한 것에서도 나타난다. 백인 중심의 문학 전통은 지금까지 미국의 흑인 문학을 포함한 제3세계 또는 소수 민족의 문학을 논의 대상에서 제외시켜 왔고, 설사 그 존재를 인정한다 하더라도 서구 예술의 '보편적인' 기준에 비해 열등하다고 생각해 왔다. 때문에 모리슨은 흑인 작가들이 백인에 대한 타자로서가 아니라 그 자신의 경험적인 주체로서 백인 중심의 기존 정전을 해체하고 주체적인 문학 전통을 확립할 필요성을 역설한다.

이런 의식은 "흑인들이 백인을 위해 글을 썼던 시기가 지나고 이제는 흑인 작가가 흑인 독자에게 말하는 시대이므로 흑인 문학 정전을 발전시키기 위해 흑인 소설을 발굴한다"는 편집자로서의 모리슨의 목표에도 반영되어 있다. 작가로서의 모리슨의 소명의식 역시 "의문의 여지가 없는 분명한 흑인 문학"을 쓰는 것이다.

그렇다면 모리슨이 의미하는 진정한 흑인 문학이란 무엇인가? 모리슨에 따르면 흑인 문학이란 단지 흑인에 의해 씌어지거나 흑인에 관해서 쓴 것이 아니라 흑인 예술의 원칙을 창작 원리로 삼는 문학을 의미한다. 모리슨은 구전전통을 흑인 예술의 가장 중요한 원칙으로 생각한다. 따라서 그녀는 노래와 이야기 등의 구전전통을 텍스트 안에 도입하려고 한다. 그녀는 소설 자체가 하나의 이야기라는 느낌이 들도록 글을 쓰며 억양과 제스처가 살아 있는 구어체의 느낌을 직접 전달하려고 한다.

모리슨의 작품을 '흑인 텍스트'로 만드는 또 다른 형식적인 특징은 흑인의 인간관과 세계관이 축적되어 있는 민담이나 신화, 민속신앙 등을 도입하는 전략이다. 『술라』에서는 인간사의 병이나 죽음을 꿈이나 자연 현상에 따라 해석하는 사람들이 나오며, 『솔로몬의 노래』에서는 날아가는 아프리카 인에 관한 전설이 소설의 틀을 형성하고 '부두교 주술'과 '약초요법' 같은 흑인 고유의 민속신앙이 소개된다. 『타르 베이비』에서도 '타르 베이비' 민담이 구성틀로 사용되고 도망친 흑인 노예의 정령들이 말을 타고 달리며, 『비러비드』에서는 유령이 살과 피를 지닌 육신으로 환생하기도 한다.

민속 문화를 도입하는 모리슨의 전략은 단순히 마술적이나 이국적인 분위기를 만들어 내는 것 이상의 깊은 정치적인 의미를 갖는다. 민속 문화는 여러 세대에 걸쳐 흑인들의 지혜와 기지가 축적된 것으로 지배 문화와 구분되는 피지배 집단의 가치를 함축하고 있다.

따라서 민속 문화의 여러 재료들이 문학적인 장치로 사용될 때 흑인의 역사와 문화를 생생하게 전달하고 보존함으로써 백인 중심 언술에 저항하는 기능을 담당할 수 있다. 모리슨 역시 민속 문화를 작품에 이용하여 흑인 커뮤니티에게 잊혀져 가는 정신적, 문화적인 뿌리를 되살려 정체성을 확립시키고자 한다.

그렇다면 이렇게 형식적인 전략을 사용해서 모리슨이 다루는 궁극적인 주제는 무엇인가? 그것은 흑인 민족의 온전한 생존, 즉 "사랑하고 생존하는 법—단순히 먹고 사는 것의 문제가 아니라 어떻게 온전하게 살아 남는가"의 문제이다.

이 주제는 흑인 사회가 남부의 흑인 문화를 상실해 가는 20세기말에 어떻게 흑인의 문화 유산과 정체성을 보존할 수 있는가의 문제와 직결된다. 흑인 사회 및 문화의 향방에 대한 모리슨의 염려는 북부로의 대이동에 따른 남부 흑인 문화의 상실, 흑인 중산층과 하층 계급과의 연대가 약화되는 현상, 후기 자본주의 체제가 문화적인 차이를 무시하고 백인 중심의 소비 사회를 구축하려는 것과 같은 구체적인 역사적 사실에서 비롯된다.

모리슨이 무엇을 현대 흑인 사회의 위기로 보는가는 흔히 미국 흑인 역사상 가장 획기적인 전환점으로 평가받는 60년대 민권운동이 흑인 사회에 미친 영향에 대해 그녀가 내린 평가를 보면 알 수 있다.

강렬했던 그 시기 동안 우리는 흥분과 상실감을 동시에 느꼈다.

우리는 중산층의 체면을 향해 달려가는 과정에서 모든 흑인 남자의 외투 주머니마다 서랍자가 꽂혀 있고 흑인들의 손마다 서류가방이 매달려 있기를 원했다. 더 좋은 직업과 집을 바라는 정당하고도 필요한 욕구를 성취하는 과정에서 우리는 과거와 더불어 그 시절의 많은 진실과 자양분을 내버렸다. 그리고 민권운동이 흑인 파워 운동으로 변모했을 때 우리는 현실보다는 이국적인 것을 더 자주 선택했다. 이 나라에서 흑인으로 살아간다는 문제를 인간이 상상할 수 있는 가장 역동적인 것으로 만들었던 이전의 진실들은 이제 흑인에 의해 매장되었다⋯ 노예제도라는 종양과 그 결과를 제거하려고 애쓰는 과정에서 악성세포뿐 아니라 건강한 세포까지 제거한 셈이다. 문제는 좋았던 옛 시절에 대한 따뜻한 향수에 잠기자는 것이 아니라, (그런 시절은 없었다) 우리 과거의 많은 부분을 차지해 왔고 물론 현재 성장하고 있는 흑인 세대에게도 아주 유익한 저항의식과 탁월함, 고결함과 같은 자질을 인식하고 구해 내자는 것이다.

인용문에서 볼 수 있듯이 모리슨은 현대 흑인의 정체성 위기가 노예 해방 이후, 더 직접적으로는 통합 이후 흑인이 백인 사회에 편입되어 지배 이데올로기를 추구하면서 선조들의 긍정적인 가치들을 상실한 데서 비롯된다고 본다. 게다가 그는 선조들의 영혼을 치유하는 역할을 담당하던 흑인 음악이 이미 백인에 의해 점유되었고, 구전전통마저 그 힘이 약화됨으로써 문화적으로 정체성 상실이 가속화되고 있다고 생각한다.

모리슨이 각 작품에서 미국 흑인 역사상 사회적, 문화적으로 형태가 파괴되거나 변형되었던 시기를 포착하는 것도 이 문제를 다루려는 의도이다. 『비러비드』에서는 노예 해방령이 선포된 후의 혼란스러운 1870년대가 다루어지며, 『새파란 눈』과 『재즈』에서는 남부의 흑인들이 대규모로 북부 도시로 이주하면서 정체성 혼란을 겪어야 했던 1930, 40년대가 배경이 되고 있다.

『솔로몬의 노래』에서는 흑인들이 중산층으로 편입되면서 자기 것을 상실하던 노예 해방 직후에서 1960년대까지의 시기가, 『낙원』에서는 흑인 민족주의 운동의 여파로 세대간의 갈등을 겪는 70년대가 그려진다. 또 『타르 베이비』는 많은 흑인들이 문화적인 정체성을 상실했던 70년대 말 혹은 80년대 초를 배경으로 한다. 그리고 작품의 배경이 현대에 가까울수록 작가의 위기의식은 더욱 절박해진다.

모리슨은 '마을 문학'을 창조하는 것으로 흑인 민족의 정체성 위기를 극복하려 한다. 모리슨에게 있어서 '마을 문학'은 그 동안 흑인 음악과 구전전통이 담당했던 역할을 떠맡아서 현재의 문제점과 모순을 명확히 드러내고, 과거에 가치 있는 것을 받아들여 흑인들에게 정신적인 자양분을 공급함으로써 건강한 자아 의식을 갖고 현재를 살아갈 수 있도록 준비시키는 문학을 의미한다.

이를 위해 모리슨은 각 작품마다 흑인 가치와 백인 가치의 대립 구도를 설정하고 흑인 인물이 백인 문화에 함몰되어 파괴되거나 아니면 백인 중심 가치에 저항하면서 문화적인 정체성을 추구하는 주제를 통해 위기를 극복할 수 있는 방향을 모색한다.

가령 『새파란 눈』에서 흑인을 보이지 않는 대상으로 저하시키는 백인 중심 가치를 내면화한 피콜라는 광기라는 막다른 골목으로 치닫지만, 백인 문화를 해체하려고 애쓰면서 흑인으로서의 자신을 사랑하려고 애쓴 친구 클로디아는 살아 남는다. 『솔로몬의 노래』에서도 밀크맨은 백인 남성의 가치에 함몰된 아버지의 영향에서 벗어나 고모가 표상하는 흑인 전통 문화에 뿌리박은 보다 인간적이고 공동체적이며 평등한 세계로 들어가면서 비로소 성숙한 인간으로 성장한다.

『타르 베이비』는 그 배경이 1980년대초 현대사회인 만큼 지금까지의 문제의식이 한층더 치열하게 다루어진다. 이 작품은 얼핏 카리브 해 불란서 령 도미니크의 한 열대섬에서 펼쳐지는 흑인 남녀의 사랑 이야기로 보여진다.

아름다운 흑인 혼혈 여성 제이딘(Jadine)은 패션 잡지 『엘』의 표지 모델과 단역배우로 인정받았고, 소르본느 대학의 예술사 박사 학위 취득이 예정되어 있다. 또 그녀는 부유한 백인 남자들의 구애를 받고 있으며, 미와 지성, 일을 갖춘 소위 성공한 현대 여성이다.

이와 대조적으로 제이딘이 사랑하게 된 남자 선(Son)은 대조적으로 미국 남부의 낙후된 흑인 마을 출신으로 백인 중심의 교육과정에 환멸을 느껴 대학을 중퇴하고 불륜을 저지른 아내를 사고로 죽게 한 후 8년 동안 불법 이민 노동자로 이리저리 떠돌아다니는 신세다.

선이 우연히 굶주린 배를 채우기 위해 제이딘이 머무는 백인 부호 발레리우스(Valerius)의 저택에 몰래 침입했다가 발각되면서 소설이 시작된다. 두 사람이 가진 상반된 계층적, 문화적인 배경은 그들의 사랑을 갈등으로 이끌어 결국 결별하고는 각자의 세계로 돌아간다.

제이딘과 선의 갈등을 야기하는 본질적인 차이는 후기 자본주의 체제와 인종적인 정체성에 대한 상반된 입장에서 비롯된다. 흑인 민중을 대변하는 선은 후기 자본주의 사회를 서구 백인 중심의 제국주의가 제3세계를 잠식하는 과정으로 파악한다. 그는 제3세계의 자연 생태계는 물론 원주민의 생활 터전과 토착 문화까지 침식하는 서구 백인의 제국주의적인 횡포에 맞서 격렬하게 항거한다. 또한 그는 사회적, 물질적인 성공보다는 인간의 내적인 가치와 형제애를 중시하고 자아를 공동체의 일부로 보는 흑인 전통 문화에 속한다.

반면에 백인 재벌 발레리안에게 재정적으로 후원을 받았고, 그가 계획한 교육과정에 따라 미국 사립학교와 유럽에서 교육받은 제이딘은 후기 자본주의 체제와 백인 문화에 철저하게 동화되어 있다. 흑인의 과거와 커뮤니티로부터 뿌리뽑힌 그녀는 흑인적인 모든 것을 혐오한다. 그녀에게 제일 중요한 것은 개인의 물질적인 이익과 사회적인 성공 그리고 자유이다.

두 사람은 흑인 여성의 역할에 대해서도 대립한다. 제이딘은 모성과 양육에 대한 책임이 여성의 자아실현을 방해한다고 생각한다. 따라서 자신이 "모든 것을 다 할 수 있을 때 아내로서의 능력에만 안주하기를 원하고 독창성보다는 출산을, 자기 세계를 건설하기보다는 아이를 기르기를 원하는" 흑인 선조 여자들을 거부한다.

하지만 선이 파악하는 흑인 여성의 역사는 "집을 짓는 일과 양육을 둘 다 할 수 있었던 여성들의 역사"이다. 이것은 작가의 믿음이기도 하다. 모리슨은 남성이나 백인 그 어느 것에도 기댈 수 없었던 흑인 여성이 자기 자신에게 의지할 수밖에 없었고, 이중 억압을 인내한 흑인 여성은 자기신뢰를 갖고 있다고 생각한다. 반면에 백인 문화의 산물인 제이딘은 강인한 흑인 여성의 실체를 보지 못하고 이들을 그저 자아를 구속하는 전통적인 역할에

묶여 있는 낙후된 여자로만 생각한다.

모리슨은 자신의 문화적, 정신적인 뿌리를 거부하면서 제이딘이 추구하는 개인의 자아에 의문을 제기한다. 제이딘은 자아실현의 한 수단으로 패션모델을 선택하는데, 주지하다시피 모델은 문화생산 형식을 통해 여성을 상품화하는 가부장제적인 소비 사회의 본질을 함축하고 있다.

그런데 제이딘은 자기가 하는 일에 담겨 있는 백인 남성 중심의 소비 자본주의의 전략을 인식하기는커녕 오히려 몸을 치장하면서 자신을 "창조한다"고 믿는 오류에 빠져 있다. 작가는 이런 제이딘의 모습을 통해 "무엇이 진정한 자아를 찾는 일인가"라고 묻는다.

결국 제이딘과 선의 갈등은 단순한 남녀간의 문제가 아니라 사회구조와 연관된 문제이다. 게다가 현대사회에서 흑인에게 침투되는 지배 이데올로기가 더욱 교활하고 철저한 만큼 이들의 갈등은 손쉽게 해결될 수 있는 성질의 것이 아니다. 그래서 모리슨은 제이딘이 파리로 되돌아가고 선은 섬의 신화세계로 되돌아가는 것으로 결말을 처리한다.

그럼에도 불구하고 결국 작가는 두 가지 가치 중에서 선의 가치를 지지한다. 비록 선이 현실에 제대로 적응할 수 없어 미래와의 연결이 희박하지만, 선이 구현하는 흑인 문화와의 연대감이나 공동체 정신을 갖지 않고서는 제이딘처럼 뿌리뽑힌 삶을 살게 될 것이기 때문이다.

선의 가치가 상징적으로 갖는 중요성은 그가 발레리안의 저택에 잠입하여 발레리안의 자본가적인 착취에 항의하는 것을 시발점으로 백인 남성 자본가가 지배하던 이 집안에 변화가 일어나는 것에서 나타난다.

제이딘의 이모인 시드니(Sidney), 이모부인 온딘(Ondine)은 발레리안의 집사와 하녀로 평생을 지내 왔다. 그런데 선의 출현과 더불어 처음으로 자기들도 백인과 동등한 인간임을 주장할 수 있게 된다. 또 그 동안 남편 발레리안의 장식물로만 살아 왔던 마가렛(Margaret)도 살아 있는 인간으로 변화하고 온딘과의 계층과 인종을 뛰어넘는 우정을 회복하려고 시도함으로써 점차 새로운 질서가 꿈틀거린다. 즉 선이 경직된 집안에 변화의 씨앗을 뿌려 놓은 것이다.

모리슨의 작품에서 중요하게 다루어지는 또 다른 문제는 흑인들이 자신들의 문화와 역사를 올바로 알아야 한다는 것이다. 이것은 정확한 역사의식이 인종적, 문화적인 정체성 확립에 필수적이라는 인식 때문이다. 그런데 미국에서 흑인들의 문화와 역사는 은폐되어 왔다. 모리슨이『재즈』와『비러비드』에서 하고 있는 작업이 바로 매장되거나 잊혀진 흑인의 역사를 발굴하여 흑인의 뿌리를 찾아 나서는 일이다.

『비러비드』가 침묵당한 흑인 노예 여성의 역사를 제대로 복원하는 작업이라면,『재즈』는 노예 해방 이후 새로운 삶을 향해 북부의 산업도시로 이주한 흑인들의 체험을 복원한 것이다.

『재즈』의 배경은 1920년 할렘이다. 조(Joe)와 바이올렛(Violet)은 남부의 차별과 폭력을 벗어나 할렘에 정착한 지 이십여 년이 지난 현재 외판원과 미용사로 물질적으로 안정된 삶을 살아간다. 그러나 그들은 현재 삶에 만족하지 못한다.

바이올렛은 사람들과의 관계보다는 물질을 중요하게 생각하고 앵무새에게만 말을 걸며 사람들에게는 침묵을 지킨다. 그녀는 '사나운' (violent) 여자로 불리울 만큼 많이 달라졌다. 남편 조는 소원해진 아내와의 관계에 대한 대안으로 딸 나이 정도의 어린 여학생 도카스(Dorcas)를 사랑한다.

그러나 조의 애정은 폭력적인 소유욕으로 변질되어 도카스의 다른 남자 친구를 질투하여 급기야는 그녀를 살해한다. 도카스 역시 내면의 공허함으로 시달리기는 마찬가지이다. 그녀에게는 많은 친구들과의 관계나 성적 접촉은 있을지언정 사람과의 따뜻한 교류는 없다.

모리슨은 이 세 사람의 내적인 불안과 허무감의 근원을 찾기 위해 그들의 과거로 거슬러 올라가면서 남북전쟁 이후 흑인들이 북부도시에 정착하기까지의 역사를 복원시킨다. 모리슨에 의해 되살아난 흑인의 과거는 백인의 터무니없는 폭력으로 생긴 아픈 상처 투성이다.

바이올렛의 가족사는 가난과 아버지의 부재, 어머니의 자살로 이어지는 비극의 역사다. 어머니가 우물에 몸을 던져 죽은 후 바이올렛은 늘상 어머니와 사라진 아버지에 대한 그리움을 떨쳐 버리지 못한다. 그녀는 어머니의 자살에서 받은 충격으로 절대로 어린애를 갖지 않겠다고 결심하며 세 번이나 유산한다.

그러나 모성의 거부는 현재 매일 밤 인형을 안고 자거나 남의 아이를 훔치는 등 어린아이에 심한 갈망으로 왜곡되어 나타난다. 도카스의 장례식에 가서 그녀의 시신을 칼로 찢으려는 폭력적인 행위도 불행한 과거, 그로 인한 현재의 공허와 무관하지 않다.

조의 내면에도 "미쳐서 동굴에서 개처럼 살았던" 어머니 와일드(Wild)에 대한 그리움이 있다. 그는 도카스를 와일드라고 부른다. 어머니에 대한 그의 갈망은 도카스에 대한 사랑으로 변형되고 채워지지 않은 그리움이 도카스에 대한 지나친 소유욕으로 변질된다.

도카스 역시 여덟 살 때 세인트 루이스 폭동으로 어머니가 산 채로 불에 타죽고 아버지마저 전차에서 끌려내려져 죽음을 당한 끔찍한 과거를 갖고 있다. 어린 도카스는 "닷새 동안 두 번의 장례에 갔지만 아무 말도 하지 않았다." 이런 어린 시절의 상처가 할렘의 열여덟 살 된 도카스의 황폐한 현재를 이해하는 열쇠가 된다.

모리슨은 노예의 역사와 북부로의 이주 역사를 복원시키는 데 그치지 않는다. 그는 처참해 보이는 조상의 역사에서 현재의 흑인 커뮤니티를 위한 정신적인 자양분을 발견한다. 짓밟힌 자아에 대한 사랑, 저항정신, 버림받은 사람들끼리 서로 도와 가는 공동체 정신이 바로 그것이다. 작가는 이 가치들이 혼란스러운 현대를 살아가는 흑인 세대가 소중하게 받아들여야 할 가치임을 강조한다.

(2) 흑인 공동체와 여성의 자아인식

이렇듯 모리슨은 작가로서의 소명의식을 묻혀 있거나 왜곡된 역사를 끌어 내어 흑인들의 의식 각성을 꾀하는 '마을 문학' 창조에 둠으로써 얼핏 인종 문제를 주로 다루고 있다는 인상을 준다. 때문에 모리슨의 소설에 나타나는 작중인물의 자아각성이 상당 부분 흑인의 역사와 문화, 커뮤니티의 중요성에 대한 인식과 관련 지어 고찰되어 왔다.

더욱이 작가 자신이 기존의 여성해방운동과 페미니즘 비평에 회의적인 입장을 취함으로써 여성 작가 모리슨의 작품을 인종담론의 시각에서만 접근하는 태도가 계속되어 왔다. 모리슨은 「흑인 여성은 여성운동을 어떻게 생각하는가」(*What the Black Woman Thinks about Women's Lib*)라는 글에서 흑인 여성 대부분이 기존의 여성운동에 대해 의혹과 불신을 갖는다고 말한다.

그는 백인 여권론자들이 흑인 하녀에게 저임금으로 양육과 가사일을 맡기면서 자기네들만의 해방을 외치는 것은 모순된 것이라고 본다. 또 "너무나 많은 운동과 조직들이 의도적으로 흑인들을 끌어들인 다음 흑인을 배신하는 것으로 끝났다. 이제 흑인들은 다른 사람이 권력을 성취하도록 돕는 일에 이용당하고 싶어 하지 않는다"고 말한다. 이것은 19세기 말, 20세기 초 노예폐지 운동을 위해 함께 투쟁했던 백인 여성들이 여성 참정권 확보를 위해 흑인을 배신하고 공공연하게 백인 우월주의를 신봉하는 남성과 협력했던 적이 있기 때문이다.

뿐만 아니라 모리슨은 남성을 배제하는 비평 모델이 여성을 배제하는 비평과 마찬가지로 제한되어 있다는 점에서 특정한 흑인 페미니스트 비평 모델의 필요성을 부인하기까지 한다. 바로 이런 점들이 여성 문제에 대한 모리슨의 의식이 불투명한 것이 아닌가라는 의혹을 불러일으켰다.

그러나 모리슨의 이러한 입장에도 불구하고 실제로 그녀의 작품을 읽어 보면 작가가 인종과 성의 범주 중 어느 하나에 더 큰 비중을 두지 않고 두 문제에게 동등한 주의를 기울이고 있음을 확인할 수 있다.

무엇보다도 모리슨의 작품에서는 흑인 여성의 다양한 삶과 자아 추구가 지속적으로 그려지고 있다. 『새파란 눈』과 『술라』에서는 소녀 시절부터 성인에 이르기까지 흑인 여성이 받아야 했던 성적, 인종적인 억압과 그것을 극복하는 힘의 원천인 여성간의 우정이 사실적으로 묘사되어 있다.

남성 인물이 비교적 크게 다루어진 『솔로몬의 노래』와 『타르 베이비』에서도 노년 여성에게 흑인 문화를 전승하는 역할이 주어지고 여성 인물을 통해 흑인 커뮤니티의 위기가 진단된다. 특히 『비러비드』에서 작가는 지금까지 어떤 텍스트에서도 묘사된 적이 없는 여자 노예의 매장된 역사를 발굴하여 그들의 처절했던 삶을 생생하게 그려 낸다.

『재즈』에서는 흑인들이 겪은 억압과 좌절, 폭력, 소외의 체험을 치유할 수 있는 힘으로 공동체 사람들끼리 서로의 아픔을 어루만져 주는 사랑을 제시한다. 그리고 이 사랑을 제공해 주는 사람은 다름아닌 도카스의 이모인 앨리스(Alice)이다.

가장 최근에 발표된 『낙원』에서도 흑인 공동체의 문제가 여성의 시각에서 재조명되고 있다. 노예 해방령이 선포된 후 흑인의 사회적, 경제적인 상승에 위협을 느낀 백인들에 의해 일자리와 삶의 터전을 박탈당한 158명의 남부 해방 노예들은 헤럴드 지에서 "준비된 자는 오시오"라는 특집 기사를 보고 새로운 삶을 찾아 집단 이동한다. 그러나 이들은 흑인 자영농이 아니라는 이유로 같은 흑인들에게서 마저 거부당한다.

결국 이 해방 노예들은 1890년 그들만의 공동체 헤이븐(Haven)을 건설한다. 그러나 1930년대에 접어들어 주민들이 외지로 떠나 가기 시작하면서 공동체의 기반이 기울어진다. 2세들은 다시 짐을 꾸려 오클라호마 주의 더 깊숙한 곳으로 들어가 1950년에 '루비'(Ruby)를 건설한다.

백인들의 통제에서 벗어나 평화롭게 자치 공동체를 꾸려 오던 루비는 1976년 현재 어느덧 최초의 정신에서 벗어나 있다. 디콘 (Deacon)과 스튜어드(Steward) 쌍둥이 형제를 중심으로 백인 피가 한 방울도 섞이지 않은 흑인 남자들이 주도하는 루비는 할아버지, 아버지 세대의 전통을 지키기 위해 전력을 다한다. 하지만 민족주의 영향을 받은 젊은 세대들은 백인을 다루는 아버지 세대의 방식에 비판을 가하면서 변화를 주장한다.

루비 공동체에서 얼마 떨어지지 않은 곳에는 한때 백인 수녀들이 인디언 소녀들을 개종시킬 목적으로 교육했던 '수녀원' 이 있다. 현재 이 수도원을 지키는 사람은 노파 코니(Connie)뿐이다. 코니는 남미의 어느 쓰레기 더미에 버려졌다가 백인 수녀의 도움으로 수녀원에서 하녀처럼 잡다한 일을 해왔고, 지금은 뜰에 가꾼 채소와 직접 만든 바베큐 소스를 팔아 혼자 살아간다.

적막한 이곳에 언젠가부터 외지에서 상처받은 여자들이 하나둘씩 찾아와 머물면서 상처를 치유한다. 아내, 어머니 역할을 잘 꾸려 나가지 못해 늘 자신감이 없었고, 밀폐된 차 안에 갓 태어난 쌍둥이를 두고 저녁거리를 사러 갔다가 아이들을 죽게 한 혐의로 도망다니는 메비스(Mavis), 어머니는 어디론가 가버렸고 아버지마저 장기 복역수로 감옥에 있으며 민권운동 시위에 참여했다가 흑인 소년이 총에 맞아 붉은 피를 토하는 것을 본 후로 혼자 떠도는 지지(Gigi). 열네 살의 미혼모인 어머니를 언니로 알고 지내던 세네카(Seneca). 언니가 집을 나간 후 양부모와 살게 된 세네카는 양오빠에게 성폭행을 당한 후부터 칼로 넓적다리를 그어

선명한 피가 새어나오는 것을 보고 즐기는 자해 취미를 갖게 된
다.

또 백인 소녀 팔라스(Pallas)는 그림을 그리기 위해 집을 나간
어머니, 돈벌이에만 정신이 팔린 아버지 사이에서 외롭게 자라
다가 학교 수위를 사랑하게 되고 그와 함께 어머니를 찾아가지
만 아이러니컬하게 자기가 사랑하는 남자가 어머니의 애인이 되
는 배신으로 충격받는다. 팔라스는 어머니 집을 뛰쳐나와 헤매
다가 성폭력을 당하고 어린 나이에 임신한 몸으로 수녀원에 온
다.

상처받은 루비의 여자들도 잠시 이곳에 머물다 간다. 이렇듯
수녀원은 인종과 성에 상관없이 세상의 아픈 경험을 가진 여자
들이 서로의 상처를 끌어 안으면서 살아가는 곳이다.

안타깝게도 여자들만의 공동체는 루비의 남자들에 의해 파괴
된다. 젊은 세대의 저항으로 권위를 위협받게 된 루비의 기성세
대 남자들은 현재 루비에서 벌어지는 좋지 못한 사태가 남자 없
이 성적으로 분방하게 살아가는 수도원의 타락한 여자들 때문이
라고 생각하고는, 모두들 잠든 새벽에 수도원을 급습한다.

남자들이 쏜 총에 코니와 팔라스는 죽고 남은 세 여자는 팔라
스의 갓난아기를 데리고 도망간다. 남자들의 공격으로 여자들만
의 공동체는 파괴된다. 그러나 작가는 여자들만의 공동체가 완
전히 와해된 것이 아니라 언젠가는 소생할 수 있으리라는 가능
성을 남겨 놓는다.

가령 루비의 학교 선생님인 패트리샤(Patricia)는 루비 공동체
가 얼마나 남성 중심적인 편협한 사회인가를 비판한다. 다른 여
자들도 수녀원의 여자들이 지하실 바닥에 그려 놓은 그림이 남

자들의 말대로 음탕한 것이 아니라, 여자들 자신을 표현한 것이라고 생각한다. 그리고 루비의 지나친 편협함, 남성 중심적인 태도를 거부하고 떠난 빌리(Billie)는 어디선가 지지와 세네카, 메비스가 다시 그들의 날을 기다리면서 준비하고 있을 것이라고 생각한다.

이와 같이 모리슨의 소설들은 인종과 성의 연결고리가 복잡하게 얽혀 있는 현실을 반영하고 있다. 따라서 모리슨의 작품은 인종과 성의 담론을 동등하게 고려하는 시각에서 접근해야 총체적으로 이해할 수 있다.

모리슨은 흑인 여성의 삶을 다루되 그 시야를 여성에게만 두지 않고 인종 억압을 함께 경험한 흑인 남성을 포함한 흑인 커뮤니티 전체로 확대시킨다. 흑인 남성이 흑인 여성의 유능함과 독립성, 책임감을 감당할 수 없었기 때문에 흑인 남녀의 갈등이 시작되었다고 언급한 바 있듯이, 모리슨은 흑인 남성의 성차별주의를 분명하게 인정한다. 그러면서도 그녀는 현대 흑인 여성운동에서 발견되는 남성에 대한 지나친 적의를 비판한다. 여성으로서의 어떤 권리를 확보하든 그것이 흑인 남성의 희생을 바탕으로 한 것이어서는 안 된다고 생각하기 때문이다.

흑인 여성의 삶을 바라보는 모리슨의 넉넉한 시야는 글쓰기에도 반영되어 있다. 그녀는 어느 한 성에 편중되지 않고 글을 쓰려고 한다. 그녀는 흑인 남성의 성차별주의를 비판하고 흑인 여성의 해방을 요구하면서 동시에 인종차별에서 오는 흑인 남성의 좌절과 분노를 이해 어린 시선으로 묘사한다.

이러한 시각은 모리슨의 전체 작품 구도에도 반영되어 있다. 모리슨은 『새파란 눈』과 『술라』에서 흑인 여성의 삶을 생생하게 묘사하다가, 『솔로몬의 노래』에서는 흑인 남성의 자아 추구를, 『타르 베이비』에서는 남녀관계의 문제를 다루다가 『비러비드』에서는 힘겹게 부서진 자아를 회복한 두 남녀가 공동체 안으로 유입되는 것으로 작품의 초점을 점차 확대시킨다. 이러한 작품의 흐름은 작가의 궁극적인 관심이 흑인으로서의 정체성을 확립한 남성과 여성이 함께 동등한 관계에서 살아가는 보다 인간다운 세계에 있음을 반영한다.

흑인 여성 문제를 표현하는 방법에 있어서도 모리슨은 동시대의 흑인 여성 작가 앨리스 워커와 조금 다르다. 두 작가는 흑인 여성의 문제를 성 이데올로기뿐 아니라 인종 이데올로기의 범주 안에서도 파악해야 한다는 기본 입장에 있어서 일치하지만, 이러한 문제의식을 드러내는 구체적인 방법에 있어서는 다르다.

흑인 여성의 억압적인 현실을 드러내는 워커의 어조가 직접적이고 고발적인 느낌을 주는 데 비해, 모리슨의 작품에서는 고통스러운 흑인 여성의 삶에 대한 구체적이고 정확한 묘사가 풍부한 상징 및 시적 이미지의 사용에서 오는 서정성과 함께 어우러져 있다. 또한 워커의 작품에서는 성 이데올로기의 문제가 더 강도 높게 다루어지고 흑인 남성의 성차별주의를 비판하는 목소리가 보다 전투적이어서 분리주의적인 느낌마저 준다.

반면 모리슨의 작품에서는 인종과 성의 정치학이 거의 동등한 비중을 갖고 다루어짐으로써 포용성이 느껴진다. 이 때문에 모리슨의 작품은 온건한 인상을 주면서도 실제로는 인종과 성, 계급의 범주가 복잡하게 얽혀들어 흑인 여성의 삶을 규정하는 현실을 정확하게 그려 내고 있다.

전통적인 흑인 여성을 억압의 수동적인 희생자로 묘사하는 워커와는 달리, 모리슨은 억압에도 불구하고 또 억압 속에서 발전된 흑인 여성들의 독특한 가치를 중시한다. 이러한 접근은 흑인 여성에 대한 모리슨 특유의 인식에서 비롯된다.

모리슨은 일부 여권론자들이 흑인 여성의 전통적인 역할을 부정적으로 생각하는 것은 그 안에 숨겨진 긍정적인 자질을 인식하지 못하기 때문으로 본다. 모리슨은 억압의 역사를 살아 오면서도 자기 존엄을 잃지 않은 전통적인 흑인 여성들이야말로 흑인 사회와 문화를 살아 남게 만든 근원적인 힘이라고 생각한다. 따라서 그녀는 현대 흑인 여성은 물론 흑인 커뮤니티가 온전하게 생존해 나갈 수 있는 힘의 원천을 선조 여성들에게서 구한다. 모리슨이 흑인 공동체의 의식의 각성을 꾀하는 소설을 쓰면서 흑인 여성의 삶을 주로 거론하는 것은 바로 이런 이유 때문이다.

그렇다면 모리슨은 성과 인종, 계급의 삼중 굴레의 희생자로 보이는 흑인 여성 선조의 삶을 어떤 근거에서 긍정적으로 해석할 수 있는가? 이에 대한 대답은 18세기에서 20세기 중반까지 미국 사회에 팽배하던 '이상적인 여성다움' 이데올로기와 흑인 여성의 현실과의 관계에서 찾아볼 수 있다.

초기 식민지 개척시대의 백인 여성은 가족에게 필요한 생산물을 직접 만드는 생산자로서 또 선술집이나 제재소, 가구 제조, 도살장 등을 경영하는 공적인 경제 활동자로서 사회적으로 중요한 지위를 누렸다. 그러나 19세기에 들어와 산업화와 자본주의 사회로의 전환이 보다 진척됨에 따라 가족 단위로 이루어졌던 생산이 공장으로 이전하면서 가정은 생산 단위로서의 기능을 상실하게 된다.

이와 더불어 가사 노동이 임금 노동에 비해 열등한 노동으로 규정되면서 여성은 생산활동을 전담하게 된 남성에게 의존하는 기생적인 삶을 살게 되었다. 특히 18세기 중반에 노예제도가 정착되면서 백인 대농장주들이 남성에게 복종하고 남성의 도덕성을 고양시키며 연약함과 정숙, 우아함을 갖춘 '남부 숙녀'의 신화를 확립하였다. 이 신화로 인해 백인 여성은 더욱더 장식적인 존재가 되었다.

'이상적인 여성다움'은 생계를 위해 '여성의 영역' 밖으로 나갈 수밖에 없었던 흑인 여성에게 도저히 근접할 수 없는 이상이었고, 이상과의 괴리에서 오는 흑인 여성들의 갈등은 그만큼 심했다. 그러나 모리슨이 보기에 선망의 대상이었던 '백인 숙녀' 이미지의 실체는 자율성을 결여한 채 경제적, 감정적으로 남성에게 의존하는 기생적인 모습이었다.

반면에 강인한 신체적인 특성과 독립성 때문에 여자로 생각되지 않고 경멸의 대상이 되어 왔던 흑인 여성은 사실 여성해방론자들이 요구하는 자질을 갖고 있다. 가령 여자 노예들은 남성의 보호를 받는 의존적인 존재가 아니라 남자 노예와 나란히 들판에서 힘든 노동을 함께 나눈 동반자였다. 또 해방 이후 흑인 여자들은 남자들이 버리고 간 가정의 생계를 부양해 왔다.

따라서 흑인 여성은 백인 여성이 갈망하기 시작한 자유를 이미 알고 있다는 것이 모리슨의 생각이다. 백인 여성들이 스스로를 '노예'였다고 생각하는 것과 달리, 흑인 여성들은 오랫동안 노예로 착취당하고 흑인 남자의 분노의 배출구 역할을 해오면서도 이에 저항하였기 때문에 진정한 의미의 '노예' 상태였던 적이 없다는 것이다. 모리슨이 선조에게서 발견하는 긍정적인 자질은 남성성이나 백인성 중 어느 것에도 의존할 수 없는 상황에서 온전한 자기 자신을 만들어 낼 수 있었던 능력이다.

모리슨은 이들의 능력을 "견딜 수 없는 현실을 다듬고 노래불러서 다룰 수 있고 변화시킬 수 있는 정수로 만드는 이 빈틈 없는 능력, 마치 비밀처럼 심오한 지혜"라고 묘사한다.

모리슨이 우려하는 점은 흑인 커뮤니티를 이끌어 가야 할 여자들이 이러한 긍정적인 자질을 상실하고 있다는 것이다. 피콜라와 폴린, 헤이거의 삶에서 보여지듯이 흑인 여성의 자아를 위협하는 것은 비단 물질적인 빈곤과 힘겨운 육체노동뿐 아니라, 백인 중심 가치를 내면화하여 흑인이며 여성인 자신을 부정하고 증오하는 현상이다. 특히 제랄딘, 루스, 헬렌과 같은 중산층 여성은 흑인의 중산층화를 통해 지배 이데올로기를 공고히 하려는 백인 사회의 전략을 통찰하지 못하고 백인의 가치를 그대로 내면화함으로써 뿌리를 상실할 위험을 더 크게 안고 있다.

모리슨은 인종주의와 성차별주의에 저항하면서 주체적인 자아를 추구하고 동시에 흑인 공동체 및 문화와의 유대를 잃지 않는 여성을 긍정적인 흑인 여성으로 그려 낸다. 이것은 흑인 여성이 극복해야 할 대상에 성차별주의뿐만 아니라 그것을 강화시키는 인종주의까지 포함되어 있으며, 따라서 인종적인 연결을 배제한 채 추구하는 자아는 공허한 것으로 끝나 버릴 수 있기 때문이다.

이 점은 자기의 뿌리와 철저하게 단절되어 있는 제이딘을 작가가 전폭적으로 지지하지 않는 것을 보아도 알 수 있다. 이에 반해 클로디아는 백인 문화에 저항하고 흑인 소녀의 소외된 현실을 이야기함으로써 정체를 확립하며, 파일럿 같은 노년 여성은 사회의 규범에 얽매이지 않는 자아를 창조하면서 흑인의 문화 유산을 보존하고 있다.

특히 모리슨은 가장 혹독한 시련을 뚫고 나온 여자 노예의 삶에 주목한다. 이것은 그들이 인종적, 성적으로 억압에 굴복하거나 체념하는 수동적인 희생자가 아니라, 세스와 베이비 서그즈처럼 억압에 저항하면서 자신의 인간됨을 주장하는 주체적인 존재로 살아갔기 때문이다.

현대 사회를 살아가는 여성들에게 모리슨이 상기시키고자 하는 것은 바로 이들이 보여 준 저항 정신과 생명력, 고난 속에서도 자신과 가정, 커뮤니티를 존속시킬 수 있었던 응집력, 그리고 진한 공동체 의식이다.

마지막으로 흑인 문학과 미국 문학 전통에서 모리슨의 작품들이 차지하는 위치를 자리매김해 보자. 먼저 모리슨은 흑인의 문화 유산을 보존하여 정체성을 확립하고자 하는 선배작가들의 기본 입장을 계승하되 이 문제를 여성의 시각에서 재조명함으로써 흑인 문학의 지평을 확대시킨다.

특히 분리주의에 빠지지 않고 쉽사리 흑인의 문제를 보편화시키지 않으면서도 흑인 여성들이 겪어 온 특정한 경험을 진실하게 그린다는 점에서, 또 이러한 문제를 뛰어난 문학 기법 안에 담아 낸다는 점에서 모리슨의 소설은 기존 전통에서 전진했음에 틀림없다.

모리슨은 "우리 여성들, 미국에 있는 흑인 여성들, 제3세계 여성들이 우리의 과거가 어떠했는가를 알지 못한다면, 아무도 그것을 알지 못할 것"이라는 시사적인 발언을 한 바 있다. 미국 역사의 모순을 직접 체험한 흑인 여성의 삶을 그 사회적, 역사적인 맥락 안에서 다루는 모리슨의 소설들은 백인/남성 중심으로 일관되어 온 미국 역사의 진정성에 도전하고 그 역사의 모순을 공고히 하는 데 일조한 문학사를 수정함으로써 미국 문학의 새로운 지평을 열어 놓는다. 요컨대 모리슨은 마땅히 백인 중심의 미국 문학 전통과 남성 중심의 미국 흑인 문학 전통을 흑인 여성의 시각에서 혁신적으로 수정한 작가로 평가되어야 할 것이다.

모리슨의 작품들은 노예 시절부터 80년대 초에 이르기까지 흑인 여성이 겪어 온 경험을 사실적으로 재현함으로써 체험의 충실성에서 오는 감동을 제공한다. 뿐만 아니라 힘겨운 고난을 굳건하게 헤쳐 온 흑인 여성의 삶을 부각시켜 인간적인 위엄에 대한 우리의 믿음을 고양시킴으로써 진한 감동을 준다.

더 나아가 모리슨은 변화된 사회에 대한 전망을 모색함으로써 흑인 커뮤니티는 물론 미국 사회를 변화시키는 작업에 참여한다. 또한 특정 집단의 세계를 충실하고 진실하게 형상화하면서도 그 안에 남성과 여성, 흑인과 백인의 대립 구도를 넘어서서 모든 인간들이 겪는 삶의 문제를 포괄하는 보편성까지 성취함으로써 인종과 성을 초월하여 모든 인간에게 호소력 있는 문학세계를 구축하고 있다.

Ⅲ. 참고문헌

1. 토니 모리슨의 저서

〈저서〉

The Bluest Eye. New York: Washington Square Press, 1970.

Sula. New York: A Plume Book, 1973.

Song of Solomon. New York: A Plume Book, 1977.

Tar Baby. New York: Alfred A. Knopf, 1981.

Beloved. New York: A Plume Book, 1987.

Jazz. New York: Alfred A. Knopf, 1992.

Playing in the Dark: Whiteness and the Literary Imagination. Cambridge:Harvard UP, 1992.

Paradise. New York; Alfred A. Knopf, 1998.

〈에세이〉

"What the Black Woman Thinks about Women's Lib." *The New York Times Magazine*, 22 August 1971, 63-4,66.

"Rediscovering Black History." *The New York Times Magazine*, 1 August 1974, 14(a)(b), 16,18,20,22,24.

"Behind the Making of the Black Book." *Black World*, February 1974, 86-90.

"A Slow Walk of Trees (as Grandmother Would Say) Hopeless (as Grandfather Would Say)." *The New York Times Magazine*, 4 July 1976,104,150,152,156,158,162,164.

"Cinderella's Stepsisters." *MS*, September 1979, 41-2.

"City Limits, Village Values: Concepts of the Neighborhood in Black Fiction." *Literature & the Urban Experience: Essays on the City and Literature*,eds. Jaye, Michael C. & Ann Chamers Watts. New Brunswick:

Rutgers University Press, 35-43.

"Memory, Creation and Writing." *Thought* 59:235 (1984): 385-9.

"The Site of Memory." *Inventing the Truth: the Art and Craft of Memoir*, ed.
William Zinsser. Boston: Houghton Mifflin, 1987. 101-23.

"Unspeakable Things Unspoken: the Afro-American Presence in American
Literature." *Michigan Quarterly Review* 28:1 (1989): 1-34.

〈인터뷰〉

Angelo, Bonnie. "The Pain of Being Black." *Times*, 22 May 1989, 120-1.

Bakerman, Jane. "The Seams Can't Show: an Interview with Toni Morrison."
Black American Literature Forum (BALF) 12:2 (1978): 56-60.

Darling, Marsha Jean. "In the Realm of Responsibility: a Conversation with
Toni Morrison." *The Women's Review of Books* 6 (1988): 5-6.

LeClair, Thomas. "The Language Must Not Sweat: a Conversation with Toni
Morrison." *The New Republic* 184, 21 March 1981, 25-9.

McKay, Nellie. "An Interview with Toni Morrison." *Contemporary Literature*
24:4 (1983): 413-29.

Naylor, Gloria. "Toni Morrison: a Conversation." *Southern Review* (Baton
Rouge) 21:3 (1985): 567-93.

Pepsi, Charles. "An Interview with Toni Morrison." *Nimrod* 21-22:2-1
(1977):43-51.

Ruas, Charles. *Conversations with American Writers*. New York: Alfred A.
Knopf, 215-43.

Stepto, Robert B. "Intimate Things in Place: a Conversation with Toni
Morrison." *The Massachusetts Review* 18:3 (1977): 473-89.

Wilson, Judith. "A conversation with Toni Morrison." *Essence*, October 1981,
84,86,128,130,133-4.

2. 연구서

〈배경서〉

옴비치, 존(1970). 『아프리카 종교와 철학』. 정진홍 (옮김). 서울: 한마당, 1983.

Bell, Richard W. *The Afro-American Novel and Its Tradition.* Amherst:Massachusetts UP, 1987.

Brewer, J. Mason. ed. *American Negro Folklore.* Chicago: Quadrangel, 1968.

Campbell, Jane. *Mythic Black Fiction: the Transformation of History.* Knoxville: Tennesse UP, 1986.

Giddings, Paula. *When and Where I Enter: the Impact of Black women on Race and Sex in America.* New York: Bantam Books, 1984.

Hull, Gliria T., Patricia Bell Scott. & Barbara Smith. eds. *All the Women Are White, All the Blaks Are Men, But Some of Us Are Brave.* New York: The Feminist Press, 1982.

Jones, Jacqueline. *Labor of Love, Labor of Sorrow: Black Women, Work and the Family, from Slavery to the Present.* New York: Vintage Books, 1985.

Levine, Lawrence W. *Black Culture and Black Consciousness: Afro-American Folk Thought from Slavery to Freedom.* New York: Oxford UP, 1977.

Ostendorf, Berndt. *Black Literature in White America: Studies in Contemporary Literature & Culture.* Sussex: The Harvester Press, 1982.

Stampp, Kenneth M. *The Peculiar Institution: Slavery in the Ante-Bellum South.* New York: Alfred A. Knopf, 1969.

Wallace, Michele. *Black Macho and the Myth of Superwoman.* New York: Verso, 1990.

White, Deborah Gray. *Arn't I a woman?: Female Slaves in the Plantation South.* New York: W.W. Norton, 1985.

〈비평서〉

Awkward, Michael. *Inspiriting Influences: Tradition, Revision, and Afro-American Women's Novels.* New York: Columbia University Press, 1989.

Baker, Houston. *The Workings of the Spirit: the Poetics of Afro-American Women's Writing*. Chicago: The University of Chicago Press, 1991.

Bloom, Harold. *Modern Critical Views: Toni Morrison*. Ed. New York: Chelsea House Publisher, 1990.

Bruck, Peter & Wolfgang Karrer, eds. *The Afro-American Novel Since 1960*. Amsterdam: B.R. Gr ner Publishing, 1982.

Byerman, Keith E. *Fingering the Jagged Grain: Tradition and Form in Recent Black Fiction*. Athens & London: The University of Georgia Press, 1985.

Carby, Hazel V. *Reconstructing Womanhood: the Emergence of the Afro-American Woman Novelist*. New York: Oxford University Press, 1987.

Christian, Barbara. *Black Feminist Criticism: Perspectives on Black Women Writers*. New York: Pergamon Press, 1985.

______. *Black Women Novelists: the Development of a Tradition, 1892-1976*. Westport: Greenwood Press, 1990.

Evans, Mari. ed. *Black Women Writers: a Critical Evaluation 1950-1980*. New York: Anchor Press, 1984.

Gates Jr., Henry Louis. ed. *Reading Black, Reading Feminist: a Critical Anthology*, New York: A Meridian Book, 1990.

Green, Gale & Copp lia Kahn, eds. *Making a Difference: Feminist Literary Criticism*. New York: Methuen, 1985.

Hogue, W. Lawrence. *Discourse and the Other: the Production of the Afro-American Text*. Durham: Duke UP, 1986.

Holloway, Karla F. C. & Stephanie A. Demetrakopoulos. *New Dimensions of Spirituality: a Biracial and Bicultural Reading of the Novels of Toni Morrison*. Westport: Greenwood Press, 1987.

Kubitschek, Missy Dehn. *Claiming the Heritage: African-American Women Novelists and History*. Jackson: UP of Mississippi, 1991.

Lee, A. Robert. ed. *Black Fiction: New Studies in the Afro-American Novel Since 1945*. London: Vision Press, 1980.

Mbalia, Dorothea Drummond. *Toni Morrison's Developing Class Consciousness*. London & Toronto: Associated UP, 1991.

Mckay, Nellie Y. ed. *Critical Essays on Toni Morrison*. Boston: G. K. Hall, 1988.

Otten, Terry. *The Crime of Innocence in the Fiction of Toni Morrison*. Columbia: UP of Missouri, 1989.

Pryse, Marjorie & Hortense J. Spillers. eds. *Conjuring: Black Women, Fiction, and Literary Tradition*. Bloomington: Indiana UP, 1985.

Rigney, barbara Hill. (1982) *The Voices of Toni Morrison*. Columbus: Ohio State UP, 1991.

Samuels, Wilfred D. & Clenora Hudson-Weems. *Toni Morrison*. Boston: Twayne Publishers, 1990.

Smith, Valerie. *Self-Discovery and Authority in Afro-American Narrative*. Cambridge: Harvard UP, 1987.

Spillers, Hortense J. ed. *Comparative American Identities: Race, Sex and the Nationality in the Modern Text*. New York: Routledge, 1991.

Trudier, Harris. *Fiction and Folklore: the Novels of Toni Morrison*. Knoxville: The UP of Tennesse, 1991.

Wade-Gayles, Gloria. *No Crystal Stair: Visions of Race and Sex in Black Women's Fiction*. New York: The Pilgrim Press, 1984.

Walker, Melissa. *Down from the Mountaintop: Black Women's Novels in the Wake of Civil Rights Movement, 1966-1989*. New Haven & London: Yale UP, 1991.

Willis, Susan. *Specifying: Black Women Writing the American Experience*. Madison: The UP of Wisconsin, 1987.

Ⅳ. 작가 연보

1931 클로이 앤소니 워포드라는 이름으로 오하이오 주 로레인에서 2월 18일 조
      선소 직공의 네 자녀 중 둘째로 태어남.

1949 로레인 고등학교를 졸업함.

1955 코넬 대학교 대학원에서 버지니아 울프와 윌리엄 포크너의 작품에 나타난
      자살 문제를 비교한 논문으로 영문학 석사학위를 취득함.
      남텍사스 대학에서 영어 교수로 제자들을 가르치기 시작함.

1957 하워드 대학에 돌아와서 영어와 인문학 교수로 재직함.
      자메이카 출신의 건축가 해롤드 모리슨과 결혼.

1962 첫 아들 해롤드 포드 출생.

1965 해롤드 모리슨과 이혼.

1965-67 랜덤 하우스의 자회사인 엘 더블유 싱어 출판사에서 부편집자로 일하기
      시작함.

1966 둘째 아들 슬레이드 케빈 출생

1967 랜덤 하우스의 상임 편집자로 승진함.

1970 『새파란 눈』을 출판함.

1974 두 번째 소설 『술라』를 출판함.
      『술라』로 전미도서상 후보로 지명됨.

1975-77 예일 대학에서 강사로 학생들을 가르침.

1977 세 번째 소설 『솔로몬의 노래』를 출판함. 『솔로몬의 노래』가 전미도서비평
      가 모임의 소설부문상을 수상함.
      미국 예술문화문학 아카데미 연구소 소설상을 수상함.
      카터 대통령에 의해 전미 예술위원회 위원으로 임명됨.

1979 수니 퍼처스 대학에서 조교수로 임명됨. 바드 칼리지에서 제자들을 가르
      침.

1981 네 번째 소설 『타르 베이비』를 출판함. 모리슨의 사진이 『뉴스위크』 잡지
      표지에 실림.

1984 20년 동안 일했던 랜덤 하우스를 떠나 알바니에 있는 수니 대학 인문학부
      에서 알버트 슈바이처 교수로 재직함.

1985 연극 『꿈꾸는 에멧』이 공연됨.

1987 다섯 번째 소설 『비러비드』를 출판함.

1988 『비러비드』가 전미도서상을 수상하지 못하자 흑인 작가들과 비평가들이
항의 편지를 보냄.
『비러비드』로 퓰리처 소설상을 수상함.

1989 프린스톤 대학의 인문학부에서 로버트 에프 고헨 교수로 임명됨.

1992 여섯 번째 소설 『재즈』와 평론집 『어둠 속의 유희』를 출판함.

1993 노벨 문학상을 수상함.

1998 일곱 번째 소설 『낙원』을 출판함.